JN075940

吉本隆明全質疑応答

YOSHIMOTO TAKAAKI

Ⅳ

1987—1990

論創社

吉本隆明　全質疑応答Ⅳ　１９８７〜１９９０　目次

吉本隆明　全質疑応答Ⅳ

【中央区立京橋図書館主催】――1987年1月17日

僕の見た東京

質問者1　今、鷗外と漱石の□□についてのお話をうかがいました。鷗外の□□はわかったんですが、漱石のほうはどうなんでしょうか。□□□□□が、それについて聞かせていただけますでしょうか（はっきり聞き取れず）。

講演を筆記したのが、『東京人』っていう雑誌の創刊号か第二号に載ってるんですよ（「鷗外と漱石の見た東京」）。この京橋図書館でお読みになってくだされば、そこに詳しく出てるんですけど。鷗外と漱石ではどこが違うかというと、関心をもっている街が違うんですね。つまり、関心をもってる対象が違うんです。

大雑把にいいますと、鷗外がいちばん好きだったのは紅灯の巷です。柳橋とか、料理屋街があるところが好きだったんです。それからわりと、玄人筋の女の人が好きだし。鷗外の理想の住みかを考えますと、仕舞屋《しもたや》風のうちがあって、その中でちょっと玄人筋の女の人が三味線なんか弾いてるみたいな。そういうのが、鷗外の描いた理想のイメージであるように思いますね。意外と思われるかもしれませんが、鷗外というのは紅灯の巷的な場所、そして玄人筋の女の人がもってるエロス・性的な魅力に大きな関心をもっていた。鷗外の文学には、そういうものにたいする関心がたいへん強いんですよ。そこが特徴だと思います。

では漱石はなにが特徴か。漱石の見た東京は二つあって。漱石はそれこそ千駄木界隈に住んだり、早稲田界隈に住んだりしているわけですけど、そういう界隈、つまり自分の住居を中心としたある範囲内に入る名所旧跡を好んだ。それが漱石の好んだ、東京の中の場所なんです。それが漱石の特徴です。それでは漱石はなにを対象として、名所旧跡を考えたか。あるいはなにを対象として名所旧跡を好きだと感じているかというと、それは花だったと思うんですね。上野に行くと、上野の夜桜が見られる。お堀端に行くと、お堀端のつつじが見える。江戸川に行くと、江戸川堤の桜が見える。漱石は、自分の住みかを中心とした狭い領域にある名所旧跡にたいへん関心と好みをもっていた。そういうことがわかります。

たとえば早稲田では、崖があってその下に住居が開けていた。先ほどいいましたように、山の手的雰囲気をもった濃密な住居があるといいますかね。漱石は、そういう雰囲気をもった住居を好んだ。それは、自分が住んだ印象ですね。『それから』や『門』には、そういう風景が出てきます。とくに『門』の主人公夫婦は崖の下にある家にひっそりと暮らしているわけですが、これは早稲田界隈の雰囲気だと思いますね。そして『三四郎』には上野の夜桜など、千駄木界隈を中心とした名所旧跡が出てくる。それらはすべて、漱石が関心をもっていたところだと思います。

これは単に小説の舞台になっているという意味にも取れますが、もっと突き詰めていっちゃうと、両者の文学の質を決めているようにも思います。その好みによって、質の問題にまで入っていくことができるように思います。だからそれは両者の文学にたいして、相当大きな意味をもっているように僕には思われますね。

鷗外は文明にたいして後ろ向きで、あまり関心をもってない。だからきょうのお話でいうところの第三の系列・第四の系列にたいしては、鷗外はまったく関心をもってない。そういう東京にたいしては、まったく関心をもってない。一方で漱石はそういう東京にやや関心をもってるけれども、好みでいえば嫌悪をもった関心、あるいは危機感をもった関心をもっていたのではないかと思います。日本は貧弱なくせに文明開化を掲げ、工場の煙突は黒々とした煙を吐いている。こんなものが発達しちゃったら、東京はどうなっちゃうのか。日本の運命はどうなっちゃうんだろうか。漱石はそういう大きな危機感を抱きながら、関心をもっていた。それは作品の中にも出てきますけど。でも鷗外は、きょう僕が第三の系列・第四の系列といった東京・大都会にたいして関心をもっていない。そこが違いであるように思います。僕らは鷗外・漱石なんていう文豪に比べてなんでもないわけですけど、彼らよりも五十年とか六十年とか後から生まれているから第三・第四の系列への関心について申し上げられる。もちろん好みは、僕の好みだけなんですけど。

第三・第四の系列について申し上げられるのは、ただ後の時代に生まれたからだよ。ずいぶん変わっちゃった東京を見てるからだよ。そういうことになると思います。

質問者2（聞き取れず）

ひとつはそうだと思います。ここにはおられないかもしれないけど、政治家といえども自分たちと同じように生活しているわけだから、共通の感性がないはずがない。それだったら、共通のイメージがないはずがない。あなたがいわれていることのひとつは、そうですね。でももうひとつは、そうじゃないと思います。それはなんと名づけていいかわからないんですけど。

たとえばあるビルへ働きに行く人は、一日のうち八時間はそこにいる。その人は一週間のうち土日だけは休みで、休みのうちの何時間かはまた違うビルへ遊びに行く。そのビルには、誰もが行く可能性があって。ビルへ働きに行く人・遊びに行く人たちがそれぞれ描いているイメージを全然無視して、ビルが建てられるはずがない。一日のうち八時間そこにいて働く人たちのイメージ、あるいは土日のうち何時間か遊びに行く人たちのイメージをひとつもくみ取らないでビルを建てることは、室内的にも室外的にも不可能であると僕には思えますから。そういう意味でも、決してかかわりがないわけではないと思いますけどね。その二つの面からいえるんじゃないでしょうか。

質問者3（聞き取れず）

僕は今「ハイ・イメージ論」というのを雑誌に連載してるんです。『海燕』っていう文芸雑誌に連載してるわけですけど。そこではそういうことについてわりあいに詳しく触れておりますから、お読みくだされればと思いますけどね。

質問者４（聞き取れず）

僕は、都市の中の公園には二種類あると思うんです。ひとつは空き地があった場合、そこの空き地を公園としてつくってしまう。たとえば、原っぱがあるとする。東京あるいは江戸の都市の延長線からいいますと、そういう広場っていうのは一種の火止め地、火災を止める場所として設定されてきているわけです。ですから、それは江戸時代からの延長と考えてもいいわけですけど。原っぱ・地面になにかをつくれば田園・田畑《でんばた》なんですけど、都市の中の火止め地を使ってそれに類したものをつくる。それは田園・原っぱを都市の中にもっていくことの意味のひとつになると思います。

ところで、都市の中の公園にはもうひとつまったく別の意味があると思うんです。たとえば関東平野の原っぱのまん真ん中に、筑波研究学園都市みたいな都市を人工的につくっちゃった。学校もつくっちゃった。そうしますと、筑波にも公園があるわけです。僕は、人工的に学園都市をつくっちゃったそばにある公園を見ましたけど。たとえばここらへんで「とりあえず地面・原っぱをもってきて味わおうじゃないか。ここを遊び場にしようじゃないか」と考えて、公園をつくりますよね。それと同じモチーフによってつくられた公園が、筑波の学園都市にもあるんです。もし筑波みたいに関東平野のまん真ん中、広い原っぱの中に超近代的な学園都市をぱっとつくっちゃったなら、そこでは原っぱの延長線をもってくるんじゃなくて、ビルの延長線をもってくるべきだ。それを公園とすべきだと僕は思うんです。原っぱよりももっと人工的な遊び場所、つまり遊園地風の公園をつくるわけです。ここでは公園として、人工的なものをつくるべきだと思われます。

昔ながらの原っぱ・田園に、筑波の学園都市みたいな超近代的な都市をばっと人工的につくる。その都市に住む人は、室内にあるときには超近代的な気分になれるんだけど、一度室外に出たら、関東平野の原っぱの中にぽつんと置かれたのと同じような気持ちになっちゃうんです。そうすると、もうやりきれないわけですよね。だから自殺する人が多いわけですよ。それは当たり前なことであって。第一の系列、さらにはゼロ系列からいっぺんに第三の系列・第四の系列に行っちゃう。あるいは第三・第四の系列からいっぺんにゼロ系列まで行っちゃう。それと同じなんですよ。

ビルの部屋の中から外に出た、あるいは壁ひとつ向こうへ出ただけでも原始時代と同じ原っぱにぱっと行っちゃう。人間は日常生活において、それに耐えられるはずがないんですよ。だから自殺する人が多いわけです。もちろんそこでも公園はつくられているけれども、それはただ機械的に原っぱをもってきて囲いをつけて、木をちょっと多く植えたぐらいのもので。それは嘘で、違うんですよね。

そういう場合、公園とはなんなのか。壁ひとつ越えただけで、超近代的なところから原始時代の原っぱに行っちゃう。それを緩和するための場所を、公園とすべきなんですよね。そこでは人工的な公園を、人工的につくるべきなんです。ようするに、人工的な公園をつくるべきなんです。公園というのは、人工的な構築物なんですよ。そうすべきなんだけど、そうじゃないですね。だから僕は、都市理念が駄目なんだと思うんです。それじゃなきゃ予算がないとか、そういうことなんですよ。だから筑波というのは、本当にひどい街で。あれは、ものすごい街ですよ。

今はあまり盛り上がってないですけど、中でいろいろな催しをしてうわーってやってる。わーってモダンなことをやってて。でも外に出たら、とたんに全部パーになっちゃうんですよ（会場笑）。中でやってることが全部パーになっちゃいます。「あーっ！」「わーっ！」と思っちゃいます。そんなところで、人間が日常生活を営めるはずがない。学生さんに「おまえ、こんなところでなにしてんだ」って聞いてみると、「飲みに行くときは、昔からある土浦とか牛久とかに行っちゃうんですよ」といってましたけど。土浦や牛久というのは、田舎ですよね。あるいは田舎のちょっと都市化した街ですよね。小さな街ですけど、そこのほうが地面から発達してきた街だから、行くところがあるんですよ。ところが筑波の学園都市には、そういうところがない。人工的なところから、いっぺんに原始時代の風景になっちゃうから（会場笑）。これはちょっと耐えられないですね。その学生さんは「場合によっては、東京へ来ちゃうんだ」っていってましたけど、それは誰でもそうなんで。

教授とか助教授は□□をもってるからいいのかもしれないけど、そうじゃなくて研究してる人はそこに住まなくちゃいけないから、わりあいに自殺する人が多いんですよね。僕にいわせれば、あれは当然のことで。これでおかしくならなかったら変だよと思いますね。そういう場合、公園というのは人工でなければならない。緩和すべきものが、どうすれば緩和されるのか。原始時代さながらの田園と人工的な都会の関係を緩和することが、公園の役割だと思いますけど。筑波みたいなところでは、公園として人工的なものをつくるべきです。ここらへんでそんなことをしたら「なんだ、またか。そんなことはやめてくれ」っていいたくなっちゃうから、わりに田園的なものを引っ張ってくるというかたちになりますけど。

ですから公園には、そういう二つのタイプがあるんじゃないですか。みんな同じだと思ったら、とても間違っちゃうような気がしてしようがないですね。東京でいえば、高島平みたいなところはそうだと思います。ああいうところにいると、考え違いしやすいんですよね。あそこも、そういうところがあるんですよ。全部がそうとはいいませんけど、ある箇処に行きますとやっぱりそうなんですよ。建売住宅とかがずーっと並んでてとてもいいんだけど、ぱっと出たら「これはかなわんよ」っていうぐらい閑散としてる。ただの閑散じゃない閑散なんですけどね（会場笑）。それは僕、やっぱり納得しますね。あそこで自殺が多いっていうのは、けっこう納得するなという感じがしますね。だから公園の役割というのはひと通りに考えたらいけなくて、二つの極端を考えなきゃいけない。ものすごく人工的なものと自然的なものを、狭いところにどうやって見事に結集するか。そういう二つの意味があるんじゃないでしょうかね。

（中央区役所八階大会議室）

〔音源あり。文責・菅原則生〕

【京都書院主催】――1987年5月16日

ハイ・イメージを語る

（途中から始まっている）……一日七、八時間付き合うことのほうが多かったんですよね。学生さんの場合、そういう特殊なやつとしょっちゅうヤジ飛ばして邪魔するやつとの両方がいましてね。ですからわりと活発なものだったと思います。今でも、そんなにしゅんとしてるということはないと思います。僕自身はきょう、こちらに雇われてるわけですから（会場笑）。こちらのプログラムが延びれば延びるで、僕は応ずるだけなので。現実として、いつでもそうしてきました。とことん付き合うことにしてきましたけどね。きょうはわかりませんけど。べつに、そんなにしゅんとしてるということはないと思います。

質問者１　たとえば最近、民主党上院議員のゲイリー・ハートが女性スキャンダルをスクープされて、大統領選に出るのをやめましたよね。ああいうスキャンダルは、日本ではありうるんでしょうか。女の問題でどうのこうのいって、大統領選に出るのをやめる。

ああ、女の問題ですか（会場笑）。

質問者1　日本の場合、ビートたけしにはいろいろなことがありましたけど、『フライデー』編集部を襲撃しなかったらああいうふうにはならないですよね。襲撃して刑事問題になったからああなったのであって、女がいるとかそういう問題でテレビ番組を降ろされることはなかった。そのへんはどうなんですか。

いや、それはアメリカだってないんじゃないでしょうか。

質問者1　大統領選だから、出るのをやめたと。

いや、どうでしょうか。大統領でも女がいたっていいんでしょうけど、その言い方が問題になるんじゃないでしょうか。相手の女の人がどういう人なのかということも含めて、その関係が問題になってくるんでしょうけど。ほんとうは、その手のことが問題になるほうがおかしいと思うんです。それはあくまでプライベートの問題ですから。僕は小規模だけど、そういうことを体験したことがありますけどね。いったんそういうなにかに乗っていきますと、あるところでそれを止めることができなくなってしまう。そういうことはあると思います。それが正しかろうが正しくなかろうが、ある段階までは止めることができない。それは集団現象ですからいろいろあるでしょうけど、本来ならば問題にすることじゃないような気がするんです。

質問者1　ただ僕は、あの人は非常に気の毒だなと思って。

いわゆる政治的な敵対者は、それを少しだけ変形して材料にするということをやるでしょうから、そういうことで事が大きくなっちゃうことはある。そういうことはいつでもありうると考えられるんじゃないでしょうかね。

それから日本とアメリカでは、女の人のあり方が違うんじゃないでしょうか。日本の場合、政治家に女の人がいるとしてもそれは玄人さんじゃないでしょうか。待合の人や芸者さんのような、玄人さんじゃないでしょうか。玄人さんというのは江戸時代から訓練されているから、そういうことについては口が固い。あまり人にいったりしてはいけないということを、よく知っていると思います。そして、お金がいろいろな問題を解いてしまうこともよく知っている。いろいろ問題が生じても、お金で解けちゃう。そうなっていると思います。日本の政治家っていうのは、そうじゃないでしょうか。日本の政治家がプロじゃない女の人と恋愛関係になって騒がれたのは、僕が知っているかぎりではただ一例です。もう死にましたけど、園田直《すなお》と松谷天光光《てんこうこう》は両方とも衆議院議員で。党派は違ってたんですけど、公然たる恋愛事件で一緒になりましたね。園田さんは奥さんと離婚して、一緒になりましたね。戦後四、五十年の間では、あれしか記憶にないですけどね。あれは公然たる、唯一の例じゃないでしょうか。お互いに好きで、理解し合って一緒になった唯一の例で。あとはそうじゃなくていわゆる玄人筋の人が多いから、問題にしようにもしようがない。

そういえば、郷ひろみが多少問題になったことはありましたね（会場笑）。祇園の佳つ乃っていう芸妓さんと仲良くなったといわれたけど、それはあまり問題になりにくいような気がするんです。そこもアメリカと違うんじゃないですかね。

質問者2 吉本さんは『試行』を長年やっておられますけど、経済的には成功されたんでしょうか。だんだん危なくなってきてますけど（笑）。危なくなって、下り坂なわけですけど。たとえば読者が五千人いるとすれば予約購読者が三千人いて、あとの二千は京都書院さんとか小売店さんに出す。そういうふうにして、いつでも予約購読者の数を上回らないようにしているわけです。いつでも予約購読金の先を食べているから、帳簿面《ちょうぼづら》はいつでも黒字になってます。でもたとえば僕が『試行』をやめますといって、予約購読者のみなさんに残金をお払いしていったら、たぶんマイナスになるんじゃないかなと思います。赤字だと思います。だけどやってるかぎりは、ねずみ講じゃないですけど帳簿面は黒字になってます（会場笑）。だから二、三号でつぶれるっていうことはないですけど。でもジリ貧ですから、いつどうなるかはわからない。われながら、これはいかんと思ってますけど。

質問者3 僕はいちおう『試行』の定期購読者なので、次の『試行』がいつ出るのかということがいちばんの関心事なんですが（会場笑）。

今、第一回目の原稿を印刷屋さんに入れているところです。うまくいって、だいたい五月の末、まずくいくと六月上旬になると思いますが。

質問者4 今、女性問題についてのお話がありましたけど、このあいだ、井上ひさしさんが離婚しましたよね。先日、吉本さんの講演録を読んでいたら「その話をしたいけど、できなかった」という発言がありましたので、ここでお聞きしたいんですが。このあいだ、週刊誌に井上ひさしさんの談話が載っていました。そこに、どうして離婚したかということが書かれていて。自分が本を買うお金よりも、奥さんの洋服代のほうが多くなってしまった。そのことが自分では我慢できなかった。そういうことが書いてあったんですけど。先ほどハートの話が出ましたけど、井上さんのこういう考え方にはどことなく馴染めない感じがありまして。

だいぶ前のことですが、六〇年安保か七〇年安保かよくわからないんですが、丸山真男さんが学生さんにやられましたよね。そのときに自分の研究室の本棚をめちゃくちゃにされて、「こういうことはどうも許せないんだ」といったのにたいして、吉本さんは「それは丸山さんの考え方がおかしいんだ」とおっしゃったと思うんですけど。そういうことと、井上ひさしの考え方は引っかかってくるような気がするんです。そのへんのことについて、ちょっとお話をうかがいたいと思います。

僕ね、そういうことがいちばん興味深くて。そしてあなたと同じように、このセンスはちょっとわからないなと思った。その両方なんですけど。そして、プライバシーの問題と公の問題は交換可能だというういい例のような気がするんだけど。

僕は井上さんの奥さんにも関心をもっていました。おしゃべりしたいなと思って、関心をもっていました。だからいろんな雑誌の切り抜きをもっているし、今でも集めたりしている。まあ、それだけのことなんですけど（会場笑）。テレビを見てたら、奥さんはやや「自分は女性解放の先駆けをしてるんだ」みたいな言い方をしてるところがあったんですよね。ここではプライバシーと公が交換可能というか、転倒しちゃってるような気がするんです。冗談じゃねえ。てめえが離婚するのは、てめえの夫婦の問題だ。べつに女性解放とは関係ねえよ。僕はすぐにそう思って、そういうことをちょっといったんですね。とにかく「おやおやっ?」と思って。この感性はいったいどこから来るのかと思ったんですね。

それで旦那のほうはなんていうのかと思ってたら、テレビで「自分は小説家だから、小説でもって書かなきゃうまくいえない」っていうんですね。小説で書かなきゃうまくいえないっていうのは、僕にはとてもよくわかるところがあるんですけど。文学じゃなきゃとても真実は指せないよと。そういうことはあると思いますけど。だけどそれは、新聞記者がいるようなところではいうべきことじゃねえぞ。それは違うぞと思って。ここでも作家である自分と生活人である自分が交換可能になっちゃって、混同されてしまってると思うんです。どちらがどちらともつかなくなっちゃってる。僕は井上さんにたいしても、やっぱりそういうことを感じたんですね。僕は、これは非常に優れた文学者がやってる優れた実例だから、論ずるに値する問題が出てくるに違いないと思って追っかけてた。それでたまたましゃべる機会があって「それについて話すのはどうだ」っていったら、「それは困る。もっと高級なこと、ましなことをいえ」といわれたんですけど。

とにかく僕はそこで、やっぱり「おやおやっ?」と思ったんですよ。たぶんあなたと同じところで「おやおやっ？　これは違うぞ」と思ったんだろうなと。井上さん自身も、これが公私混同であることくらいはよく知ってると思うんです。そんなことじゃなくて、必然的に公私のイメージが交換可能になっちゃってて、「これはものすごくいい例なんだな」と僕には思えたんですけどね。それについて僕はおしゃべりしたいと思ったわけです。おしゃべりするときにはそこがポイントだと思って、考えて。井上さんは「小説でそれを書きたい」といった。一作ぐらいは出ましたけど、また書くに違いないと思います。僕はまだ関心をもってるから、それを読もうと思ってるんですけど。だいたい僕の感じ方は、そうだったんですけど。

そんなことをいってると、きりがないというか。井上さん的な夫婦のつぶれ方というのがあるわけですよね。現在の情況の中での家族あるいは夫婦のつぶれ方、解体に瀕する仕方があるわけですけど、井上さん的な夫婦のつぶれ方もあるわけですね。僕らにも、そういうのはあるんですけど。たとえば井上さんは、こまつ座という劇団をやっている。劇団とは比べ物になりませんけど、僕は『試行』という小さい雑誌をやっていて、僕はどんぶり勘定なものだから、ある時期からうちのやつが事務をやってくれてるんですけど。現在におけるひずみがどういうふうにきたかといいますと、うちのやつの結核が再発して、しばらく入院してから自宅療養になっちゃって。いろんなことを考えてみると、『試行』の事務を押し付けたからそうなったとはいえないんですけど。そういうことも含めまして、現在の夫婦・家族におけるひずみ方にはさまざまな仕方があると思うんですよ。井上さんの例はその典型的な例で。プライバシーとそうじゃないものが境界を接したとき、どういう危ないことが起こるのか。どこにひずみがいくか。また、そこに生活の荷重がかかってきたときにどうなるか。もちろん規模は違いますけど、井上さんにも僕らと同じような問題があったんだと思いますね。それが、そういうふうに現れたんだと思います。

ようするに、ひずみ方にはいろいろあって。井上さんがどういおうと、そういう場合にはしょうがないから潔く「結局はわたしが悪かったんですよ」といっときゃいちばん恰好はいいですね。てめえの収入より、女房の洋服代が多くなっちゃったんだと。その手のことは数え上げればいろいろあるんでしょうけど、それはお互いさまで。それよりもやっぱり「いずれにせよ、俺が駄目だったんだよ」といっときゃ、いちばん恰好がいいだろうと。僕はそういうふうにいうつもりなんですけど（会場笑）。そういうことなんですけどね。

質問者5　これも□□□□になるんじゃないかと思うんですけど。ビートたけしの事件について質問があります。僕は事件を見てすぐ、吉本さんみたいに「三島と同じだ」とは思わなかったんですけど。でもビートたけしは『朝日ジャーナル』で、中上健次さんと対談してますよね。そこで吉本さんのことも……。（後半、聞き取れず）

お弟子さんもスポーツやってて、身体を鍛えちゃってるし（会場笑）。三島さんと同じように訓練しちゃったりすると、なかなかつづまりがつかないということがありますよね。僕はあの対談を読みまして、「『朝日ジャーナル』で暴力・腕力の自慢をするなんて最低だ」って書きましたけどね。そういうのは最低だって書きましたけどね。暴力を振るいたいぐらい鬱積してるんだったら、ますます芸をやればいい。僕はそう思いますね。あれだけ才のある人って、あまりいないでしょう。あれから後は、やっぱり芸をやるべきだと思うんですよ。なぜならば、もっといい芸人はいるんですから。つまり世界中を探せば、あれよりいい芸をする人っているわけですよ。だから、もっと芸をやるべきだと思いますね。ただ日本だとああいうふうに待遇されてしまうと、それ以上芸をやることがなくなっちゃう。そうするとたいてい、案外難しいんですよね。それ以上やるっていうのは、とても難しいんですね。そうすると参議院議員になりたくなったりね。そうじゃなければ、芸を流すというやり方になっていくんですね。

だけど僕は、あれからまた芸をやるべきだと思いますね。芸があるかぎりは、芸でもってやっていく。あの水準を突破する芸は、まだ出てきてないからね。変わった芸っていうのはあるんですよ。芸の流れがありますから、変わった芸は出てきてますけど。たとえばとんねるずみたいなのは、ビートたけしとは違った芸だと思いますね。ビートたけしの芸は、ここからそっちのほうを向いてやってる芸です。一方でとんねるずの芸はそうじゃなくて、そっちに観衆がいたらそっちに向かってやる芸なんですよ。それだけ違うんですよ。あれはビートたけしにはできないんですよ。ビートたけしにはどこかに知識・教養があるので、それが邪魔してできないんだけど、とんねるずにはそれができてるんですよね（会場笑）。向こうを向くんじゃなくて、観客のほうを向いてやってるんですよ。つまり、同じ次元でやってるわけですよね。そういう芸の変わりようがあるんだけど、その段階以上の水準をやった人はいないんだから、もっとやるべきだと思いますね。

質問者5（長い質問が続くが聞き取れず。「坂本龍一」と映画『戦場のメリークリスマス』という固有名詞が聞こえる）

いやいや、感心して聞いてましたよ。なるほどね。あの人は停滞しないし、変貌をやめないでしょう。ああいうのはいいなと思ってるんですけどね。ただあの人はインテリだからね。インテリだからっていうのはおかしな言い方ですけど。一種の一流好みなんだよね。インテリなんですよね。そこが気に食わねえなと思うんだけど（会場笑）。

質問者6　ひとつだけ、おうかがいしたいんですけど。今、マス・イメージ論を展開されているわけですが、対象とされているテーマやそれぞれのモチーフにたいへん共感しています。しかしその一方でわからないところもあって、右往左往しながら読んでるんですけど。今日のお話の中で、ファッションについての例をいくつか挙げられましたよね。雑誌の企画で、素人さんが自分なりの装いをして撮った写真を審査する。それでグランプリをとった写真があるわけですよね。その一方で、プロのモデルとカメラマンが一体となって撮った写真がある。吉本さんの表現でいえば、写真から緊迫感が醸し出されたとき、日本のレベルでなく世界のレベルでも通用するようなものになるのではないか。そういう感じで捉えたんですけど。マス・イメージ論とハイ・イメージ論で比較した場合、おそらく狙われているモチーフや発想が異なるのではないかと。ファッションにかんしては、前者の例がマス・イメージ論で捉えられる対象になるのか。それがもし正しいとするならば、今のハイ・イメージ論から読み取れるモチーフとの違いがあるのではないかと。そこらへんについてはいかがでしょうか。

自分の中では、非常に簡単に分けてまして。類推的な言い方をしますと、マス・イメージ論では現在をテーマとして共同幻想論をやっている。ハイ・イメージ論はそれよりもう少し原理的・論理的・理論的なもので。僕には『言語にとって美とはなにか』という言語芸術論があるわけですが、それと同じことをやってるのがハイ・イメージ論だと思ってます。自分では、そういうふうに簡単に区別してるんですけど。あなたがおっしゃったように、マス・イメージ論では一般女性が思い思いのファッションで写っている写真が対象となる。ごく普通の女性が自分でいいと思ったファッションを精いっぱい着ている写真が、審査でグランプリになる。ここではイメージとしての緊迫感は問題とならず、「これ自体はこれでいいんだ」ということになる。ファッションの究極の理想、専門家の緊迫したイメージを目指すのではない。普通の人が自分の好みで千差万別に着こなすところに帰ってくることが、ファッションの理想なんだ。そういう意味においては、それは肯定すべきことだと僕自身は思っています。僕は、ハイ・イメージ論とマス・イメージ論には関連がないとは思ってない。ただ区別するとすればハイ・イメージ論は非常に原理的なこと、マス・イメージ論は共同的・社会現象的なことをそれぞれ対象とする。それがハイ・イメージ論とマス・イメージ論だと思ってるんですけどね。あなたがいわれたようなことは、マス・イメージ論の中では重要だと考えたような気がしますが、僕自身はそういう簡単な区別をしていますね。今はハイ・イメージ論でわりに原則的・原理的なことをやっていると思ってるんですけど。

質問者6　それともうひとつだけ質問があります。先生としては、ハイ・イメージ論というのはあとどのぐらい続くと予想されていますか。

僕はわからないんですけどね。どこでどうなるかわからないんですけど。「もうやめてくれ」といわれたら、そこでやめなければならないわけですし。それから自分のほうで「これはもう駄目だ」というときが来たら、そこでやめるわけですけど。今のところはまだ、やめる気がないんですね。続くと思いますね。一回、二回で終わるということじゃないと思います。これからも続くと考えていますけど。

司会者　先ほどもいわれましたように、吉本さんは原則としてとことん付き合うというかたなんですけど、こちら側の問題で時間が九時までになってますので。今回こういう試みをしたのは初めてなんですけど、これからもまた吉本さんを含むほかの人たちを呼びたいと思いますし、たぶん吉本さんもまた来てくれるだろうと思います。もうひとりぐらいで質疑応答・フリートークを終わりにしたいと思います。

参加者1　せっかく来ていただいたんですから。そうはいっても、そんなにすぐ来ていただけると思えませんし。吉本さん自身がそういっておられるんですから、もう少しなんとかなりませんかね。

司会者　こちらとしても、できるだけのことはやりたいんですけど。こういうことを僕がいいすぎたのかな（会場笑）。

参加者1　いや、そんなことはないんですけど（笑）。

参加者2　私もまだ□□□□ですね。今の質問は、テーマがちょっと違うので。

司会者　先ほどの話とですか。

参加者2　ええ。

司会者　質問を全部受けるようにしたほうがいいのかもしれませんが。こういう場ではちょっと話しにくいけど、二、三人であればどんどん話せるとか。いろんなかたちがあると思いますけど、きょうのところは勘弁していただけますでしょうか。

でも、みなさん心残りだろうから（会場笑）。

司会者　ほかに絶対にこれだけは聞いておきたいというかた、いらっしゃいますか。六人ですか。時間的にちょっと無理ですね。

主催者　みなさんがおっしゃっていることの趣旨はよくわかります。ただこれは際限なく続けるわけにはまいらないわけです。ですから、一定の時間の区切り方をさせていただくことになります。

参加者3　（聞き取れず）

主催者　話が途切れるまで続けるということは、正直いって僕たちのほうでは保証できません。この場では、先ほど吉本さんがご自身でいわれたようなかたちでの延長・討論はちょっと保証しかねます。主催者としては、そういうお答えしかできません。

さっき僕は、かっこいいことをいいすぎた面もあるんですけど。二十年前、一九六〇年頃は学生さんが多かったから、市民社会の慣例みたいなものを考慮する必要がなかった。対手も「それならやるか」という感じで、こっちもそうだったのでそういうことが通用したわけだけど。京都書院さんはやっぱり、市民社会のルールをちゃんと守るということをいわれてるんだろうと思うんですけどね。それ以外のことじゃないと思いますね。でもどうぞ、質問してください。

質問者7　吉本さんは、夏目漱石について書かれていることが多いと思うんですけど。その中で、作品には同一化された視点と差異化された視点があって、そういう二つの作品に分かれるといっておられたと思うんですけど。わたしにはよくわからないんです。裏表という意味でいっておられたのか、どういう意味なのか。それから、同一化された視点ということをいっておられますよね。すべての人が同じように見える視点ということをいっておられるんですが、そこがちょっとわかりにくい。それから中性化された場所があるともいっておられるんですが、それとの関係もよくわからない。そのことについてお話しいただければと。

あなたがおっしゃったことを、僕はどこで考えたかというと、たとえば『それから』と『こころ』を比較した場合、これは同一性だと考えることができる。もちろんそう考えておいて、裏側に同一性の差異を考えてもいいわけですけど。つまり『それから』のほうは、自分の好きな女性がいたんだけど、自分の友達がその女性のことを好きだといったので、自分が好きだという感情は引っ込めてしまって、友達のために仲介をして、自分の友達とその女性を結びつける役割をしたわけです。ところがのちになって自分のほうが壊れてしまい、結びつけた友達の夫婦も危なくなってしまう。それで再び、その女性と一緒になろうとする。つまり、当初の好きだったという自然の感情に従っていくわけです。

『こころ』のほうは反対であって。「先生」とその友達である「K」は同じ女性のことを好きだったんだけど、「先生」は「K」を出し抜いてその女性と一緒になってしまい、「K」は自殺してしまう。「先生」には生涯、そのことが罪の意識としてあって、明治天皇が死んだとき、乃木将軍が自殺する。それを聞いて「先生」も自殺しちゃう。

感情の自然さ・情念の自然さに従った物語と、従わないために自然から復讐され、自殺した物語。そのように考えていくと、これは同一のテーマの二つの現れ方だと見ることができる。そういうことをいった覚えがあるんです。

それから、もうひとついった覚えがあります。あなたがいわれたことで思い出したんですけど、もうひとつ『明暗』という作品があります。『明暗』は、ほかの漱石の作品とどこが違うのか。書き手のほうから見た場合、『明暗』の登場人物の誰が主人公なのか、誰に重点を置いているのかということが全然ない。全部が等距離に見えるような、相対的な人間だというふうにつくられている。しかも、二人の対照的な人物が相対的なのであって。それを登場人物ぜんぶについて積み重ねていって、最後にぜんぶから等距離にある場所を、作者が無意識のうちに設定して、そこで、登場人物ぜんぶを相対化しているわけです。それが『明暗』という作品の特徴じゃないかと、いったことがあるような気がします。

漱石という人はわかりにくい人です。難しい人だし、難しい作品も多い。しかし同一性という観点と差異性という観点をうまく使い分けるならば、漱石の作品はいくつかに分類することができる。その分類をはみ出す作品はわずかに、最後の作品である『明暗』だけじゃないかなと。『明暗』は途中で終わってるから、どう展開されるかわからないんですけど。漱石はあの作品で初めて、あらゆる登場人物の場所から同一でありながら相対化できる距離を、倫理としてつかみとることができたんじゃないかなと。僕自身の解釈はそうなんですけどね。初期のころの倫理はそこで解体されてしまうんですが、ぜんぶを相対化しながら同一化するひとつの場所を設定できて、そこが漱石の最後の倫理の場所なのではないかというのが、僕自身の考えで。それは漱石がいっている則天去私、つまり天に則して私を去るということの内容じゃないかと。それは僕の解釈なんですけどね。そこらへんの問題じゃないでしょうかね。

質問者7　つまり同一性というのは、すべての人を相対化できるような場所である。それが同一性の場所であると。すると、中性というのも、そういう場所なんですか。

中性的ということをいったのは、そういう意味じゃなくて。文学作品・芸術作品というのは読み方・作品自体によって教訓的であったり倫理的であったり、あるいは人道的であったりする。つまり読む人にさまざまな効果を与えうるし、また読む人の主観によってもさまざまでありうる。ある文学作品が読む人にそういう作用を与えるものをもっているとしても、ひとたびは一種の中性点といいましょうか、これは役に立つ作品か、あるいはそうではないか、これはいい作品か、あるいは悪い作品か、そういった倫理的な判断以前に、どこかに中性的な構築がなされていて、なされたものが結果的に倫理的であったり、人道的であったりする。そしてこれは読み方によって、さまざまな実感・効果を与えることになる。それが文学作品の運命みたいなものであって。もしストレートにある倫理を主張したいのであれば、ストレートな言い方で倫理を主張したり実践したり、強要したりすればいい。文学・芸術作品は、有効性・効果については必ず中性点を構築しておく。それで結果が倫理的であるとか道徳的であるとか、あるいは人道的であるとかいえる。文学・芸術作品には必ず、中性の構築点というのがある。たぶん、そういうことをいったんじゃないでしょうかね。

質問者7　その場合、効果性というものから中性的であるという意味あいでいっておられるわけですか。

いや、作者のほうにそれが内在的になかったら、表現されたものに中性的なものはない……(中断)。

〔京都市中央区　京都書院「ヴァージョンB」4Fヴァージョン G〕

〔音源あり。文責・菅原則生〕

【河合塾名古屋校主催】――1987年7月16日

幻の王朝から現代都市へ

質問者　最後に高次な見解をいただいて非常にありがたかったのですけれど、もう少し前に都市の問題をちょっとお話しされたのですが、僕などは東京に行くと目まいを感じるのです。というのは、さっき先生がお話しされたように映像が非常に高次といいますか……ちょっと緊張しているのですみません。

どうしてそういうふうになるかというと、これは二、三年前から思っているのですが、都市の、生命体としてのひとつの営みの表れではないかと思います。都市自体がひとつの生命みたいなものではないかと、ずっと思ってきたのですけれど、そういうふうに考えると、さっきの、都市が映像として見えるといいますか、都市自体の映像がだんだん高次になっていくというのは、ひとつの生命体としての集合の中で、だんだんそれが高められていくような感じがしているのです。これから、たとえば高度な情報としての映像がだんだん高くなっていくときに、その先になにかとてつもないものが生まれるような気が、多少しているのです。そのへんのところで、なにか思われることはないのでしょうか。

そういうことを予言するとかいうことはできないのですけれど、あなたのおっしゃる問題は、こういうランドサット映像みたいな超高度な映像です。

なぜ都市が、生物が膨張したり収縮したりするのと同じように、メタボリックになぞらえられるかといいますと、この映像を見るとわかりますように、「ここはビルディングで、ここは普通の住居で、そこの中に人が蠢いていて、働いていて、動いてなにかをしている」と、そんなことを考えること自体が、こんな超高度な映像だったら、もうナンセンスといいますか——少数点何桁以下の四捨五入の、意味がない数字だというのと同じように——すでに無意味になります。航空写真ぐらいだったら、まだ「このビルの中には人がいるはずだ。事務をとっているはずだ」というのを思い浮かべることに意味がありますが、これくらい無差別になってしまいますと、建物の中で人がなにをしているというようなことは、これでもっていうことはもう意味がないみたいになってしまいます。

そういうふうに四捨五入、捨象できるような距離の場所だったら、都市というのはどこに膨張するに違いないとか、どこのほうに収縮するに違いないということを、ひとつの生物だというふうに解析する——あなたのいうように、なぞらえられる——ことに、僕は意味があると思うのです。

もっと低空で、ビルの形、窓が見えるというのだったら、この下には人が住んでいて、ここで事務をとっているとか、喧嘩をしているんだなとか想像することに意味があるのでしょう。ここまで技術的にきてしまい、そういう映像をもってきてしまえば、もうそういうことは無意味になります。ですから、都市自体は生き物で、個々の人間の意思に関わりなく、膨張したり収縮したりするんだという解析の仕方をしても、たぶん近似的には、そんなに間違いは起こらないような気がします。

では、そうなったら一体どうなるのかということがあるでしょう。ただ極限の形はいつでもいえるので、いずれにせよ周辺へ膨張しながら拡大していく都市の作用は、極限までいくだろうということです。それから、これ以上近くに隣のビルは建築学上接近できないはずだという極限まで収縮作用はいくだろうと、僕には思えます。つまり両方の極限を考えれば、それが究極のイメージになると思います。だから理論的にはその究極に向かっていくと、大雑把にはいえるんじゃないでしょうか。

そうなったらどうなるのか、それはわかりません。それにたいして人間が政治的に適応していくか、どこかで適応できなくなって、だんだん滅亡していくのか、それはわかりません。また違う作用外から、それをどこかに抑止すればいいんだということになるのか、わかりません。どうなるかはわかりませんが、究極の極限のイメージだけは理論的には、完全に思い浮かべることはできると思います。

僕は、そういう高次映像が問題になってきた段階の都市が象徴しているもの、あるいは都市が象徴する社会はなんとなく歴史の新しい段階に入ったということではないかと、漠然と考えています。一生懸命そのことをわかりたくて、いろいろな分析をしてみたりしてきたつもりですし、これからもやるつもりです。確定的なことは得られないのですが、なにか違う段階に入ったのだという感じはしているのです。

それから理論的に究極のイメージは、すぐに思い浮かべることはできます。つまり伸び方が極限までいくし、収縮の仕方も極限までいくというふうに考えれば、考えられるのではないでしょうか。それを考えるのがいちばん普通な気がします。

あなたが東京に行くと目まいが生ずるとおっしゃいましたけれど、僕は、好きというか、そういうことはあってもいいし、下町みたいな、民家がゴテゴテ建ち並んでいるところが、僕はホッとして好きです。単に好き嫌いの問題ではなくて、関心をどこにもつかというと、先ほどいいました、高次映像を喚起する箇所と異化作用を催す映像を実現する箇所、というような二つの系列に関心をもちます。これは、関心と好き嫌いとは同じように見えて、ちょっとだけ違うような気がします。好き嫌いでいうときと、自分の関心をどこに行使したらいいかというそのこととは、少し違うような気がします。僕も関心と好き嫌いとは分裂しているところがあります。ほんとうはよくわからないから――わかろうとはしているのですけれど――どうなるのか、よくわからないところがあります。それでよろしいですか。

質問者　吉本さんの本をちょっと読ませていただいたのですけれど、どうもよくわからないというのが本音でして、きょうの話も、イマイチ、僕は理解できなかったです。最後の「がんばってください」というところだけしか理解できなかったのですけれど……（会場笑）。まあ、そういうことはいいんですが。

きょうの吉本さんの講演を聞きまして、吉本さんがパワフルで若いといいましょうか、少年らしさをもっているところに、僕は非常に惹かれました。それは以前、コムデギャルソンを着ていらっしゃったこともありましたし、『アンアン』などに登場されたこともあったのですけれど。

僕たちはいちおう「新人類」などと呼ばれまして、世の中からは、子どものくせに子どもでない扱いをされて、まったくバカのような扱いをされています。それはどういうところかというと、きょう吉本さんがもっていらした少年らしさというのが、僕たちにはイマイチ欠けていると、じつのところ、僕はほんとうにそう思います。それは、若いうちから処世術を学んでしまったというところもあって、へんに大人になってしまっているのです。

丸谷才一という人が、僕たちを「純粋無垢な少年たち」といって、完全にバカにしていますけれど、実際のところは、僕たちは全然そんな純粋無垢な少年などではなくて、大人の人たちから見れば、すさんで見られるかもしれません。

きょう、吉本さんがすごく少年っぽく見えたというところで、まだ少年の僕ですが、吉本さんに

「少年っぽくある」というのは、いったいどういうことかということを教えていただきたい（会場笑、拍手）。

ようするに、足りないということではないのですか。つまりどこかが足りないのだということのような気がするのです。僕にはあなたより少し上くらいですけれど、子どもがいます。ですから、あなたたちが新人類といわれているゆえんは、わからないことはないのです。丸谷才一のように、新人類といわれている若い人たちが純粋無垢な少年だとか、少年っぽいとか、僕はそういうふうには思っていないです。あなたが、ご自分でいっておられたのと同じように、僕には観察されたり理解されたりするんです。

「新人類」とか「旧人類」とか——丸谷才一はまあ旧人類でしょうけれど——どこで分けられるのかという問題があると思います。僕が分けている根拠は、ようするに新人類的ということのほうが、無意識に現在的なんだというふうに、僕は思っているわけです。つまり、現在は、さまざまなところからさまざまな観点で分析したり解析したり解剖したり、またその中で自分が無意識に遊んだり、意識的に遊んだりできるわけですが、どこで特徴づけるかといったら、明晰に区分する線が、すべてについて引けないようになっていることだと思います。

先ほどのことからいえば、都市はいったいこれからどうなっていくんだ、どうなっていけばいいと考えるのかということと、それから、いい悪いにかかわらず、都市はどういうふうになってしまうだろうかということとが、あまり区別がつけられなくなってしまっているという特徴があると思うのです。それだけでも必ず、どこか究極のところへ行くだろう。しかし、それがいいことなのか悪いことなのかということをいってみると、なかなか区別がつかない。自分の中にある、いい都市・悪い都市というイメージも、あまり区別がつかないというようになっています。

人間の精神状態からいいますと、これは専門の精神科のお医者さんにお聞きになれば、すぐわかるでしょうが、たとえば昔のように現存在分析みたいなものでいくと、分裂病のいちばん大きな特徴は、「世界没落感だ」という言い方があるわけです。現在の分裂病者で世界没落感などをもっている人などは、いないのではないでしょうか。今の人は分裂病でも、フワフワとしておかしいという人はたくさんいるのですが、「世界は没落する、俺は自滅だ」というような意味での分裂病患者は、いなくなってしまっています。

新人類の人たちを対象とする限り、これこれの症状をもっているから分裂病で、これこれの症状は躁鬱病でという区別というのも、そんなにはっきりしないようになってしまったのではないかと、僕は思っています。専門家でないから、確言はできないですが、たぶん、昔の丸谷才一の年代の人たちは、分裂病になると世界没落感みたいなものをもったりしたのだけれど、今の新人類の人たちが分裂病になっても、世界没落感などもたないと思います。

そういう意味で、なにか精神の限界として出てくるとか、善悪として出てくるとか、そういうことは、全部曖昧になってしまっているのではないでしょうか。つまり境界がつかなくなってしまっているのではないでしょうか。

それから、精神病といわれているものと、ただの神経症――俺はきょうのこの時間だけおかしかった――といわれているものとの区別も、あまりつかなくなってしまっているのではないでしょうか。

新人類の人は、いつでも子どもだましで執行猶予みたいなもので、真正面に社会の出来事とか社会の生活とかに立ち向かっていかないで、いつでもフワリフワリとよけて行きながら、フワフワとやっているというふうに、丸谷才一のような旧人類からは思われているかもしれないです。それでは、そういう人たちがフワフワしていて楽しいかというと、僕はあまり楽しくはないのじゃないかと思います。

つまり、楽しさというのと楽しくないというのと、空虚と悲しいことが、あまり区別がつかないようになってしまっているのではないでしょうか。境界、あるいは分岐点、分岐線の曖昧さといいますか、区切れなさが、新人類を定義しようと思うと、すぐに浮んできます。

丸谷さんのように、子どもっぽいとか、大人の問題を避けているとか、よけて通るから、あまり恐ろしい経験もしないし、すごい経験もないから、フワフワと漠然と明るくいられる。それだから子どもの最たるものだと思うかもしれませんが、僕はちっともそんなふうには思っていないです。

僕らよりもはるかに大人だし、それから、感覚的にいいますと、僕らだったら一生懸命やるとやっと少しわかるような問題をスラッとわかってしまう。ただ、それを言葉にしろとか論理にしろとかいわれると、なかなかできないでしょう。スラッとわかって勘がいいと思います。僕らは論理にはできそうに思うのだけれど、それをつかんでみろといわれると、そうとう一生懸命やらないとなかなかつかめない。そういうところが違うから、区分線がつけられないということで、新人類というのの定義はしたいような気がするのです。

だから少年っぽいとか、大人っぽいとかいう、わりに倫理的な判断が、あるいは社会的判断が、そこに介入する意味では、あまり僕は新人類を定義したくないし、する気もないので、僕はそこは丸谷さんとは違う気がします。

逆なことをいいますと、あなたが少年っぽいといわれたのですが、丸谷さんは確固として大人の自信と大人の見解と信念にあふれているのでしょうが、僕らはどうしても自信がもてないです。いくらやっても自信がもてなくて、こうじゃないか、ああじゃないかと思いながら模索しています。だから新人類に驚く場合が、丸谷さんよりも多いです。そこらへんが、少し違うような気がします。

質問者　今お話を聞かせていただいて、吉本先生の視点というのに、ものすごいカルチャー・ショックを受けてしまって、まだ胸がドキドキしているのです。

唐突ですけれど、もう裁判も落ち着いたことですし、そろそろビートたけしさんと対談なさってくださいませんか（会場笑）。

これはきつい質問でなんですが、僕はあの乱入事件以前にはしたくて、いつかしようしようと思っていました。乱入事件があってからは、ビートたけしは、もう少し落ち着かないと、外傷か内傷かわかりませんが、そこから回復しないとダメなんじゃないかと思います。回復したらしてみたいですね。

いろいろなことがあるでしょうが、僕の理解の仕方では、あの乱入事件はビートたけしの「芸の無意識の自殺」だと、僕は思っています。自分が無意識のうちに話芸のうえの自殺をしたと思います。あれだけの人が無意識の自殺衝動をもってしたことだから――一見すると、どこかの出版社に押しかけていって殴りあいをしたんだ、そして向こうがバカで警察を呼んだりするから、こんなことになってしまった、そんなふうに見えるけれど、僕はそう思っていません。それだったら、あれだけの衝撃を与えないはずなのです。そうではなくて、あの人の中に芸の自殺、つまり芸として自分はここで自殺をしてもいいというのが、無意識にどこかにあったから、あれだけの衝撃を与えたのだと、僕は思っています。

だから逆に、あれから回復するのは、そんなに簡単じゃないと思います。たとえあの人が元の番組に同じように戻って、同じように変わりなくできるようになったとしても、それはやはり見かけ上のことで、ほんとうに回復するには、まだ時間がいるんだと、僕はそういう理解をもっています。でもやっぱりしてみたい人ですね。できれば。

デスマッチでなくてもいいけど、テーマなどにあまり限定を設けないで、言いたい放題なことを言い合うようなことを、いつかしてみたいです。

質問者　ものすごい質問が続いたところで、ちょっと簡単な質問なんですが。ここに先生の『心的現象論序説』という角川文庫の本があるのですけれど、このいちばん後ろに「よしもとたかあき」と書いてあるのですけれど、「よしもとりゅうめい」とどちらでしょう（会場笑）。

本当は両方とも、あまり日常的ではなかったのです。子どものときは僕はなぜか友だちから「きんちゃん」（会場笑）とか「吉本」と呼ばれて、親からも「きんこう」とか「きん」「きんちゃん」と呼ばれていたので、「たかあき」と呼ばれるのは、学校の先生からとか、特殊なときにしか呼ばれたことがありませんでした。だから両方とも日常的ではない呼ばれ方だと思います。

僕はこれでもちゃんと正規に受験勉強をして――あんまり正規じゃないか（会場笑）、ちょうど幸いにも戦争中で、配給（無試験）でもって大学に入ったので正規じゃないですけれど――大学を出たということになっています。そういうところで通用しているのが「たかあき」です。物書きとしては、たいてい「りゅうめい」というのが通用しているのです。でも生活人としては、全然通用していないです（会場笑）。というのは、僕は使い分けているわけではないけれど、そういうふうになっているのです。日常的には「たかあき」というようには、呼ばれたことがないです。

質問者　きょうの講演についてですけれど、結局、ハイ・イメージ論というのは人間としてのものすごい能力というのか、そういうものを解明していくことなんだと、僕は理解したのですけれど、そういうとらえ方でよろしいのでしょうか。

ある意味では、いいのではないでしょうか。というのは、自分で本音をいってしまえば、僕はハイ・イメージ論というのを今もやっていて、本屋さんがよせというまではやっているつもりです。それをやっている自分――書いたり考えたり調べたりといったときの自分は、あまり内を見ている余裕をもってないと思います。つまり外のほうを向いていると思います。外のほうというのはおかしい言い方なのですけれど、内部・外部という言い方をしますと、外のほうを向いて、誰も見ていないでやっているような気がします。ですから、おっしゃる通りでよろしいのじゃないでしょうか。

僕は、その前にマス・イメージ論というのをやっているのですけれど、そのときは内側ばかり見てやっていたような気がするのです。内側の問題――身のまわりの問題とか、日本の狭い文化の世界の動き方といったものばかりを見ながら、それをいかに緻密に分析して理論化し、それがもしかしたらわりと普遍的なことにつながりうることができるか、というようなことをやっていたような気がします。

そこから、いきおいそれも一種の理論づけといいますか、原理づけとして、ハイ・イメージ論というのをやってきたわけです。今度は内を向いていないで、外を向いているような気がします。内を向いているようなふりをしているけれど、外を向いているようです。それは、どういったらいいんでしょう。内を向いているようなふりをして外を向いているっていう言い方の中にほんとうは大衆とか身近な人たちとか、大衆文化の問題が、この言い方の中に入っているのです。入っているつもりですけれど、ほんとうに外を向いているだけで――ほんとうは外を向いていないのかもしれないのですけれど――わりあいにそういう狭いところをスーッと走っているというか、歩いているというような気がしています。

だからおっしゃるような通りで、いいのじゃないでしょうか。

ただ僕は、自分をそういうふうに慣らしてきたから――自分をこしらえてきたから、そうなんですけれど、外を向いているふりして外を向いているというのは、おもしろくはないんですよね。いるじゃないですか。外を向いているふりをして、外を向いているという人。外を向いていて外を向いているふりをしている人。内を向いているふりをして内を向いている人。みなさんのところに来てお話をしたような人で、いるじゃないですか。

僕は両方とも、自分のやり方と違うやり方をしてきたので、僕はいつでも外を向いているふりをしてほんとうは内を向いているとか、内を向いているふりをしてほんとうは外を向いているとか、そういうやり方をしてきたと思うのです。ですからおっしゃる通りでもいいですし、存外僕は、今内を向いているふりをして外を向いているというふうにいっていいと思っています。

質問者　きょうは、どうもありがとうございました。今から話すのは、わたしが思っていたことですけれど、小学校のころ、理科の先生に「人間は細胞からできていて、細胞はそれぞれ生きているんだよ」ということを聞いたときに、わたしは奇怪なことを考えて、それが夢になったんですけども。寝ている間に、細胞が一人一人分解していってしまって「ワーイ、僕たちはもう自由!」という感じで行ってしまうというすごい夢を見たことがあるんです。

中学に入って、細胞の中には、もっと小さい微々たるものがあって、またそれは原子という、もっと小さいものからできているということを習ったわけです。

それできょう、先生が都市論として、都市が一種の生き物に似ているということをおっしゃって、そのあとで、また今度は無限遠点のほうから見ているなにかがあるということをおっしゃったときに、なんとなくつながった気がしたわけです。

つまり原子というものから、なにかミトコンドリアといったような微々たるものができて、それが集まって細胞というものができて、細胞がまた集まりたがって人間というものができて、人間は、これ以上命がどうなるのか全然わかりませんけれど、また細胞のかたまりのようなビルディングをつくって、それがまた生物として膨張していって、その膨張したあげくが、無限遠点に向かって動いているのではないかというように、先生の話を聞いて思ったんです。

先生は、それをなんとなく物質的とか映像的とかいった、形として見ていらっしゃるのですけれど、その中に生物として無視できない精神的なものを、先生は考えていらっしゃらないのですか。

精神的なものを考えていないことはないいんですが。こうなんですよ。人によってさまざまな言い方と、さまざまなやり方というのがあるのですが、現在の日本の文学でも、文化全般の状態でもいいのですが、あるひとつの分野、文学なら文学の分野を、文学の分野で批評家の場合は分析したり、作家の場合は小説を書いたり、詩人の場合は詩を書いたりといったように、文学でもって文学をやるとか、文学をやるのに文学でやるとかいうことが、ものすごく僕らには、息苦しくてしようがないっていいいましょうか、これは社会的な息苦しさの反映でもあるわけでしょうが、そういうやり方がとてもかなわんという実感があります。内面的なものの表現である文学というものについての考察を、内面的な表現でやるというのではなくて、もし象徴的に理解するのでなければ、もう内面的な表現などはどこにも入る余地がないよ、入る余地がないよというようなところから、きわめて内面的な問題というのをやってみたいという衝動といいましょうか、それが自分の中で多いものですから、内面を無視したり、無限遠点から四捨五入したりするようなやり方と主題というのを、僕自身はやっていると思います。

それは内面にたいする関心がないからではなくて、内面の問題を内面的にやるというやり方は、ものすごく不毛に見えてしかたがないのです。これは逆に見える場合もあって、内面的に固執して内面的な小説を内面的に書いているとか、内面的な批評を内面的に書いていて内面的な世界でやっているというような人から、僕がやっていることを見ると、「あいつはもう想像力が枯渇し、内面性が枯渇したものだから、工科の出身だから、とうとう素性を現してそんなことばかりをやっている」とか思っているかもしれません。

けれど、それはそうじゃないんで、きわめて内面的なことを、なにも使わないでやってやろうと。そういうことでないと、風穴が開かないというくらいの、一種の閉塞感といいましょうか、そういうのがあってやっていると思います。

かならずしも、まったく内面的な関心がないわけではないですし、またそういうことをしてこなかったわけでもありません。また同時に、していないわけでもないので、すこぶるアミーバみたいなやり方を、現在の自分はしていると思います。内面・外面についても、今自分は、そういうやり方をしているような気がしますし、そういうやり方でもしなければ、気分がもてないといいましょうか、この閉塞感というのはかなわない、という感じというのが、どこかにあると自分では思っています。

質問者　ありがとうございます。

先生がおっしゃったことで、ひとつだけ、あれ？　と思ったことは、わたしがさっきいったことに少し通じるのですけれど、どうして高次的映像が新しい世界だと思えるかということは、最初わたしが原子から感じたことから考えれば、ごくごく当然これ以上大きくなるのは、当たり前のような気がしていたものですから、それが新しい映像だととらえることにたいして、ちょっと疑問をもったのです。

僕は新しい映像だと思いました。おっしゃっていることの眼目は、たぶんそういうことではなくて、つまり、どういったらいいのでしょう、リンゴが落ちてくるというのは、誰が見ても新しくないことで、ある意味では当然なのであります。けれど、これで衝撃を受けたということは、もしかするとこちらのほうに衝撃を受ける主観があったから、衝撃を受けたということにすぎないかもわかりません。あなたのほうが、映像については発達しているから、あまり驚きもしないで「そんなことは当たり前よ」というふうに思っておられるのだと思います。ただ僕は、衝撃を受けたのです。

それで誰かに「おまえ、見てこい」と富士通館のことをいうと、「そうですか?」といって、浮かない顔をされて、「見てきましたけれどねえ。そんなに面白いですかねえ」というふうにいわれたりして、パッとしなかったのです。だからきっと、僕がそれに衝撃を受けたということの主観のほうが重要なことであるし、あなたのほうが映像については、とても高次なことがわかっているということです。高次映像というのは、こういうふうにつくれるということがわかっているという、あなたの経験のところに真実があるということではないでしょうか。

だから僕は、子どもみたいだといわれるのかもしれないですけれど。

僕は、たとえば都会のビルディング街の写真を撮る場合に、空を入れるとビルディングの高次な立体性といいますか、幾何学的な線のあり方、重なり方というのが、はっきりと浮かび上がってくるように、前は思っていました。ところが筑波の富士通館を見て、とてもショックを受けて考えたのですけれど、そういう場合には空を入れないほうが、一次元空間が高次な映像で撮れるということを、初めてそのときわかったのです。そのときまでは、逆に考えていました。空を入れたほうが立体的な折り重なりははっきりするだろうと思っていたのです。それは、こっけいだと思う人から見れば、こっけいなやつだということになると思いますけれど、僕の経験からいうと、初めてでした。数年前に初めてそういうことに気がついたのです。それでビックリしたのです。

映画なんかでも『ブレードランナー』というのがあるでしょう。あれに、僕はビックリしました。ビックリしたというより、ああ、こいつは映像的にやっているなと思ったのです。こいつは少し映像の構成ということの中にどういう理念があるかということを、わかっているやつだなと思って、『ブレードランナー』はとてもいい映画だと、僕は思っているのです。あれは高次映像というのをわかっている監督です。でも、これだって僕がわかっているよといっているのは主観にすぎないのであって、そんなものは別になんでもないことをしているんです。ビルでも天空を背景にして写真を撮ると、それを見た人は一次元転落してしまいますからね。だからビルの空間の高次性――ハイ・イメージというのが写真を撮る目的だとしたら、空は入れないというのが原則になるわけです。

つまりそういうことがあるので、『ブレードランナー』という映画は、ものすごくよくそういうことを考えている人が撮っていますね。僕は、この監督は映像によって「なにか」だという監督だと思いました。べつに高次映像ではないのですが、映像によって「なにか」だという監督は日本でも一人、森田芳光という人がいると思います。この監督は映像によって「なにか」だと僕は思っています。でも、この人の映像は高次ではないです。逆にわざと低次にしているところがあります。わざと真正面から横に並んでいるところを撮ってみたり、映像の次元を一次元減らすようにカメラを向けています。でも、こういうことを、この人はわりと意識的にやって、なかなか見事なものだと、僕には思えます。この人は、やはり映像でもって「なにか」だという、日本では唯一の監督だというふうに思っています。

そういう問題で、あまり客観的な意味をお考えくださらないほうがいいと思います。ようするに、そんな映像についてよく知っている人は、「おまえがそう思ったんだ、おまえがビックリしただけだ。そんなことは映像についてよく知っている人間だったら当たり前だと思っている」とお考えになってくださったらいいと思います。それ以上の意味はないということになると思います。


質問者　今のお話で、「外を見ている」とおっしゃったのですけれど……。

僕の個人的な問題なのですけれど、なにか六〇年代を生きた人にたいして、すごい劣等感を抱いていまして、そんなものは抱く必要はないとはよく思うのですけれど、それでも潜在的になにかをもっているんです。僕が、中学に入って思春期を迎えたのが八〇年代なものですから、八〇年代以降の文化の影響を受けています。高校時代に吉本先生の本を読んだりして、何か触発されるものがあって、いろいろ考えるようになったのですけれど、ここのところ数年のあいだに吉本さんが対談なさったり、著作を著したりなさってきたことを、ずっと読んだりしますと、若い僕らの世代に新しいオモチャみたいなものを与えようとしているのじゃないかというような気がします。

今、吉本先生が外を見ていて、吉本先生が個人的に感じたものについて、ハイ・イメージ論というものを書いているのであるから、ということをおっしゃったものですから、こういうことをいっても否定なさるかもしれませんけれど、僕らのほうにベクトルが向かっていて、なにか新しい次元に導いていってくれるのじゃないかな、そういう刺激を与えてくれているのじゃないかというようなイメージを、僕はずっと抱いているのですけれど、そういうことを、ご本人の口から、なにかありましたらお聞きしたいのですけれど。

おっしゃるようなことは、たぶん、僕が今いった内を向いているような顔をしているけれど、ほんとうは外を向いているんです、といったこととあるところで関連があるのじゃないかと思うのです。そういう観点からいいますと、おっしゃったように、あまり僕は他者に自分の考えについて刺激を与えようとしているというふうに、お考えにならないほうがよろしいんじゃないかと思います。それよりも、もっとあいつのやっていることは孤独なことをしているんだというふうに思ってくれたほうが、よろしいんじゃないかという気がします。

ただ、もしなにかの刺激を与えようとしているんだというふうにいえるとすれば、あなたたちに、若い人たちではなくて、もっとお年寄りたちや同年代の人たちと、やたらにやりあっている口調を盛んに取り入れながらやっているから、それが、なにか刺激を与えようとしているんだ、みたいに見えたり、あいつは俺たちを抹殺しようとしているんだという、被害妄想をもっている人たちもいます。それは若い人たちではなくて、同年代や、もっと上の人たちと理念といいますか、考え方との競り合いのところで、いろいろなことが分岐点にきているような気がしていて、そこでは盛んに刺激的な言葉を取り交わしたりしています。

でもほんとうは、「あいつのやっていることはとても孤独なことだ」と思ってくれたほうが、なんとなくありがたい気がします。

けれど、相当刺激的な言葉で、刺激的なことをいっていることは確かです。それはあるひとつの、すごい急流の曲がり角にぶつかって、そこをどうやってしぶきを上げるかということが、いろいろ見えてきたりするので、そういうことをひっかぶりながら、刺激的な言葉や要因が出てくると思います。ほんとうはそこが本筋ではないというふうに思ってくれたほうがよろしいので、きょうの話でも、一番最後の部分は、よけいなことだというように思ってくださってもよろしいんじゃないかと思います。

質問者　僕はあまり難しいことはわからなかったけれど、吉本さんの考え方といいますか、ひとつの生きる態度を学んだつもりです。それを真似してやろう――真似はできませんけれど――というつもりで、やっていきたいと思っています。

僕は、遅れた考えの人というか、先ほどの丸谷才一さんみたいな偉い人というのが、たくさんいるというのが現実だから、それと、学生である高校生とか予備校生、大学生とかが、どのように逆転できるのかということを聞きたかったのです。

僕はだいたい丸谷さんと才能が違って、あちらのほうが才能があると思います。そういうことではなくて、違うところがたくさんあるのです。

どこが違うか申し上げましょうか。丸谷さんという人は批評も書きますし、小説も書くのです。

小説家として第一にいいますと、丸谷さんという人は一作、一作なんです。つまり、読んでみればおわかりになると思いますが、『たった一人の反乱』でも『裏声で歌へ君が代』でも、なんでもいいのですが、一作、一作でいったら面白いですし、いい作品だともいえます。だからそういう意味でいったら、才能のある優秀な人ではないかというふうに思っています。それが評価です。

自分と違うと思うのは、丸谷さんは、その一作、一作の中に流れがないのです。つまり、あいつは初期のころにはこういうのを書いていた、最近はこういう作品を書いた、その中に小説の作品としての面白さ・よさというのはあるのだけれど、もうひとつその人の作家としての内部の流れみたいなものが、あるかないかという段になると、僕はきわめて稀薄だと思っているわけです。いつでも一作、一作は必ずいい作品だし、面白く読めますし、かなり質のいい作品だと思いのす。そういう意味では、たいへんいい作家だし、才能のある作家なのですけれど、内面のつながりというか、流れがないのです。それが自分と違うところだと思います。

僕は「あいつは変節した」とか、いろいろなことをいわれたりするのだけれど、流れがあるつもりです。だけど、僕は、一貫しているとは、ほんとうはあまりいわないのです。カーブがあったり、紆余曲折というのはたくさんあるけれど、僕の作品をほんとうによく読んだ人だったら、必ず「こいつはここでこういう考え方をとって入れてきて、こういうふうに変わってきたな」とか、「こういうふうに変わったところで、こういう問題が出てきたので、こうやったな」というのが、全部たどれるはずです。僕が内面的にたどっているのだから。意識的にたどっているわけではありません。

僕は内面的に一貫している、つまり流れがあると思っているから、僕のものを読んだ場合には、初期に書いたものと今書いているものとの中には、よくよく読まれたら「こいつは、こういう考え方でこうなってきたな」とか、「ここで現実がこうだったものだから、こういう要素でこういうふうになってきたな」というのが、全部わかります。そこに流れがあるというふうに思います。

僕の敵対者たちは、「俺は一貫している」といいますけれど、それはただ停滞しているだけです。そうではなくて、僕は一貫しているなどとは、ちっともいわないです。その時、その時によって、あっちにぶつかりこっちにぶつかりしていますから、紆余曲折はありますけれど、なぜここでこう変わったか、こういうふうな考えをこういうふうに入れてきたかというのが、わかるようになっています。それは意識してわかるようになっているのではなくて、ひとりでにそうなっているはずです。そこが丸谷さんと僕とは違うと思います。才能は僕よりある人だと思いますけれど、僕は違うと思っています。それだから異論があるのです。

でも僕は丸谷さんという人を、頭から否定はしていないです。あの人の作品も、丁寧に読んでもらいたいみたいなことはあります。それで、この人はこうなのだ、こういうのだというのをつかんでほしいみたいなことはあります。

そこの部分だけは違わないような気がします。才能が違うということと、流れがあるかないかが、そこが丸谷さんと違うような気がします。あとは堕落している部分も同じだし、売文している部分も同じだし、たいして変わりはないんじゃないかという感じをもっています。

質問者　ちょっと先生のおっしゃることと、別なことになってしまうかもしれませんけれど……。

都市の空間とか、いろいろなふうに先ほどおっしゃった生命体としての都市をもってきて、だんだん人間の精神的なものにも変質といいますか、影響というのが、だんだん表れてくるのではないかと、僕は考えているのです。

二十一世紀は、どういうふうな時代になっていくのだろうか、というひとつの展望みたいなものを、僕はいつも悩む——悩むほど考えてはいないのですけれど、いろいろ考えます。それでひとつ、僕は医学に興味があって、医学は将来どうなるのかと考えるのです。（中略）

二十一世紀に向けて、先ほどの新しい視点から、無限遠点のほうから見るという考え方と同様に、医学ひとつをとってみても数学や物理といった方向だけからではなくて、宗教とからんだ精神病理的な方向から、僕は切り込んでいったら面白いのではないか、二十一世紀はそういうふうになるんじゃないかと思います。そこらへんについて、ひとつの展望みたいなものを、もし考えるところがありましたら、おっしゃっていただきたいということが第一点です。

もうひとつ、ちょっと長くなってしまうのですけれど、大学時代——先生は東京工業大学の工科から、科学のほうから今は詩人とか評論のほうに向いていった、そこらへんの一つの転機は、どういうところにあったのか。若いときに、どういう胸の高まりとか、愕然とする思いとか、そういったものがどういうふうに影響していったのか、学生時代のことを、ご自分の体験と少しからめて参考になる程度にお話しくだされば幸いです。

大変難しいことばかりになってきたのですけれど。

医学の問題ですけれど、意外に簡単な言い方でうまいことをいっているイバン・イリッチという人がいるわけです。医学がつくる病気というもの、つまりいろいろな検査機能というものもあるわけですし、薬の副作用というのもあるのでしょうけれど、そういう医学的な投薬、治療する方法とがあるがために、新たに創り出される病気、できた病気というような病気が、自然に身体に悪いところがあって生じた病気を、パーセンテージで超えたときには、医学というのは根本的に考え直さなければいけないのじゃないか、というようなことをいっていると思います。

およそ、その考えは、僕はいいんじゃないかと思っています。つまり、誰がどう考えても医学的な治療をしたがゆえに、新たに副作用によって生じた病の種類がどんどん増えていってしまって、自然病気と人工病気というのを考えると、人工病気のパーセンテージのほうが増えてしまったとすれば、それはやらないほうがいいんだということになってしまうから、その治療方法、治療体系というのは考えなおしたほうがいいという考え方です。それで、おおよそのところはいいのじゃないでしょうか。

イリッチという人は、うまい言い方をしているのですけれど、会ってみるとそういう人じゃないですね。もっと医学を呪っている人です。でも、言い方はそれでいいんじゃないかと思っています。

それから精神の病ということですけれど、ちっとも正確ではないのですけれど、大雑把な意味では前からわかっていることが少しあります。それはひとつは精神の病になったときのふるまい方とか、精神の世界の広がり方とか、幻覚のようなものをまじえての内面世界のできあがり方についてです。人間の歴史の中で人間が動物と同じように、一人一人がメチャクチャに獲物を探して食っていたという時代から、なんとなく家族をつくって子供をつくって、それだけが同じところに同居するようになって、そういうのがたくさんいて、それでまた共同体ができて、またそれが村になってというような歴史の経路があります。その経路のある時期に、人間が考えていたとか感じていたことと、精神の病気のときのふるまい方は、大雑把にいいますと対応させることができると思われます。つまりどんな異様な精神のふるまいも、かつて歴史のどこかの時代に人間がふるまったこと以外のふるまい方はしないものだということです。もうひとつあります。

大雑把な言い方をしますと、精神の病気が起こりやすい人と起こりにくい人と、どこで決まるかといいますと、一つは胎児、つまりお腹の中にいたとき。それから乳児、つまり、自分では生きることができなくて、母親から授乳されて初めて生きていくことができた時期、また移動することも自分ではできないので、母親が移動させてくれなければ移動できない。そういう、乳児のときとか胎児のときの母親との関係の仕方と、思春期のはじめごろ、今なら中学の高学年ころの周辺の人たちとの――自分と第一次的に接触する人たち、特に接触する異性ですけれど――関係の仕方に、もしたくさんの失敗があると、精神の病にかかりやすいということがいえそうに思います。それは純粋に、精神的に考えてそうだと思います。

ただ、生理的――遺伝の要素が、どのパーセントあるのかというのが、なかなか確定しにくいことです。というのは、精神の病に生理というものを――脳細胞のあり方がどうだとかいうことや、脳細胞にこういう要素があるからとかいうことと――関連づけるということは、今のところ、とても難しいのです。なんらかの関連はあるのでしょうけれど、関連づけることはたいへん難しいから、うまく確定されていないということがあると思います。

つまり精神の病についてはおおざっぱにその程度のことはわかっていて、人間が精神の病になったからといって、まったく奇想天外に、かつて人類がやったことのない行いやふるまい、考え方とか、幻覚をとることはないのです。必ず人類は、ある未開の段階か原始の段階か、あるいは古代、もっと前かもしれませんけれど、そのときに考えたり感じたりしていた、その経験のある考え方でしか、精神の病にかかったときのふるまいとか心のあり方は、成り立っていない。そのことくらいは、大雑把にいえると思います。全然メチャクチャな精神の病はありえないので、必ず自分や自分の両親は体験していないけれど、かつて人類が原始時代であったときとか、自分の祖先が原始時代であったときに、必ず体験しているというか、そういう精神のふるまい方をしているとか、そういうものの見方をしているとか、そういう幻覚の世界をちゃんともっていたということであることに違いないということくらいまでは、大雑把にいえそうな気がします。

しかしまだ、やればもっとわかるということが、たくさん精神の医学の中にあると思います。

それがあるかぎり、たとえば今の質問をされたかただけではなくて、誰でもが専門家はもちろんですけれど、追究することをやめないだろうと思います。もっと人間の精神について、あるいは肉体について、生理について追究することをやめないだろうと思います。たとえ、どんな権力をもってきても、やめさせることはできないと、僕は思っています。

医学、特に精神医学を希望されるというのは、ものすごくいいことで、そういう問題について、いつも基礎的にやられることも、実践的にそういう精神病者とよく丁寧に付き合ったり考えたりしながら、それを治す方法というのをつくりだしていくということに従事されるのは、とてもいいことです。

基礎医学についていえば、たくさんの発達した計器を使って基礎医学をどんどん追究されて、少なくとも人体のメカニズムと、そこから生ずる観念の世界というようなものについて、どんどん解明をしつくすというくらいまでやられるということは、ものすごくいいことではないかと思うのです。まだやることはたくさんあるのではないでしょうか、というのが僕の感想だから、あまり心配しないで、医学を専攻する学校に行かれたらいいんじゃないでしょうか。

質問者　それとできれば、学生時代の、自分の方向に行くといったことは……。

ようするに、どこでグレたかということですね（会場笑）。それは、なんとなく人のせいにするのはよくないことだけれど、ひとつは戦争のような気がするのです。

僕は今でいう工業高校のころから化学だったのです。だからそのときは化学の技術的な工員というのでしょうか、労働者になるというのが自分の理想で、そのときたまたま親父にゆとりがあって、頭がよくないから、その上の地方の専門学校みたいなところに行って、そこでもまた化学をやったのです。そうしたら戦争に入ったのです。

戦争に入って、もう軍隊に行こうか、というふうに思っていたのですけれど、よせよせという人もいて、さんざん思い悩んだんです。

それでまた、たまたま親父にまだゆとりがあって、そういうのを募集していたものだから、戦争中だったのですけれど、工科系の大学へ行って、また化学をやったのです。だから、自分はそれをあまり疑っていなかったんです。

ところが戦争が終わってみたら、恐ろしいことになっていて――恐ろしいことがなにかといったら、精神の世界が恐ろしかったのです。昨日まで戦争讃歌をうたっていた人たちが、戦争が終わったら、ひと月かふた月たったら、もう「文化的な民主主義国家を建設しよう」みたいなことをいいだしたわけです。これにはビックリ仰天して、これはすごいもんだなあ、人間の精神というのは、すごいものだなあということをあらためて感じました。

僕は会社に入って、工科系の実験をして物をつくってという世界でやったのですけれど、なにかがかなりできそうになってくると、会社の中でもできそうになってくるとなんとなく自分で嫌になってしまうというのでしょうか、自分で自分を壊してしまいたくなる衝動というのがあって、そのたびに文学みたいなものにたいするのめり込み方が深くなっていったりしました。また、自分なりに社会的な関心というのが深くなっていって、よせばいいのに労働組合に首を突っ込んだりしていきました。それで、そんなことはあまりいうことでもないのだけれど、会社をクビになったりしました。

それでまた、化学の特許の事務所に勤めて、化学系の特許関係の下働きをして生活をしていて、物を書いたりもしていました。そのうちにだんだん物を書いた収入と、そういうところでもらっている収入とが、半々ぐらいになってきたのです。

そうなってくると、特許事務所に勤めて化学関係の特許の下働きをしていることが、少しおろそかになってきたりしたわけです。おろそかになると、どういうことが生じるかというと、外国関係の特許を翻訳して、その明細書をつくって、それを特許庁に書類と一緒に提出するものを家に持って行ってやろうとして、まっすぐに帰らないで、途中でどこかに飲みに行ったり寄ったりして、忘れてなくしてしまったりすることが、少し重なってきたのです。

すると厳密に神経症的なことをいいますと、それは技術についてよく心得のある人は、それを拾って読んだりして、それをやった場合には、とんでもないことになってしまうわけです。つまり優先権というのは主張できないし、特許を取ろうにも、もう盗まれてつくられているということになってしまうわけです。それはとんでもない責任問題だ、ということで、神経症的にいえば、そういうことになってしまうわけです。だけど、めったに技術関係の人が拾うことはないわけです。それが極端な場合は、ノイローゼになれば、そうなるわけです。

こういうことが重なって、これはいけないということで、これはどちらかに決めなければいけないということになっていって、それから、物を書いて食べるみたいなことの中に、深入りしていくということになったというのが、自分の実情です。

ほんとうをいいますと、自分が積極的に物書きになったということは、ほんとうはないのです。いつも受け身なんです。でも、それは理屈であって、その根本にあるのは、どうも戦争というもののの段落というのでしょうか——わりあい青春の真っただ中でしたから、戦争中までと戦後との段落の中を、精神がくぐることができなかったのです。自分の中で。死にたいと思ったり、死のうと思ったりしましたけど、くぐることができなかった。だから、どこかで突き崩されているみたいなところがあったということが、なんとなく根本的なことのような気がします。

もう少し理屈らしきことをいいますと、やはり人間がなにになるか、なにになってしまうかということについて、その人の意思でもってなれる要素は半分しかないと、僕は思っています。あとの半分は、多分外から原因がきて、要因がきてその人がなにかになると思います。なにかになろうと思って、それを成し遂げた人にお目にかかったことが僕はないです。

たいていは、僕自身もそうですが、そうじゃなくて、そうなったのだからしようがないじゃないか、つまり自分がなろうとしていることは、半分しか作用しなくて、半分はもう外から要因があって、そういうふうに行くハメになったとか、行くようなことになったのだというような気がします。人間の生涯のコースは、なんとなくそういうものであるように、僕自身は思っています。

もし、自分が意思して、その通りになったというような人がいたら、僕はお目にかかりたいと思っています。僕の知っている範囲では、それは一人もいないように思えます。そういう問題というのは、ひとつ要因としてからんでいたように思うのです。

それはみなさんの場合も同じで、たぶんそういうふうにありながら、大小さまざまな経験や環境にぶつかりながら、なにかになるのじゃないかという気がします。つまり偶然ということがあるでしょう。まったくの偶然ということは、つまり必然と同じことなんです。だから偶然自分がこうなったということの中の五〇%は、必然ということと同じです。人のせいにするわけにいかないとか、外の環境のせいにするわけにはいかないですね。いくのは五〇%ぐらいで、あとの五〇%はさまざまな偶然、すなわち必然でありますから、ほんとうは人のせいにするわけにはいかないのです。やはり僕などは人のせいにしたいものだから、それは戦争のせいだ、とこういうことにしています。そんなところではないでしょうか。

今は戦争がないけれど、戦争がないからといってなにもないというのは嘘で、やはりみなさんは一人一人、目に見えないかもしれないけれど、大きな問題にぶつかりながら、それをどう考えて、どうやって切り抜けていくかというのは、普段いつでもやっておられると思います。僕は、それに変わりがあるとは少しも思っていません。戦争みたいなわかりやすいものはないでしょうけれど、それだからなおさら面倒だということも、逆にいえるので、それ相当にきついにちがいないと僕は思っています。

僕の場合は、そんなところです。でもあまりそれに固執しまいというのが、少なくとも物書きとしての考えであります。固執すると、時間がひとりでに飛んでしまいますから、すぐに四十年や五十年、スッと遡ってしまいます。つまり強烈な体験ほど、遡りやすいですから、そうやってしまうと、えてして現在というものの見方を間違えてしまいます。分析の仕方を間違えてしまいますから、それはそうとう警戒しています。

みなさんのほうも、そうじゃないかという気がします。でも同じだなあという感じはしています。僕の経験上いえることは、そんな程度なんじゃないかと思います。

（原題：マス・イメージからハイ・イメージへ／名古屋市　河合塾名駅キャンパス（16号館）五館5D教室）

〔音源不明。文字おこしされたものを誤字などを修正して掲載。校閲・菅原〕

【修羅出版部・長岡を考える会主催】――1987年11月8日

農村の終焉――〈高度〉資本主義の課題

質問者1　かぎりなく農地が減っていった結果は、どうなるんでしょうか。

どうなるかって、それは占い師にでも訊くよりしょうがないんじゃないかと思いますけどね。これは都市部から類推していえることなんですけど、日本って狭いでしょう。狭いっていうか、山間部が多いわけでしょう。山間部を開いて平地にしちゃえばいいっていう論理もまた、成立つんでしょうけど。僕はね、都市というものの考え方もまた変えなければいけないんですけど、都市の内部に農村をつくるという発想をする以外にないんじゃないかなという気がするんです。自然の農村というよりも、施設・設備型の農村を都市の内部につくる以外にないんじゃないかなという気がするんです。自然農耕型の農村っていうのは、たとえば山間部を開いていくとか、海を埋めていくとか。究極のイメージとしていえば、そういうやりかたをする以外にないんじゃないかなと。だから対立概念じゃなくて一種の包摂概念というか、そういうやりかたよりないいんじゃないかなと。イメージとしては、そういう実感をもっているわけなんです。

都心部の問題から、僕はそういうことを一所懸命考えたんです。東京という大都市はどうなっているかということを考えると、ひとつは、今日の話に関連するんですけど、外郭にある農地をどんどん宅地にしていった。低い丘みたいなのを全部平地にならして、宅地会社が開発してどんどん造成していきますね。それはだれにでもわかることなんだけど、一方ではものすごい収縮をやってるんですよ。大都市の中心部みたいなところに行くと、その収縮というのがものすごくわかるわけなんですね。

たとえば、ひとつのビルの窓からのぞいたとき、視野で見える範囲はすぐに決まる。ところがそこで、いくつもの視野でなければとうてい入ってこないような風景が全部入ってくるわけです。つまり視野が重なっちゃって、過密になってるところがものすごくできちゃってるんですよ。これは都心部でいちばん激しいんですけど。そこのところではビルとビルが接していて、ビルの向こう側に人が見えて、人の向こう側にまた次のビルが見えて、次のビルの向こう側に鉄道の線路があって、汽車が走ってるのが見える。そういうところがいたるところにあるわけですよ。

この密集は何を意味するのかということを、僕はそうとう考えたんですね。その中を見てみると、ビルの屋上でトマトをつくってみたり、ビルの十階ぐらいにお茶室をつくってみたり、日本庭園をつくってみたりしてるんですよ。これを見るとものすごく奇妙な感じを受けるんだけど、よくよく考えてみると、しかたなしに過密がきわまったところでこういうものが発明されちゃうというか、つくられちゃう。とにかく「過密にたいする対応策がこんなふうになってるんだな」ということがとてもよくわかる。そういうことを敷衍していきますと、やはり都市がどこかで農村をどんどん内包していく以外にないような気がするんです。とくに施設型の農業を内包してしまうというやりかたをする以外にないんじゃないかなと。それは究極のイメージとしてはありますね。

ただ、これは都市論をやっていたところから敷衍したイメージなんですけど、僕はそういうイメージをもってますね。都市と農村が対立する段階は過ぎた。だから人工的な都市、人工的な農業のやりかた、農場のつくり方を考える。やがては、そういったところに追いつめられるだろうなと。漠然とではありますけど、そう想像しておりますけどね。

質問者2　歴史の進歩のなかで、究極的にはある程度それに吸収されていくんでしょうけど。産業革命でも何でもいいんですが、労働者は最初、それに抵抗していたと思うんです。ですから現在行われるさまざまな合理化にたいして労働者が抵抗するのは、私は正しいと思うんですよね。それはなぜかというと、多大な犠牲を人民に強いているからです。

僕もそれは正しいと思います。先ほどいいましたように、資本と労働者が対立するばあいには労働者に加担するのが左翼である。だから、僕もそうですよ。

質問者2　先生が先ほどおっしゃった国鉄の分割・民営化について、私がちょっと的外れだと思うのは、そこでは国家と資本側がぎりぎりの対立、矛盾の状態にあるのではなく、むしろきわめて利害関係が一致していると思うんです。国鉄の労働者なりね、われわれの税金で蓄積してきた国鉄のさまざまな施設や土地が、どんどん身売りされていく。私は最終的には分割・民営化に反対するのが筋だと思うんですが。

僕はそう思いませんね。

質問者2　労働者だって反対してるし――

僕はそう思いませんね。あんな闘争のしかたをしてさ。あなたたちが「分割反対だ」といったけど、結局は分割されちゃったじゃないですか。されちゃったことにたいして、あなたはどういうふうに考えるわけですか。元に戻せというわけですか。

質問者2　それは闘いになったって、敗れることもあると思いますしね。

いやいや、そんなことはないですよ。いつでも敗れてるし、敗れ方の型はいつでも決まっているわけですよ。おれがいうのはそうじゃない。あなたがいうのはちがいますよ。国鉄が分割・民営化する――民活（民間活力の略。政府・自治体に替わって民間の資本・経営によって大規模プロジェクトを実施する政策）っていうけど、民活の人が官庁から転職してきた人だったりする。あるいは既成のどこかの公団的な資本家だったりすることはあるでしょうが、それはあくまで過渡的な形態であって、一資本が私鉄をつくっていくのとはかたち、経過がちがっているというだけで、過渡的な形態として変りはないですよ。つまり国家が経営するか、資本が経営するかという問題であることに変りはない。

僕にとっては、それはもう歴然としている。大きな目標として掲げるなら、分割・民営化に賛成なんだってことで、僕だったらそういう闘いのしかたをしますね。そうしておいて、そのかわり個々の労働者は首を切られたり配置転換されて、それが不利な職場なのかどうか、有利な職場を確保できるか、あるいは配置転換されたところが確保されるか。そうじゃなければ他社への転職が保証されるかどうか。そういう問題については、徹底的な闘争をしますね。それはくたばるまでやる。僕だったらそういう闘争の態度をしますね。それはあなたと、おれはちがうね。

質問者2　その出発点がね、私たちは分離されて、労働者の不利な面について闘ってるんですよ。分割・民営化というのは、そもそも国労（国鉄労働組合）を潰すためにも重要なもくろみでしたから。

いや、それはちがう。国労なんか潰れたっていいんだよ（会場笑）。国労は潰れちゃいけないといってるのは、国労を中心に拠点をもってる政党だけですよ。政党的な理由だけですよ。労働者はそうじゃないですよ。労働者が真に資本と抵抗したい、資本に対して異議を申し立てたい、あるばあいには政治的なところまで行きたいというならば、自主的に労働者組織をつくるべきなんですよ。でも、今はそうじゃない。国鉄・官庁（の労働者組織）っていうのは要するに、官僚型の古い左翼ですよね。ロシア革命の時の古い型の、要するに前衛意識に溢れた左翼政党のいちばん大きな拠点だから、そういうふうにいわれているだけですよ。あんなものは潰れたってなんでもないし、またつくればいいんだから。政党なんかいっさい入れないで、労働者が労働組合をつくればいい。「政党員といえども、政党員としての活動はすべからず」という規定をもった労働組合をつくればいいんだから。民営化されたJRでそういう労働組合をつくればいい。もしあなたがその一員だったら、あなたがつくれよ、そういうのを。つくれよ。政治、政党なんか全部入れない、入りたければ、政党員じゃないってことになって入ってこいと。そういう労働運動をつくれよ、あなた。そうすればいいんだよ。きみのいうことは全部、既成政党あるいは政治組織がいっていることの口真似なんだよ。全然そうじゃない。おれは絶対に反対だね、そんなの。そんなのは要らないんですよ。国鉄労働組合なんか要らないですよ。何をしたんですか。要らないですよ。そうじゃないですよ。そんなんじゃないですよ。国鉄労働組合とか官庁の労働組合っていうのは、拠点をつくりやすかった。要するに官僚型の政治運動の名残りを潰したくないから、そういってるんですよ。そんなのは潰れちゃったっていいんですよ。すでにそういう段階じゃないんだよ。

ほんとうをいえば政党なんか排除しちゃえ、そして労働者の自主的な労働組合をつくろうと。もちろん政党員だって入ってきてもいいけど、しかし政党員という資格はなしにして入ってこいと。そういう労働組合をつくったっていい時期でしょう、労働者は。そういう自覚をもったっていい時期でしょう。一般大衆がすでに意識だけはね、中流意識を六、七割以上がもっているってことは、市民社会の半分以上のところを自分たちが占めているという、そういう意識だけはもっているということを意味しているんですよ。すでにそういう段階なんですよ。それを労働者だけが、官庁労働者や国鉄労働者、労働組合だけが拠点だみたいな、そういう政党の方針に依拠しなければ、自分ではなにかできないような、そんな段階は、ある部分ではとうに脱していいわけなんですよ。

昔の国鉄や電電公社の労働組合なんていうのは、すでにそういう意識を脱して自分たちの自主的労働運動と労働組織をつくって、政党のいうことは聞かない、政党員でも自分たちのところに入ってくるときには政党を抜けて入ってこいという、そういう組織をつくってもいい時期なんだ。自分たちは主人公だという自覚をもっていい時期なんだよね。そうでしょうが。おれのいうことはちがうかな。

質問者2　それは非常にわかりやすいですね。

わかったらやってくださいよ。

質問者2　もちろん私だって、政党と労働者の関係が今の状態でいいとは、じつは思いませんけどね。でもだからといって、資本なりから攻撃されてるものを防衛しないでいいっていう手は、僕はないと思うんです。

いや、そんなことはいってないでしょう。ひとつもいってないですよ。資本から攻撃されたら、労働者は抵抗しなければならない。それが左翼だとくり返しいってるでしょう。だけども労働者と一般大衆、あるいは生産者としての労働者と消費者としての労働者が自己矛盾したり、あい対立したりする場面が、この先進資本主義国ではぼつぼつ出てきつつあるといってるんだよ。そういうばあいには、労働者は一般大衆の利益に付かなければいけない。それが自覚的な労働者の考え方だといってるんですよ。

おれは自分のいってることは正しいと思ってるけどね（会場笑）。つまり正しいというか、だれもいったことがないことをいってると思ってる。やっぱりおれはほんとうの左翼だと思ってますね（会場笑）。だから、そんなのはだめですよ。そんなばかなことをいったり、ばかなレッテルを貼ってもらっちゃ困るわけですよ。そんなんじゃないんですよ。

ほんとうの左翼というのは何なのか、ほんとうの大衆の利益というのは何なのかということを、自主的に追求していく段階でしょうが。市民社会の一般大衆はすでに、自分たちが主人公だといってるじゃないですか。統計をとれば、いってるじゃないですか。中流の生活とはいってないですよね。だけど中流意識はもってるわけですよ。七割、八割の人がもってる。市民社会の半分レベル以上のところに自分たちはいるという意識をもっている。そういうことを意味するでしょう。そういう人たちが六割以上いるわけだから、それは「自分たちは市民社会の主人公だ」と思っていることを意味しているわけですよ。文化的な意味でもそうだし、娯楽的な意味でもそうだし、稼いでくる所得の面でもそうだし、「自分たちは現在の市民社会の主人公だよ」と思っている人たちが、一般大衆の六割、七割を占めている。主人公だと思ってることを意味しているでしょう。

労働者はどうしてそう思わないんだよ。ほんとうはおれたちが主人公なのに資本は横暴なことをいうじゃないか、政党も理不尽なことをいうじゃないか。進歩の名を借りて、ばかなことをいうんじゃないということを、労働者はどうしていえないんだよ。組織をつくって、それをいえばいいじゃないか。ある部分では、すでにそういう段階に到達しつつあるんですよ。そのことを知ってほしいということなんです。

だからこの種の対立には、ほんとうはあまり意味がないんだということをいいたいわけなんですよ。内部の必然から対立するならいいんですけどね。そうじゃないなら、そうしてほしくないんですよ。ましてやレッテルを貼ってほしくないんですよ。保守的な人が出てきて進歩的なことをいうということは、よくよくありうる。真理にたいして近いことをいったほうが進歩的なんだ。そういうふうにいえる段階が来つつあるということも、よくよく知ってほしいんですよ。それが今日のお話の眼目なんですよ。おれはあんたがいったことには納得しないな。全然納得しない（会場笑）。それは何時間やっても、何十時間やっても同じなんだよ。しかし、ここを変えることはできないですね。僕は自信がありますね。つまり思想者としての自分には自信がありますね。だから変えることはできないですね。何十時間やってもできないですね。だって僕のほうがいい考え方なんだから（会場笑）、それはできない。

だけども、いいましたように僕は素人で外側からいってるんですから、切実なところにあまりアレしてないから、そこはとてもきついところだし、想像力と過去の経験でいう以外にないんですけどね。でも僕はあなたのような論理にはあんまり賛成しないですね。「それでもいいですよ」っていってもいいんだけど、このごろ僕は苛立ってきたからね（会場笑）。苛立ってきたから、もういうことにしてるんだよ（会場笑）。「おれはちがう」っていうことにしてる。

とんでもないですよ。とんでもないことで片付けちゃう人がいるから。そんなことはないんですよね。それは僕は、あなたみたいな人がいたっていいんだけどね。また、ある局面ではそういうことがありうるんだから、いたっていいし、あったっていいんだけどさ。だけどそんなことをいってると「きりねえや」と思うから、「そうじゃない局面も出てきたんですよ」みたいなことをいったほうがいいんじゃねえかと、僕は思っているわけですけどね。だから、あえて声を大にしたんだけど、ほんとうはべつにいいんですけどね（会場笑）。あなたみたいな考え方があっても、まあいいんですけどね。

（新潟県長岡市　北越銀行ホール）

〔音源あり。文責・築山登美夫〕

【福武書店主催】——————1988年2月27日

イメージとしての文学Ⅰ

質問者1 （途中から始まる）概念の像の像というのは、距離ではないかと思うんです。十年前、□□□で「距離には時代性があった」と話されましたけど、宮沢賢治はここで時代性を全部しょって立っているのか。距離があるとすれば、それはある時代の特殊な作家に出てくるのか。それをおうかがいしたいんですが。

あまりうまく答えられないんですけど、僕なりの話し方の中身の範囲でいえば、もう少し分析ができると思っています。まずきょう取り上げたところの前半の描写は、遠くからの視線がなければできない描写になっていることが、すぐに具体的に指摘できます。今引用した最初の部分は、遠くから見てるんじゃなければできない描写のされ方をしていることがわかります。その次にやってくるところの描写は、わりに近くからでなければできないはずだよと。そういうことが具体的に指摘できるわけです。それからもうひとつ、いちばん最後のところにはその二つの視点がありますす。遠くから見てる描写と近くから見てる描写とが、非常に短いセンテンスのあいだでしきりに移り変わってるといいましょうか。頻繁に移り変わってるということが、すぐに具体的にいえると思います。僕の理解の仕方では、概念の像の像っていうのはどうして可能なのか。分析的にいえば、宮沢賢治はその場面で、描写の視線を非常に頻繁に交代させていることが、像の像を可能にしている。だから、そういうことは技術的に可能だと僕自身は思ってるわけです。

時代性やその作家の思想というのも重要な問題で、なかなかわからないことがたくさんあるんですけど、きょうの話の範囲でいえば、それは技術的に可能だと思っています。宮沢賢治はここで、その目で見てなきゃ見えない描写と少し遠くからでないと見えない描写を、非常に短いセンテンスのあいだで交代させている。そういうことを指摘することができます。僕はそれが、像の像を可能にしていると思います。その準備段階としてといったらおかしいですけど、前半の部分では遠くのほうから見た描写をやってみたり、近くから見た描写をやってみたりしている。前のところで、そういうことをやってます。そして最後の数行のところでは、もっと短いセンテンスで縦横にといいますか、しきりに交代させていることがわかります。僕は技術的に「それさえやれば誰でもできるでしょ」と思っていますけど、さてほんとうにできるかどうか。僕はやったことがないですけど、少なくとも分析的・批評的にいえばできるはずだと思います。

きょうのところは技術的に解釈したいわけです。宮沢賢治には思想的・時代的にたいへん難しい問題があると思うんですけど。この次、ちゃんと『銀河鉄道の夜』をやってみてもいいんですけどね。僕はきょうの範囲ではそういうふうに理解して、それは技術的に可能だよと思うわけです。

もっと非常に通俗的にいうと、いるんだよ、そういうやつが（会場笑）。そういう作家がいるんだけどさ。第一章ではAを主人公にしてA自身から描写し、Aそのものを描写する。第二章になったらBっていうやつが出てきて、そいつが描写しちゃう。そういう小説を書いてる人がいますもんね。ここでは、頻繁に視線を交代させるという概念がものすごく通俗化してる。それは通俗小説の手法だと思いますね。それをやってる人はいますけど、僕は、それは反則だと思いますね（会場笑）。それはみなさんが注意してご覧になったら、どなたかわかると思います（会場笑）。それはちょっとひどいと思うんですよ。反則だと思います。視線を頻繁に変えるというのは、決してそういう通俗的な意味じゃなくて。これは一種の描写の位相なんですけど、そうやってしきりに変えてると思います。なぜしきりに視線が変わってるのかということは、宮沢賢治の思想・宗教の本質にかかわるかもしれないし、時代の問題にかかわるかもしれないですけど。きょうの話の範囲でいえば、それは非常に技術的なんだと僕は申し上げたいわけです。

司会者　ほかにご質問のあるかた。

質問者2　個人的な話になって申し訳ないんですけど、きょうのお話の内容と多少関係があるんじゃないかと思って。これは次回の講演でもお聞きしたいことなんですけど。ついこないだ、『いま、吉本隆明25時――24時間連続講演と討論・全記録』という講演をまとめた本を買いました。中上さんと吉本さんが話されているところで、最低綱領・最高綱領という言葉が出てきますね。僕自身、ここをきちんと踏まえているかどうか全然わからないんです。僕は自分でも、吉本さんにこういうふうに質問して、会話できる状態なのかわからないんですけど。前の対談でも思ったんですけど、この本に収録されている中上さんと吉本さんの話にはかなり接点がないというか、あまり共感がない感じで。吉本さんは途中で退場されてしまっている。そのところで僕は非常に困惑してしまって。ほんとうに聞きたいところが、ここにあるんですよね。その対談の中で、中上さんが村上龍さんの作品について「こんなものはつまんねえんじゃないか」といっているところがある。ここは僕の誤読かもしれないんですけど、やっぱりそういうふうに見えるわけで。あと「山田詠美さんの作品もつまんねえんじゃないか。吉本さんが取り上げるような作家じゃないんじゃないか」という言い方をされている部分があって。吉本さんは村上さんや山田さんを、文体で押していく作家として評価されてますよね。(中略)

そこで今、吉本さんの最高綱領・最低綱領という言葉がすごく引っかかってるので、できれば詳しくお聞きしたいと思って。

まず初めに、読むか読まないかっていうことがあるんですよ。これはきょうの話に入ってくるんですけど。つまり、ある作品を読むか読まないかということがあるんですね。初めに読んでいるか、読んでないかということがあるんですよ。そして今度は読んだ場合、どれだけ読めたのかということがあるんですよ。これはきょうの話と同じで。読むっていうのはそんなに簡単じゃなくて、たいへんだと思うんですね。文学作品というのはこれ以上読めるのか。文学作品っていうのは、ぜんぶ読むのは不可能なんじゃないか。そういうところまで追いつめられる読み方を最高綱領とすれば、最低綱領っていうのもあると思うんです。少なくとも、この作品はこういうものなんだっていう全体の概念を摑めるところまで読む。それが読むということについての最低綱領だとすれば、そういう幅が読むこと自体の中にあると思うんですね。

僕は、中上さんはその作品を読まないでいってると思うんです。読まないで批評していると思えるわけです。ほんとうはそうじゃないかもしれないですよ。読んでるかもしれないんだけど、発言は読まないでいってるのと同じで。自分で読んで、「これはつまんねえ野郎だ」とか「つまんねえ小説だ」とか、「こいつのここが駄目だ」とか思う。そういう諸々の読んだ感想はあるでしょうけど、中上さんはそれをぜんぶ読まない前に返してる。僕が「それはおかしい」といったのが、そのまま本に出て。それだけのことなんですけど(会場笑)。そこのところが論議し終われば、僕はそれをいい募るつもりもないものだから引っ込んじゃった。それだけのことなんだけど。

きょうの話でいえば、読むっていうことにも階段があるでしょ。階段に最低と最高があるとすれば、読むことの中にも最低・最高がある。中上さんには「こんなのはつまらないやつだ」とか「文体、ファシズムにたいする理解が幼稚だ」とか、書かれたものの中にさまざまな文句がある。

中上さんはそういうことを感じたんだけど、しゃべるときには全然読んでないような言い方をする。「こんなものは読まなくてよかったんだ」というところまで返して発言しているわけで。それはおかしいと思うんです。それは自分のイメージで、否定的な点にしちゃってる評価の仕方なんです。僕は、それはおかしいんだといっているわけでね。だから「おまえは全然読めてない」とか、「読まねえのになにかいうな」とかいってるわけではなくて。最低・最高という読み方というのはあるけれども、中上さんは読んだところから発言するんじゃない。そうじゃなくて、読んだんだけど「つまんないから、読まなかったんだ」というのと同じところに戻している。それはおかしいという論議になったと思うんですけどね。そこの問題じゃないでしょうかね。

だから、なにかについて最低・最高ということを考えることはありません。きょうの話でも、表現としては最低・最高っていうのがあるわけですし。それは問題が違うんじゃないでしょうか。あなたがいわれたように、僕も『愛と幻想のファシズム』というのを読みました。それで書評みたいなのを書いたことがあるし、いったこともあるんですけど、「こういうところがつまらなかった」というところがある一方で、「ここはすごいな」というところもあって。それは、そういうものなんじゃないでしょうか。そこにある作品を作品として読み切るっていうことが、まず根柢にあって。厳密にいえば、そこから批評が始まる。読み切ったら、なにかいってもいい。もちろん立場というのもあるわけですけど、読み切ってから批評は始まる。そういう観点もあるわけです。そこの違いが出たんじゃないでしょうかね。

司会者　よろしいでしょうか。挙手されたかた、恐れ入りますがあと一人だけ質問を受けたいと思います。また来週、時間を取らせていただきます。申し訳ありません。では、あと一人だけ質問を受けます。

質問者3　吉本さんは『言語にとって美とはなにか』の中で文学・言葉を論ずる場合、自己表出・指示表出という二つの概念を軸にして論じておられたと思うんです。今日のお話に出てきた表現の話体においては、指示表出のほうが主要な役割を果たすと思うんです。では以前、吉本さんが自己表出というかたちで考えておられたことはどこに行っちゃったのか。それが僕には、もうひとつはっきりしてこないような気がするんです。先ほど宮沢賢治の『銀河鉄道の夜』には頻繁な視点の交換があるとおっしゃっていましたが、『言語にとって美とはなにか』では、その頻繁な視点の交換は自己表出性であって、文学・言葉の価値に当たるという言い方をされていたような気がするんです。きょうのお話の中で概念のイメージという言葉でいっておられたことが、自己表出性に近いのかなという気もするんですけど、僕にはもうひとつよくわからなくて。そのへんについて、なにかお教えいただきたいなと思うんですけど。

それは非常に簡単なことです。きょうの話は言語表現のディテールについての話なんで、文学作品の価値についての話とはまるで次元が違う。べつにどこへも行かないんですけど（会場笑）、違う次元の話になるんじゃないでしょうか。『言語にとって美とはなにか』になぞらえていえば、言語の価値には像としての美と概念としての美がある。あの本ではそこの問題を非常に詳しく、短歌とか詩を例にしていったと思うんですけど。そこのところを詳しく、子細にやると解すれば、少し関連がつくんじゃないでしょうか。言語の価値と表現的価値では、次元がまた違う。一種のインテグレーションである文学作品の価値というのは、またちょっと違うことになりますから。そういうふうに解釈すれば、『言語にとって美とはなにか』と連関がつくと思いますけど。

質問者3　自己表出っていうのはきょうの話の中ではいちおう捨象しているというか、そういうことでよろしいんでしょうか。

自己表出と指示表出っていうのは、すでに前提としてあるんだよっていうことになると思いますけど。

司会者　それではたいへん申し訳ないんですけど、これで質疑応答を終わらせていただきたいと思います。吉本先生、どうもありがとうございました。

（原題：「イメージとしての文学」第一回／千代田区九段南　福武書店東京支社一階講堂）

〔音源あり。文責・菅原則生〕

【東京日仏学院主催】――――――――――――――――――1988年3月4日

恋愛について

質問者1　今のお話ですと恋愛の考え方には三つ段階があって、第二段階に三角関係があるということですけど。並行恋愛というかたちで――田中康夫さんがおっしゃっているんですが――並行恋愛というのはどういうものかというと、三角関係にあてはまるわけですけど、たとえばひとりの男の人がいて、ふたりの女の人がいるとします。ひとりの女の人は美人で、もうひとりの女の人は話していて面白い。その両方の要素を求められないから、二人の女性に求める。そういう考え方があるんですね。それでもって彼がいいといっているところは、いろんな例をもっていて、それで自分が充たされる、つまり自分が満足できるということですね。それからもうひとつは、ひとりの人間が重くならない。そういうことがあって、そのほうがうまくいくんじゃないかと。あの人は、そういう考え方をいってらっしゃるわけですね。そういう考え方は、いまいった認識とか、罪悪感みたいな問題とはかなりかけ離れてくると思うんですけど。そういったことと今の□□□を考えあわせて、お話ししていただければと思います。

あの、こうじゃないでしょうか。あなたがおっしゃるような場面は、田中（康夫）さんの書かれたもののなかに見出されるわけですけど、現在の非常に若い作家の小説作品のなかにはしばしば、あなたがおっしゃったような恋愛のしかたが描かれている。その問題をとりあげていくばあいにはもうひとつだけ要素を入れればいいし、また入れなきゃいけないと思いますけど。今日僕がお話ししました問題に時代、情況、社会の現状、男女の関係の変貌のしかたのなかにおける現状という要素を複合させていけば、あなたがおっしゃるような問題がわりあいにたやすく解けるんじゃないかと思われるわけです。だから僕は今日申し上げたことと、あなたがおっしゃるような恋愛のありかたが二者択一的に対立するという理解のしかたはもっていないわけです。

僕は人類のかなり早い時期に始まった、男女の結合、同棲、子育てという、そういう時期から現在までを貫いている本質的な問題、あるいは本質的な関係として対幻想という領域を設定したわけです。僕が当面しました恋愛の問題をそこから解釈しようと思ったので、そうしているんですけれども。

あなたがおっしゃることまで含めて、Aさん、Bさんの恋愛感情における第三段階の問題（講演で述べられた「直接接触を禁じている、あるいは禁じられている恋愛」。Aさん、Bさんは吉本氏におけるその対象）を解こうとするならば、第三段階の恋愛の問題のなかに現在の問題が含まれているかいないかということをお話しすれば、たぶんあなたがおっしゃる問題と近づいていくだろうと思います。そうすれば、「それは種類がちがう問題なだけだよ」ということに還元できると思うんですよね。だから、それほど対立的に考えてないわけで、そういう恋愛も成り立つだろうと思いますけど、それを突きつめていきますとかならずどこかでひとりだけ欠落して、もうひとりが主要なものになっていく。終末はそういうふうに行くか、あるいは全部壊れるかのどちらかだと思います。ただ並行状態として、どれだけそういうことが持続できるかは、相互の了解で成り立ってることじゃないかと思います。そこには、時代の変化という要素を入れないといけないんじゃないかと思います。

僕は恋愛感情を三段階に分けたといいましたけど、それはかなり本質的な分け方だと自分では思っています。ただあなたがおっしゃるように時代性を入れますと、それが少し変わってくる。ではその第三段階の恋愛には、どういう時代的な普遍性があるのか。あるいはこれは、時代から脱落していく恋愛の一種なのか。時代から消えていく恋愛の一種なのか。そういうことについて論じていかないといけないと思うんですけど。それでだいたいよろしいでしょうかね。

質問者2　二つほど私のなかでちょっとこんがらがっているので、そのままおたずねするんですけど。三角関係と同性愛的な契機を含む恋愛感情がありますね。吉本さんは同性愛的な契機を含む恋愛感情を高次だとおっしゃられる、それがちょっとわからないということと、吉本さん自身のご体験のなかで、三角関係の時には非常に白熱された。これは今まで書かれたものを拝見している範囲内で、私が理解していることなんですけど。しかし「同性愛的契機を含む恋愛のほうが高次なんだよ」とおっしゃるときには、自分はもう三角関係的な白熱のしかたをすることはないだろう。だけども同性愛的な契機を含むところで、人間が心が□□□というか、そういうことにかんしては、どうしてもわからないというか、その問題では自分はまだ足元をすくわれるかも知れないよ、というお気持があらわれるのかなと。これもあくまで僕が思っていることなんですけど。

こうじゃないかと思うんです。自分の個人的な問題から入っていうのがいちばんわかりやすいと思うんですけど、僕は自分には再びそういう関係は起こりえないだろうとはちっとも考えていないんですね。そういう関係のなかで起こることについては自分なりにとことんまで突きつめた感じをもっているから、それを超える関係みたいなものが起こってこないかぎりは起こらないかも知れない。でもそれが起こってこないという保証はちっともないわけですから、起こらないとは思ってないんですね。

それから今日、「Aさん、Bさんの関係における第三段階の恋愛感情は高次だ」と申し上げたことのなかには、価値観はちっとも含まれてないとお考えくださったほうがいいと思います。つまりこっちのほうが高級なんだとか、そういう意味あいはちっとも含まれていなくて、性をともなう関係、恋愛感情のなかの単一性、複合性を考えたばあいには、第三段階がいちばん多様な場面をもっている。それぐらいの意味あいでお考えくださったほうがいいんじゃないかと思います。そこには価値観としての上下は含まれていないとお考えくださったほうがいいと思うんです。

それからこれも断定することはできないんですけど、僕が第三段階といいました関係というのは、フロイト流にいえば「エディプスの複合」なんです。母親の胎内にいる胎児の時期、乳児の時期、あるいは幼児の時期がある。これから後の社会で、各時期における父親・母親との関係からくる無意識のありかたが均質化されていったならば、つまりだれの乳幼児期もさしてかわりばえしなくなっちゃって、生活環境・経済環境・文化環境、そして母親としての女性像もかわりばえしなくなっちゃったというふうに、これから後の社会が均質化していくとしたら、あるいは家族というものが均質化していったり壊れていったりするとすれば、たぶん、いまいいました第三段階、つまり直接の接触を禁じられた、あるいは禁じた恋愛の占める割合が大きくなるんじゃないかなと。そういう漠然とした予測をもっているような気がします。

それを断定するだけの根拠はないんですけど、たぶんその要素は大きくなるんじゃないかと、僕は漠然とは考えております。つまり、どこの家庭もだれの家庭もあまりかわりばえがなくなってしまったよと。経済的にもそうだし、文化的にもそうだし、あるいは女性において母性性が占める割合がだいたいみんな同じくらいになっていっちゃって、しまいにはなくなっていっちゃう。それがだんだんなくなっていったばあい、第三段階の恋愛は増えていくような気がしますけど。そこでも形態はさまざまありうるんでしょうけど、本質的にいえば第三段階の恋愛が増えていくんじゃないかと漠然と考えていますけどね。そのくらいでよろしいでしょうか。

質問者3　なにかで読んだことがあるんですけど、日本ではサラリーマンが同性愛であってもクビにはならないですよね。ところがヨーロッパでは同性愛者だと、会社をクビになるケースがあるらしいんです。ヨーロッパでは日本よりも、同性愛を罪悪だと思ってるんですかね（会場笑）。

さあ、それは知りませんけど（会場笑）。僕はそれについてはまるで知らないんで。

質問者3　パリでは同性愛でクビになったという話を聞くんですけど、日本では同性愛でクビになる例なんてないよと（会場笑）。

あの、それはちょっとちがうんじゃないでしょうか。お勤めのとき職場で同性愛関係がなんとなく目についてきたということがもしありましたら、日本の職場はかなり厳しいんじゃないでしょうか（会場笑）。異性愛でもそうとう厳しいでしょう。今は多少よくなってるかも知れませんけど。僕はちゃんとした会社に勤めた経験がありますけど、やっぱりそうとう厳しいと思います。

質問者3　日本では、やめなくてもいいわけですよね。

いや、日本でも厳しいですね。異性愛にたいしてもそうです。

質問者3　ヨーロッパと同じ程度に、ですか。

いやあ、それはどうでしょうかね（会場笑）。どなたか、それについて解説していただけないでしょうか。ただ、日本が厳しくないとはいえないような気がいたしますけど、どうでしょうかね。かなり厳しいんじゃないでしょうか。

僕がいた職場でもそういうことがありましたけど、やっぱりどちらかがやめてましたね。べつに指摘されてどうということはないんですけど、なんとなくそこの空気、雰囲気がそうなるので、どちらかがやめて結婚するとか、あるいは一度やめるというかたちをとって両方ともちがう職場に配置換えされて働き、□□□とか。そういうかたちがとれるような気がしますけどね。ですから同性愛だったらなおさら、それがあるんじゃないですかね。

質問者3　同性愛とか第三段階で、高級ということではなくて、単一性ではなく複合性があるという意味で高次だといわれているんですね。

そうですね。こっちのほうがいいとか高級であるとか、そういう意味は含まれてなくて。複合性が多様になっていますよね。そちらの場面のほうがより多様になっていて、ある一定の条件というのは、すでにわかりきってるんですけど、もしエディプス複合を考えなくていいように社会が進んでいくとすれば、たぶん第三段階の恋愛感情が増えていくんじゃないかなと。ある程度はそういう方向性を感じますけど。

質問者3　同性愛、男と男の関係というのは、ふつうの友情は知ってるんですが、どうして燃えぁがるのか、ちょっとわからないですね。

そうですか。それはあなたが健全な人間だからじゃないでしょうか（会場笑）。僕は十代の後半から二十代の前半に家を離れて地方の学校に行き、寮に入りました。そこでは親友との間に友情と葛藤を非常に純粋に煮詰めていった関係が起こり、それは今でもとても残ってるんですけど。現在からそれを照射したら、「あれはもしかすると同性愛が入ってたんじゃないか」と思われるところがあります。青春期には、友情の純粋葛藤という面があります。これは異性との間にも起こりますけど、同性との間にも起こって、その時とことんまで葛藤を経た友人とは後々までも親友ということで残っている。そういうことはありえますから。僕はいつも対幻想という概念を申し上げますけど――

質問者3　それは日本ですか、外国ですか。

もちろん日本です（会場笑）。僕は対幻想と申し上げますけど、その定義は、ひとりの人間がひとりの他者と出遇うしかた、出遇い方が、対幻想である。それが僕の対幻想の定義なんですよ。これはべつに男女にかぎらない。一個の人間が自分以外の他の一個の人間と出遇うしかた、あるいは関係するしかたが対幻想だ。それが僕の対幻想の定義なんですけどね。だから男女どちらでも、そういうことはありうるんじゃないでしょうか。

（新宿区市谷　東京日仏学院ホール）

〔音源あり。文責・築山登美夫〕

【福武書店主催】――1988年3月5日

イメージとしての文学II

質問者1（途中から始まる）僕の専門は美術のほうなんですけど。文学・言語の場合、そのへんは非常に難解というか、評価が難しいと思うんです。前回もお話がありましたけど、今の文学では、なんでもないところにすごく重要な部分が含まれている。きょう例に挙げられた大江さんの作品でも、横文字の部分がすっと入ってきますから、一見すると重要な感じがして、目がついそっちに行ってしまう。でも考え方を変えれば、こんなものは「てんてんてんてん」と書いてあるのと同じだと思って読んでしまえば、なんでもないといいますか。そういう感じもするんです。たしかに表現としては失敗してるかもしれないんですけど、異化効果としては成功してるのかもしれない。僕にはよくわかりませんけど、そういう効果を狙って使っているのかなと。好意的にみれば、それはインテリの哀しみみたいな感じがするんですよ。たとえば大江さんには、インテリのもってる障害性がある。その障害性を優越性として解釈しているのか僕にはわかりませんけど、とにかくそういう感触があります。前回の話を含めていうと、村上春樹さんの『ノルウェイの森』に出てくる「アパートを改造した刑務所かあるいは刑務所を改造したアパート」という描写も、異化効果を狙っているのではないかと思うんですけど、そこのところはどうでしょうか。

あなたはたいへん大江さんにたいして好意的だと思います。村上さんの「アパートを改造した刑務所かあるいは刑務所を改造したアパート」という描写となんでもない描写は、どこが違うのか。もちろん大江さんの作品の中にも、その手の描写はあるんですけど。そういう一見なんでもない描写はあるんですけど、今僕がいいましたようなところはそういう描写じゃないんですよね。意味がある描写で、それを抜かしちゃったらあの長編が半分まではいきませんけど、だいたい三分の二にはなっちゃうと思うんです。それは重要な部分で、抜かしちゃったらあの作品は成り立たないかもしれない。そういうものとしてあるのであって。だからあれをさりげない表現、どうでもいい表現として解釈したら、少なくとも前半の大部分は飛んでしまうと僕は思いますね。それは作品の中でかなり重要な部分としてあるから、取り上げなければならない。僕はそう理解しますね。

質問者1　では、大江さんのこの作品は失敗作だと。

失敗作だと思いますね。大失敗（会場笑）。

司会者　よろしいでしょうか。ほかに質問のあるかた。

質問者2　きょうのテーマとちょっと違うんですけど。二、三日前、『毎日新聞』の投稿で作家の木崎さと子さんが体外受精と冷凍の卵子について書いておられました。木崎さんはそこで、自分は卵子を冷凍するということについて、感性的に拒否感をもっているといっています。そういうことで生まれた人間は、心の中に暗さをもつのではないか、人間的にへんな宿命を負うというか、そういう障害をもって生きるのではないかと。人間は誰しも、自分の意志で生まれるわけではない。体外受精というのはその典型ともいえる。そういうことを考えに入れなければ、体外受精と冷凍卵子をそう簡単に通してもらっちゃ困る。木崎さんはそういうニュアンスでいってるんですが。僕はこれを読んだとき、ちょっとおかしいんじゃないかと思ったんです。まず、体外受精で生まれた子どもは一〇〇%とはいえないが、身体障害を負うこともある。この人はなぜ、身体障害よりも精神のことを先に考えるのかなと思ったんです。人間というのは、人間と人間の関係でもって苦しむと思うんですね。それと、身体障害をもって社会的に生きていくのはたしかに困難で、体外受精をすれば精神的にも肉体的にも間違える可能性がある。吉本さんは以前から、科学の発展と倫理についておっしゃってますすよね。木崎さんのような考えが出てくるということにたいして、さまざまな意味で吉本さんの考えを聞いてみたいんですけど。

木崎さんというのは好きな作家のひとりで、わりあいに初めのころから読んでますが、それはそれとして。木崎さんのその文章は読んでないんですけど、あなたのいわれた範囲で、その考え方はちょっと違うと思うんです。僕はそれとは違う考え方をしますね。ほかの女性の胎内を借りて、冷凍卵子で子どもをつくる。体外受精して、また胎内に戻して子どもをつくる。そういうやり方をすると精神的・肉体的に傷を受けるんじゃないか。そういわれているとすれば、僕はその反対だと思う。ケロッとして明るい人ができるんじゃないかと。そういう気がするんですね。明るいことはいいことなのか。太宰治流にいえば「アカルサハ、ホロビノ姿デアラウカ。人モ家モ、暗イウチハマダ滅亡セヌ」ということになりますけど（会場笑）。そういう意味あいで、僕はその反対じゃないかと思うんです。つまり、明るく育てられるんじゃないかと。精神だけについていえば、人間の深層に沈んでる暗さ、ときとしてふっと出てくる暗さっていうのはだいたい、胎児期・乳児期・幼児期における母親との関係で形成される。ここには間接的に父親も介在してきますけど、それがまっとうな考え方だと思いますから。そういう過程のやりきれなさがありますね。たとえば母親が父親といさかいをしてて、「子どもなんて嫌だ」と思いながら授乳しているとか。そういうことがなく育ったら、たぶん明るい人ができるんじゃないか。明るい深層をもった人ができるんじゃないかと。僕にはそう思われますね。そういうことがなければ、おそらくそうなるだろうと思われます。ですからたぶん、その考え方は違うんじゃないかと思いますね。

それから身体の障害っていう問題があるでしょう。僕の理解の仕方では、身障っていうのはものすごく難しいことだと思います。一回目のときもちょっとそういうことをいったと思うんですけど、身障者の問題を解決することは非常に難しい。精神的にも肉体的にも経済的にも、あるいは人間関係においても、これを解決することは人類の究極の問題であるような気がします。つまり究極的に解決すべき問題、究極にまで解決が残される問題だと僕には思われます。「国家が経済的に保障すればいいんじゃないか」とか、いろんな策があるんですよ。よりよいやり方っていうのがいろいろあって、そういうことが提起されていますけど。僕の理解の仕方では、身障者のボランティア、身障者の専門家みたいなのがいっている範囲では解決できないと思ってましてね。身障者の精神的・肉体的な問題というのは人間の歴史が最後まで残す非常に重要な問題であって、なかなか解決できない問題を残す。僕はそう思ってますから。今の段階で考えられるあらゆることは、現在なら現在の段階での対応の仕方にしかならないだろうと僕には思われますね。

それから僕は読まなかったけど、木崎さんの文章に書かれていたことはもうひとつあると思うんです。これはある程度、普遍的にいえることなんだけど。人間の道徳・モラル・倫理観がある一方で、科学技術・医学の技術がある。木崎さんの発言はいってみれば、医学・科学がやりそうなこと、いうことはないと思ってるわけ。僕は、モラル・倫理は現状のままで医学だけが進むってできそうなことにたいする現在の倫理観からの反発なわけで。今度はその反発にたいして、医学のほうから反発が起こりうる。医学自体が「もう少しほかのことも考えたほうがいい」と考えるのか、あるいは「いや、この問題はもう少し後にしたほうがいいんじゃないか」と考えるのか。または「いや、それは古い倫理観から来る反発だ。人間という概念はもっと変わっていかなきゃいけないし、進んでいかなきゃいけない。だから体外受精はやってもいいんじゃないか」と考えるのか。その反発の中には、医学にたいする反省のひとつの材料としての意味はあるけど、それ以上の意味はないと思いますね。

人間の倫理というのは、そんなに固定したものではない。古代の倫理と現在の倫理は、どういうふうに違うか。それを考えてもわかるように、人間の倫理もべつに普遍的なものではないんです。人間の倫理的判断は普遍的なものではない。もちろん普遍的な要素もあるんですけど、情況的な要素もたくさんあるわけです。倫理だけを今のところに固定し、技術の問題を先のほうまで延長して、それにたいして反発する。これには医学なら医学にたいして反省の材料を与えるという意味はありますが、それ以上のものではないと僕は思ってますね。だからたぶん、木崎さんの考えにもそれ以上の意味はないんじゃないでしょうか。医学のほうがそれをもとにして、いろいろ考えてみる材料にはなるでしょうがね。いずれにせよ、それだけの意味しかないんじゃないでしょうか。

司会者　よろしいでしょうか。それでは、ほかにご質問のあるかた。一番後ろのかた、どうぞ。

質問者3　きょうのお話では、大江さんにたいして厳しい批評がありました。最近大江さんは、『新しい文学のために』やその他の雑誌の対談で新しい作家のための議論をしていますが、それについての吉本さんの評価はどのようなものでしょうか。

僕はそれを読んでないんですよね。大江さんの文学作品はわりあいに敬して読んでるんですけど、その種のエッセイはあまり読んでないから、どういうことが書かれてるのかよくわからないですね。ただ大江さんはいってみれば大家ですから、新しい作家に経験を語ることはあるでしょう。そういうことじゃないでしょうか（会場笑）。あとはほんとうに中身を読んでみないと、なんともいえないんですけどね。とにかく、僕は読んでないんで。

質問者3　大江さんが作品中に外国の作品を出してくるのも、知識をひけらかすことになるんでしょうか。

いや、そうねえ。ひけらかす場合もあるし、そうじゃない場合もあると思うんですけどね。一般的にそういう知識を出してきて、書いているわけですけど。□□として出てくる□□は□□□。それはちょっと、すさまじすぎるんじゃないかと受け止めますけどね。全部が全部そうであるかはわからないんですけど。僕は『新しい人よ眼ざめよ』っていう作品を読んで、大江さんのそういうところが出てきたかなと思ったんだけど。それは作家としては、よくないんじゃないかなと思いますね。

司会者　よろしいでしょうか。では一番後ろのそちらのかた。

質問者4　大江さんのお話についてなんですけど、あがっちゃってうまくいえないな。十五年ぶりぐらいで吉本さんのお顔を拝見しまして、きょうお話をうかがったんですけど。雑駁に申し上げますと、大江さんは『新しい人よ眼ざめよ』より前、『われらの狂気を生き延びる道を教えよ』という長いタイトルの本を書いたころからおかしくなったと思うんです。友達ともそういう話で、だいたい落ち着いてて。大江さんは『日常生活の冒険』を書いたとき、山本健吉さんから非常に褒められたと記憶してるんですけど。とにかく上手だったんですね。先ほど吉本さんは村上龍の作品をわ

ざわざ読んでくださったわけですが、ああいうところがあって。(中略)

大江さんは、いい作品とそうでない作品を代わりばんこに出しているような気がして。僕は『新しい人よ眼ざめよ』とか『懐かしい年への手紙』は、あまりいい作品だと思わなかったんですけど、『洪水はわが魂に及び』という作品は非常にいいなと思ったんです。その作品を読んだときは、大江さんは健在だなと思ったんですけど。なにがどういうふうにいったって、作品が失敗しようがどうしようが、大江さんが日本の現代文学を支えている作家の大きな柱のひとりであることは確かですから。僕はそういうことをあれしたうえで、きょうのようなことを申し上げているわけです。

ただ先ほどからいっているように、内在的否定性がどこかからポロポロポロポロ崩れていって、その崩れた部分を自己肯定性の表現で手当てしているような気がするんです。その手当てが極まっていくと、あまりに気難しい物語になるというか。気難しい物語であるということ自体が、作品の大きな部分を占めてしまう。この作品でいえば、半分がそうだと思います。そういう感じがしますね。

質問者4 作家として恵まれてるから、そういう表現が出てくるんですかね(会場笑)。それはそれでしかたがないとか。

さあ、どうでしょうかね。それはわからないなぁ。

質問者4 ありがとうございました。

司会者　それじゃあ、そちらのかた。

質問者5　ハッピーエンドで終わる恋愛小説でも、あるイメージを喚起させる優れた作品があれば、何冊でもいいから教えていただきたいなと思いまして（会場笑）。僕にとっては、『ノルウェイの森』もかなり余韻を残した作品なんですが。精神病院にいる彼女は自殺してしまい、結局は結ばれない。普段、小説はあまり読まないんですけど。僕が今までに読んだ恋愛小説の中でいまだに余韻を残しているのは、古井由吉さんの『杳子』という小説です。あの小説もやっぱりハッピーエンドで終わっていなくて、結ばれないなという感じがあるんですね。もの寂しさが残ってるから、その作品を気にしてるのか。あるいはそうじゃなくて、そういうふうに残ってる作品自体が優れているからなのか。これはいかんともしがたいものがありますよね。いろんな苦難を乗り越えてハッピーエンドで終わる作品でも、あるイメージを喚起させる。そういう作品があれば、この場で何冊かご紹介いただきたいんですけど（会場笑）。

僕はいい小説の読み手じゃないし、あまりたくさんの作品を読んでないから。突然いわれてすぐに思い浮かぶのは、昔々、十代の終わりか二十代の初め頃に読んだバルザックの『谷間の百合』という作品です。それは、そうじゃないでしょうか。今はただ印象しか残ってないんですけど、その印象の中に否定性、つまり物語として悲劇で終わるみたいなことがちっとも残ってないから。あれは相当いい小説だと思いますけど。あなたがおっしゃるような、ハッピーエンドの小説じゃないでしょうか。僕の記憶だったらそうです。それはすぐに思い浮かびますけど。日本の作家の作品で……、えーと、あまり出てこないんですけど。一度、『谷間の百合』という小説を読んでみてください（会場笑）。それはそうだと思います。

質問者5　どうもありがとうございます。

司会者　そのほかに質問のあるかた、いらっしゃいますか。では隣のかた、どうぞ。

質問者6　僕の勘違いなのかもしれないんですけど、吉本さんの作品と、前回と今回話された内容には少しずれがあるような気がするんです。『共同幻想論』とか『言語にとって美とはなにか』は、ある意味ですごいなという感じで。僕は学校で、ある作家のある短篇を批評するレポートの宿題を出されたんですけど、どうしようもなくできなかったんです。僕なんか親のすねをかじってる学生だから、とりあえず書くだけは書いたんですけど。その段階としてドゥルーズとかフーコーとかイリイチとかの批評を読んでも、その作品自体がはっきりしてこない。吉本さんがおっしゃるように、もしかしたら言葉の一個一個、句読点までもやらなきゃ批評はできないんじゃないかと思って。そこでいちばんぴったり来たのが、ハイゼンベルクの言葉なんですね。吉本さんの学生時代にはそれが本職だったのかもしれないので、その言葉をいってくれるんじゃないかと思って。それをお聞きしたかったんです。ハイゼンベルクは不確定性原理を提唱した学者ですよね。現代の物理学はとことんまで行ってるんだけど、確率に頼るしかないから駄目なんだと。つまり恣意性ですね。トンネル□□の九九％ぐらいまでは予測することができるけど、あとの一％は□□□と話をしなきゃ、物理学者といえども予測できない。だから、もはや観測者っていうのは成り立たないんじゃないかと。

（後半省略）

僕はたいへん禁欲的に言葉の表現の問題に固執しながら、その枠内でだいぶ禁欲的にしゃべったと思うんですけど。きょうはそういう制約を取り払ってしゃべろうと思ったからニュアンスが違っちゃって、範囲が曖昧に広がっちゃったところがいくつかあったと思うんですけど。まあ、そんなことはどうでもいいんだけど。

では、批評というのは文学たりうるか。小林秀雄という人の批評は、文学作品たりえているように思うんですけど、僕にはもうそれは不可能だと思いたいわけなんですね。あなたがおっしゃるように、とことんまで突きつめていったら対象のほうが曖昧になっちゃう。対象のほうを明確にしようと思えば、批評する側が曖昧になっちゃう。自分の作品批評は、そういうところまでやりきらなきゃ駄目だと絶えず思ってるんですけど、あなたがいわれることについて確信をもって「それはこうなんだ」と答えられるところまではやってない。僕の『言語にとって美とはなにか』という本はあまりいい出来ではないんですけど、ある作品を分析する場合、一字一句みんな分析するというやり方は今でも有効だと思っているわけです。あの本で示してある分析の仕方は有効だと思って、僕もしばしば使っているわけです。本当に確かめてみるためには、有効だと思ってます。だから僕は使っているわけですけど、あなたがおっしゃるようなものはまだ見えてないんですよ。僕は、『言語にとって美とはなにか』に書いたやり方以外の分析の仕方はしていない。それに則ってると思います。その方法はまだ使えると思ってますから。

それは当然、あなたがおっしゃるように「批評は作品たりうるのか」「とことんまでやろうとすると、作品のほうが退いてしまうのか」というところまでできる方法じゃないんですけど、そのやり方で表現分析まではできるんですね。僕はそれを内緒で使っているわけです。そういういちおうの考え方があって。まず、架空の表現主体というものがある。簡単なことをいいますと、たとえば南と表現した場合、作者の主体は北側にいるということなんですよ。つまり北側にいると考えるのが、いちばん考えやすいんですよ。「彼は南へ行った」という場合、なぜ南と書いたのか。南と表現した場合、表現主体は北にいる。自分は北のほうにいて、南と表現している。これが一番簡単な考え方なんですけど、表現分析理論としては通用するんですね。だから今も使ってるんだけど、あなたがおっしゃったような問題に届くまではとうていやってない。ただ見当をつけてるだけで、やってない。「批評は文学作品たりうる」とはとうていいえない段階のところでさまよってる。

もしかすると、いえないっていうことは決定的なのかもしれないと思ったりもするんです。小林秀雄っていう人は、幸運にも、日本の批評をいわゆる印象的な批評から批評らしい批評にした。批評はちゃんと独立した分野たりうる。そういう問題がちょうど課題になったときに批評を始め、ほとんど単独で完成させた人です。雑然とした印象批評・エッセイから、批評らしい批評として凝縮した表現の地点へと至った人だから。つまり批評は作品たりうるということを、ある意味で実現してしまった。もちろん、そのために小林秀雄が払った犠牲というのはあると思います。中上さんや柄谷さんが否定の対象にした部分はそこだと思うんですけど。つまり「批評は作品たりうる」という批評の表現史の時期に当面して、それを実現しちゃった幸運な人といいましょうか、そういう意味あいがあって。

僕はそれ以降、批評の方法として小林秀雄を超えようとして一生懸命やってきましたけど、超えたかどうかはすこぶる疑わしいところで。あんまり超えてないなという部分がたくさん残ってる。これはたぶん僕だけじゃなくて、ほかの人も心の中ではそういうことを感じてるんじゃないかと思います。だからこれからも、批評を作品たりうるところまで突きつめていかなければならないという問題はあると思うんですね。それにたいしては僕が使った自分なりの方法、前回と今回お話しした範囲内の方法はたぶん通用しないだろうなと思います。それが、僕なんかが抱いてる問題意識なわけです。なかなかそこらへんのところが大変なんだよなあという感じを、いつももっていますけど。あなたがいわれたことにたいして、はっきりと「こうなんだ」というだけの力量が僕にはない。僕自身、そういう状態にない。そういうことなんですけどね。

司会者　よろしいでしょうか。

質問者6　ありがとうございました。最後にいいですか。これは質問じゃないんですけど。吉本さんは先ほど「小林秀雄を超えられたかどうかわからない」とおっしゃいましたけど、『初源への言葉』なんかを読むと充分進歩しておられるというか。相対的に測ればそういうことはいえないかもしれないんですけど、やっぱりすごいと思うんです。吉本さんの批評の独立した作品としての影響は、すごく大きいと思います。僕自身の中で、そういう矛盾があるだけなんですけど。

司会者　よろしいでしょうか。ほかにご質問のあるかた、いらっしゃいますでしょうか。時間もだいぶ超過しておりますので、申し訳ないんですけどあとお一人だけお受けしたいと思います。では、一番こちらのかた。

質問者7　お聞きしたいのは、中上健次さんについてです。前回・今回を通じて吉本さんが評価されてきた作家は太宰治にしろ宮沢賢治にしろ、村上春樹さんや村上龍さんにしろ、みんな読みやすいですよね。村上春樹さんの作品にしても、その前に出た『世界の終りとハードボイルド・ワンダーランド』に比べたら『ノルウェイの森』は読みやすい。吉本さんがおっしゃるように、流れがあると思うんです。流して読んでしまえるところに、あえて引っかかる言葉がある。吉本さんはそういうことをおっしゃったんだと思うんですけど。（中略）

新聞の論評などを見る限りでは、吉本さんも中上さんの作品をすごく評価されてると思うんです。ではあの読みにくい小説を、自分はどう捉えたらいいのか。自分は中上さんのファンで、いろんな発言とかを常に気にしています。でもあの小説は読みにくいというか読めないというか、よっぽどこっちに体力・エネルギーがないと読めない。そう考えてみると、自分は本当のファンなのかなと。読みやすい、読みにくいということは僕自身の主観でいってるんですが、きょうの吉本さんのお話にもけっこう関係してくると思うんです。そのへんのお話をうかがいたいなと。

僕も『岬』や『枯木灘』はいい作品だと思います。それ以降に『水の女』みたいな違う系列の作品があるんですけど、それもいいと思います。それ以降で僕がいい小説だなと思ったのは『千年の愉楽』とか。これはいろんな意味で、いい物語だと思って。中上さんの物語といった場合、『千年の愉楽』を頭の中に思い浮かべてしゃべってたんですけど。あなたがおっしゃる通り、中上さんはその後『枯木灘』の主題・モチーフ・場面を何度もさまざまなバリエーションで書いている。

大江さんの『懐かしい年への手紙』に出てくる本から本へと渡り歩く主人公じゃないですけど、中上さんの地域から地域へと渡り歩く作品は果たして文学作品なのか。そういう疑問を呈したいというか。やっぱり、読みづらい小説ですよね。中上さんに打ちこんでる人だったら、失敗もまた作品のうちでありますし、「いい作品をつくるときも、悪い作品をつくるときもあるさ」ということでもあって。それはそれでいいわけですよね。だけどそうじゃなかったら、僕はちょっと違うんじゃないかという印象をもっていて。『現在における差異』という中上さんとの対談のときも、それが根柢の問題になったと思うんですけど。

深刻に考えるならば、『枯木灘』の舞台である熊野の地縁といいましょうか、そういうところはすでに、ほんとうをいえば、中上さんの舞台・根拠をほじくり返してしまうほど、もう開発が進んじゃってるんじゃないかと僕は思うんです。それからそこに住んでる人たちの意識も、差別と無差別がわからなくなってしまった。そのぐらい変わっちゃってるんじゃないかと僕は思うわけです。そうやって崩壊することにたいする怯えみたいなものだったら、文学といえると思うんです。だけどもすでに根拠がなくなってる舞台を主題にして、同じテーマをバリエーションをつけて書いたって魂が通るはずがない。内在的なものが通るはずがないと僕には思えますね。

中上さんはおそらく、これからも同じテーマで書こうとしていると思います。でも『枯木灘』の舞台も開発が進んじゃって、魂の原点としては崩壊にさらされている。中上さんは、そうやって崩壊していくことにたいする怯えを書く必要があるんじゃないかなと。それをやらないと、いくらバリエーションをつくっても違うんじゃないかと。僕はそう思いますけど、話を聞いてると中上さんはそういうふうに考えてなくて。中上さんはどこへ行こうとしているかといえば、やはり物語を求めていると思うんです。物語をつくろうとして、現実の場所を求めている。それがアメリカなのか韓国なのか、あるいは熊野の山奥なのかわかりませんけど、とにかく物語が成立しうる場所を求めている。形而上学的な意味でも具体的な意味でも、中上さんは場所を求めてさまよい、物語をつくろうと思ってる。僕にはそう理解されますね。崩壊の物語が自分の物語としてやってきた場合、崩壊にたいする怯えみたいなものを根柢的にやったら、ものすごくいいんじゃないかと思うんだけど、中上さんはそういう方法を取ろうとしてないと思う。つまりメタフィジカルにもフィジカルにも物語が成立する場所を探し求めて、物語をつくっていると思います。

最近、『俳句』という雑誌で「吉野」っていう連載を始めていますよね。これも物語だと思います。まだ二、三回だからわかりませんけど。中上さんはとにかく、物語をつくろうとしている。とにかく、どこかに物語があるはずだと。いかようなかたちであれ、物語があるはずだ。あるいは物語の物語でもいいんだけど、それがあるはずだと思ってるのではないかと。中上さんのやり方で、結果として達成点を出しちゃえばそれでいいということもあるでしょうし。僕からすれば、崩壊感覚をモチーフにしてやってくれないかなと思うんだけど。あなたは今、中上さんの作風は芸だとおっしゃいましたけど、中上さん本人は崩壊感覚・崩壊感は芸にならないと思っているのではないかと。物語を求めてさまよい、もっと山奥あるいは高地へ行く。そういうふうに行くんじゃないかという感じがありますね。だけどどういうやり方をしようと、やっちゃえばいいわけですからね（会場笑）。こちらはもちろん批評しますし、読者も納得しちゃうわけですから。それはこれから見ていないと、わからないんじゃないでしょうかね。でも僕はそういうふうに思ってますけど。

司会者　よろしいでしょうか。それではだいぶ時間を超過しましたので、質疑応答を終わりたいと思います。吉本さん、ありがとうございました。

（原題：「イメージとしての文学」第二回／千代田区九段南　福武書店東京支社一階講堂）

〔音源あり。文責・菅原則生〕

【墨田区立寺島図書館主催】――1988年3月12日

日本経済を考える

質問者1　支配者ないし指導者がつくりだした経済という枠組みの中に巻き込まれないようにする。今日の吉本先生のお話を、そういう警告として受け取りました。それは下手すると、国家主義的な危険な方向へ行くだろう。そういう趣旨だったと思うんですけど。その場合、われわれ一般庶民はなにをよりどころにして、そういう支配者の論理に抵抗すればいいのか。そういう問題があると思うんですね。個人個人の利害あるいはエゴだけで抵抗していればいいのか。吉本先生は勉強しろとおっしゃいましたけど、自分が支配者・指導者になることが目的であるならば、全然変わらないわけでして。吉本先生はただ距離を置いて冷静に分析してるだけではなく、支配者の論理はよくないものだという前提に立ってると思うんですね。それは倫理的によくない。それにたいして抵抗するなんらかのよりどころ・根拠を示すことが要求されてくるんじゃないか。しかしそこで、単なる個人的な利害・エゴだけで逆らっていればいいのかと。

あなたのいわれることはわかるんですけど、ちょっとだけニュアンスが違うんですよ。あなたは「個人的なエゴで逆らったり対処したりすればいいのか」っておっしゃるけど、僕がいってることはちょっとニュアンスが違ってて。個人的なエゴ・利害で対応することが基礎になかったらなんにも始まらないから、それを基礎にしたほうがいい。今日の話のニュアンスもそうだと思うんですね。そのうえで、理念としてどういう考え方をもつべきかという問題は、そのうえで起こってくると思うわけです。だからあなたがいわれることとは、多少ニュアンスが違うような気がします。基礎にあるのは、個人的に当面している問題にどうやって対処していくかということです。生活に困っていたら、それをどうやって切り抜けていけばいいのか。そういう問題が基礎になければ始まらない。そういうニュアンスになりますね。

もしそこでゆとりがあってなにか違う次元で自分の考え方をもちたくなったならば、そのうえでその問題は探求され、追求されることになるんじゃないでしょうか。あなたのいう通りだといってもいいんですけど、多少ニュアンスが違うような気がするんです。では、そのニュアンスの違いはどういうところに現れるか。

ここで僕の思想みたいなものをいっちゃってもいいんですけど、それをいわないで、できるだけ普遍的な問題についていいます。ひとりがどういう思想をもってるかという問題じゃなくて、できるだけ普遍的な問題としていうとすれば、こういうのが基礎になると思うんです。日本は先進五カ国会議とかに参加して、先進国の中に入れられている。ですから、現在の世界では先進的な社会なんですよね。もっと具体的にいえば、先進的な資本主義の社会なんですよ。先進的な資本主義の社会には、それぞれの国で個別的に当面している固有の問題と、先進的な資本主義社会が全般的に当面している問題とのふたつがあると思うんです。その問題の中で、今さしあたってあなたが質問されたことと関連することを申し上げるとすれば、ひとつ申し上げればいいと思うんですけどね。うまくあなたが理解してくれるかどうかはわからないんだけど。

先進資本主義国あるいは先進的な社会には労働者組織があり、組織労働者がいますね。日本であれば、総評でも国鉄でもなんでもいいですけど。そして、組織されてない労働者もいますね。それから少人数の、そんなところに入ってない労働組合もありますし。そうすると、今、先進資本主義社会で新たに出てきた問題というのがあるわけです。一般大衆というのは非常にあいまいな言い方なんで、今では組織労働者といえども、一般大衆であるといえる部分がたくさんあるわけです。昔は市民社会の枠があるとすれば、その枠から落っこちた人たちが労働者と見なされた。肉体を使って労働する以外にない人が労働者と規定されてたんだけど、先進資本主義社会では、資本主義初期のその規定がすこぶるあいまいになっている。つまり全部が、あいまいなる市民社会の中に入ってきちゃってる。こっちにいる少数の労働者が、市民社会に入ってきちゃってる。消費の場面においては、組織労働者も一般大衆の中に入っちゃってる。先進資本主義社会では、そういうことが起こりつつあるわけです。

庶民にプラスしてなにか考え方を持つ者、あるいは持つべきだとされている者が労働者だとするならば、一般大衆との間で対立が生じてくる。あるいは自分の中における労働者と自分の中における一般大衆、どこかで働いてなにかをつくり、給料をもらってる自分と、休日に、あるいは会社が終わってから劇場に行って映画や芝居を見たり、飲み屋やレストランに行って食べたり飲んだりする自分との間で矛盾が生じてくる。労働者と一般大衆の対立でもいいし、自分の中における自己矛盾でもいいんですけど。そういう矛盾をきたす場面が現れてくるということが、先進資本主義社会の当面している重要な新たな問題だと思うんです。

従来の党派的な思想では、その問題に対処することができない。だから依然として組織労働者・労働者が主体で、あとのやつはみんなくっついてこいという。今でも、知識人とかプチブルは同伴者だと思っているんですよ。だけどほんとうはそれでは収まりがつかんぜ。自分の中にある労働者と自分の中にある一般大衆が自己矛盾をきたす場面、あるいは組織労働者と一般大衆が自己矛盾をきたす場面がぽちぽち出てきちゃった。それが、先進五カ国会議に参加している国で出てきている問題のように思います。従来の理念だったら、それに対応できないと思う。

組織労働者と一般大衆、自己の中にある組織労働者と自己の中にある一般大衆、あるいは自己の中にある生産者と自己の中にある消費者の間で矛盾をきたす場面に当面した場合、どちらを重点に考えたらいいだろうか。「その場合、一般大衆に重点を置いたほうがいいんだよ」という場面がときどき現れるようになった。これは、今あなたがおっしゃったことにたいして、根本的に重要な問題のように思うんです。そこのところを考えられるということが、重要なんじゃないでしょうか。あなたは今、庶民といわれましたよね。「われわれ庶民が」とおっしゃったけれども、われわれ庶民は自分の当面している利害関係でもって生活を支えていく。悪戦苦闘すれば、なんとかやっていける。それが第一義的な問題なんだけど、それ以上の理念を持ちたいならば、今僕がいったところを考えればいい。そこには非常に大きな問題があると思うんです。そこのところには、持つべき理念があるんじゃないでしょうか。僕はそう思ってます。

今理解してくれなくてもいいんですけど、それは考えてみてくださったらいいと思います。それは重要な問題で、やがてわりに普遍的な問題として現れてくると思いますから。今急にわからなくてもいいんですけど、僕がそういうことをいったということをちょっと考えてくださったら、とてもいいと思いますね。

質問者1　わたしはそんなに、先生の意識とずれているとは思わないんですけど。権力者・指導者の論理というのは日常的にあるわけですよね。それに巻き込まれないためにはまず勉強し、知識を持って醒めた目で見ることが必要だ。それはたいへんよくわかったんですけど、いまひとつ自分のよりどころとして弱いような気がして。ある情況においては、一般大衆の立場で考えることを迫られると思うんですが、日常的な生活の中でどういうところに足場を置いて考えていくか。そういう意味合いでおたずねしたわけなんですけど。さしあたり、自分の実感を大事にしろというメッセージとして受け取ってよろしいわけでしょうか。

それはそれで結構なんじゃないでしょうか。面倒なことをいうといろいろなことがありますけど、それがいちばん重要なことです。その手の論理はいつでも実感と突き合わせて理解する。実感と合うところと合わないところを突き合わせるのが、いいんじゃないでしょうか。それでもって取捨選択されるのが、さしあたっていちばんやりやすいんじゃないでしょうか。今、よりどころとおっしゃいましたけど。

質問者1　圧倒的な力をもった組織なり流れなり権力にたいして自分を失わない。これは口でいうのは簡単ですけど、相当はっきりしたものを自覚的にもってないと難しいと思うんですね。僕は別に、特定の思想をどうこういってるんじゃなくて。先生はむしろ、ある前提をもっていってるんじゃないかと。

いや、あまり前提はないんです。先ほどもいいましたように、「自分が生活上当面している切実な問題があったら、それこそが第一義的な問題なんだ」ということが基礎に据えられている。生活と悪戦苦闘することがいちばんの出来事で、そのほかのことにはゆとりがないんだ。そういう場面だったら、それに忠実に従っちゃう。社会や政治の論理なんていうのは第二義以下の問題で、今はそれどころじゃないんだ。第一義的な問題は、その問題なんだ。とにかく、そういう問題意識を基礎に据えられたらよろしいんじゃないでしょうか。つまり、それを基礎に据えられることがいちばん重要なんじゃないでしょうか。

なぜなら、指導者の論理、支配者の論理っていうのはえてして「一般大衆で自分の目先の生活のことばかり考えてるのは、いちばん駄目なやつだ。もっと社会のことを考えて、広く世間のために奉仕しろ。さらには国家社会のことを考えなきゃ駄目だ。自分の生活を第一に考えてるのはいちばん駄目なやつで、国家社会・公共のことを第一に考えるのがいいやつだ」というように、ひとりでに、そういう価値観の序列があるんですよ。

ところが僕は違うんですよ。僕の価値観の序列は、全然反対なんですよ。「自分の生活のことを第一に考えている。それに二十四時間全部取られちゃって、ほかのことには全然関心がないんだ。さらにいえば、関心をもつ余裕がないんだ」、そういう人がいるかどうかは別として、そういう人が価値観の原型だと僕は考えているわけです。それが価値観の原型であって。人間というのはそれぞれの社会に生きているわけですけど、大なり小なりそこから逸れちゃうんですよ。そこから逸れて、よけいなことを考えざるを得ない場面に誰でも当面しちゃうんですね。円高ドル安なんて考えなくてもいいんだけど、考えざるを得ないようなところに当面しちゃうわけですよ。それで、読まんでもいい本を読んだりして。どうしても、そういうふうになっちゃうわけです。

僕の理解の仕方では、それはやむを得ない逸脱なんですよね。価値からの逸脱なんですよ。みなさんはどうだか知らないけど、僕の価値観はそうで、逆さまになってるんですよ。僕みたいなのはいちばん駄目なやつで、旅芸人なわけですけど。自分の生活だけを考えて、それに対処していく。生活にまつわることなら一所懸命考えるけど、それ以外のことはあまり考えたことがない。そういう人が価値観の、生き方の原型になっていて。しかし人は大なり小なり、それから逸れてよけいなことを考えたりせざるを得なくて。生きているかぎりかならずそうなんですけど、よけいなことを考えざるを得ない場面に立ち至ってしまう。それは価値観の原型からの逸脱なんだけど、やむを得ない逸脱なんであって。つまりやむを得ないから、逸脱してるんだと。そういう理解の仕方がいちばんいいと僕は考えるわけです。だから、それが基礎に据えられるべきです。

また比喩でいったらみなさんが狐につままれたようになって、口先だけだと思われて困っちゃうんですけど、それ以上よけいなことを考えたいなら二十五時間目で考えろと。そういうことになっちゃうんですよ。二十五時間目で考えるという気分がないと、駄目なんじゃないかなっていう感じ方があるんですね。二十四時間は、生活のためにみんな使っちゃったんだ。だからほかになにか考えなきゃいけない場面に当面したら、しかたがないから二十五時間目で考える。あるいは、ほかにやることがあるなら二十五時間目にやる。そういう発想になりますね。それが価値観の原型になりますね。だから僕は、それで結構だと思ってますけどね。それでいいんだと、僕自身は思ってますけどね。

質問者1　どうもありがとうございました。

質問者2　今、円高ドル安や農業問題についていわれたんですけど、もうひとつパニックを強いるような議論が出てきていますよね。最近、外国人労働者をどうするかという議論が出てきているんですが、それについておうかがいしたいんです。僕としては、この問題には三つぐらいニュアンスがあるのではないかと思うんです。まず外国人労働者を入れろという議論と、入れるなという議論がある。賃金が下がっちゃうから、外国人労働者を入れるな。保守勢力や革新の一部では、そういう言い方をしますよね。でも実際には、外国人労働者を入れても入れなくても賃金が上がってない。むしろ外国人労働者を入れてる西ドイツのほうが、賃金が上がっていて。それもおかしいですよね。そして外国人労働者を入れろという議論のほうには、ふたつのニュアンスがあるんです。山崎正和さんたちは、外国人労働者を入れれば国際文化が身につき、国際化していくんじゃないかといっている。これは在日朝鮮人の問題にも通じるんですが、文化なんかいちいち一所懸命考えてたら、外国人と付き合えないですよね。それからこれは極端な言い方だけど、第三世界の民衆だから連帯しなきゃいけないという贖罪意識から受け入れる。

議論の中にそういう三つのニュアンスが出てきてると思うんですけど、どれを見ても、外国人にたいするタブーを解くといういちばん大事なことが見過ごされている。外国人がそばにポッと来ちゃったとき、「困っちゃうな。どうしようかな」と思う。どの議論も、そういうタブーを解くことにあまり関係がないような気がするんですけど。日本経済の行方は、そのタブーを解く条件をどんどんつくってきているのかどうか。吉本さんや網野善彦さんは、「日本人なんてどうせ、異族の寄せ集めじゃないか」と。そういわれたときに、「あ、そうですね」と思えちゃうような条件が、今のまま行けば自然にできてくるのか。つまり、外国人にたいするタブーが解けていく方向になっていくのか。それともさっきいったみたいに、外国人が入ってきたときに固まっちゃうのか。それについてお聞かせ願いたいんですけど。

一般大衆として理念をもつとすれば、国家っていうのはだんだん開いていかなきゃいけない。それが歴史の方向だろうと申し上げましたけど。そのこととあなたが今いわれた問題とは、ちょっとだけ焦点を結ぶような気がするんです。外国人労働者が来ようと日本人労働者が外国へ行こうと、国家が開かれるような方向性をもっているならば、それは決して悪いことじゃない。抽象的な言い方をすれば、そういうニュアンスになると思いますけどね。それ以上のことを大真面目に論議するとすれば、ひとりでに支配者になったつもりでやるか、あるいは指導者になったつもりでやるかのどちらかになる。そんな気がするんですけど。

でもほんとうをいえば、それはそんなに重要なことじゃない。そんなことをいってるまに、このごろ向島でもときどき外国人を見かけたりするでしょう。そこらへんで買い物をしてたりして。そういうことが多くなりましたからね。彼らはちゃんと日本に来てるわけで。国家がその方針を決めるかもしれないし、決めないかもしれない。だけど、外国人労働者が日本で働くようになり、日本の労働者が外国へ行って働くようにだんだんなることだけは、歴史の方向として間違いないんじゃないでしょうか。僕がいえるのはそのぐらいです。それを法律として決めるか決めないかについては、それこそお任せすればいいんじゃないでしょうかね。

質問者2　先ほどいった三つのニュアンスの中に、外国人労働者が押し寄せたら将来的にパニックになっちゃうんじゃないかという議論があって。そういうことが基調としてあって、それにたいしてどうするかということがいわれてるんですけど。吉本さんには「別にそんなことにはならねえよ」というお考えがあるんでしょうか。

ならないだろうと思います。農業問題でも、食料品の輸入を自由化したらパニックになるといわれている。カリフォルニア米はいいお米で、しかも安く入るんだから誰だってそっちを食っちゃう。一時的にはそういうことがあるかもしれないけど、日本の農業はそんなに脆弱なものではないですから。もちろん歴史的には減少していくかもしれないけど、さまざまなハイテクを使って生産性・品質を向上させていけば、国際競争力にも耐えていくだろうなと思うんです。若干減ったところで、耐えていくだろうなと僕は思いますね。非常に常識的にそう思いますね。

倫理的イメージだけは現在のままに固定して、外側の事態だけはどんどん進むものとして捉えるから、「パニックになりそうだ」という考え方が起こるわけです。たとえば女の人の体外受精の問題について、これはモラルに反するとか反しないとか盛んに論議してますよね。歴史的に見ても、ガリレオ・ガリレイとか先駆的なことをいった人はひどい目に遭った。「あいつは悪魔だ」とかいわれたりするわけですが、やがて歴史はそれを解く。それと同じようにモラル・倫理というのは変わりますからね。倫理観というのは変わっていく。人間っていうのは非常に可塑的で、ぐにゃぐにゃしたものだと思います。つまり、かたちはいくらでも変えられるものだし、変わると思います。

まず三千年なら三千年の時間を取って考えてみましょう。三千年前の原始未開の時代、隣のうちの木にとまってるフクロウがこっちを向いて鳴いたとする。その部落でフクロウが不吉な鳥とされていれば、「隣のうちは俺のうちの誰かが死んだほうがいいと思って、わざとこっちに向かってフクロウを鳴かせてるんだ。じゃあ、隣のうちの人間を殺してしまえ」と思う。それで実際に隣のうちの人間を殺しても、モラルとして許される。そういう時代があったわけです。でも今そんなことをしたら、とんでもないということになるでしょう。三千年経てば、そのぐらいモラル自体も違っちゃうんですよね。

こちらがあるモラルのイメージを持っているのに、医学者とかがあんまり気分がよくないなって思うようなことをやっちゃうでしょう。そうするとなんとなく奇妙な感じがして違和感をもつわけだけど、それはある意味でいたしかたないんです。昔だったら、そういう先駆的な人は火あぶりにされちゃうわけですよね。でも先駆的な人は火あぶりにされたってやることはやるし、いうことはいう。そういうことを繰り返していくうちに、だんだんいろんなことがわかってくる。そのようにして、モラルが変わってくるんですよね。そういうことはあるんじゃないでしょうかね。だからパニックなんか、そんなに来ないんですね。日本では、パニックというのはないんですよ。明治維新とか敗戦のときには多少パニックがありましたけど、それ以外にはほとんどなかった。

僕は、そこでパニックが生じるとは思わないですね。外国人労働者がどんどん流れてきたって、どうってことはないと思います。それはむしろ、傾向としてはいいことだと思うんですね。それから日本人労働者が個々に「俺はフランスへ行って働きたい」「アメリカへ行って働きたい」「ブラジルへ行って働きたい」と思い立ち、どんどんそこで働いて居ついちゃう。そこで根を張っちゃうというのは、とてもいいことだと思いますね。それを一種の侵略政策みたいなものと一緒にしちゃったらよくないですけど。そういう意味じゃなくてね、向こうに受け入れてくれる基盤があって、こちらも「行きたいな」「行ったほうがいいんじゃないか」と思う。それだったら、それはいいことじゃないでしょうかね。

質問者3　今、エネルギー問題と絡めて原子力発電をどうするかということがかなりいわれてますけど、その点についてどうお考えでしょうか。

具体的には、どういうところを問題にしてるんですか。

質問者3　原子力発電推進派と反対派がいますよね。前者は「原子力発電を進めていかないと、将来エネルギーがなくなる」といい、後者は「原発は非常に危険だから、やめたほうがいい」といっている。それについて、どうお考えでしょうか。

それは農業問題と同じで、あまり切実だと思えないんですけどね。エネルギー問題が切実だとは、どうしても思えないんですよ。「じゃあお前はなんだ」っていわれたら、「推進派でもねえし、反対派でもねえよ」っていうのがいちばんいいニュアンスなんですけど。それで僕がみなさんにお勧めするとしたら、「どちらにも入らんほうがいいですよ」という（会場笑）。ですから、これらの問題と同じになっちゃうんですよね。フランスみたいに全部原子力発電でやってる国もありますし、二、三基か四、五基か知りませんけど日本みたいにやってる国もありますし、あるいはこれからやろうという国もありますし。さらにはオーストラリアみたいに原子力発電をやめちゃった国もありますし。それぞれの国で、さまざまあり得るんじゃないでしょうかね（会場笑）。やっぱり、パニックにしちゃいけないですよね。このあいだ、四国の発電所（伊方発電所）で出力の調節をしたらエコロジストや反原発のデモが行って、職員と揉み合ってるところをテレビでやってましたね。僕はそれを見てて「おやおや」と思いましたけど。「ああ、おやおや」というのが僕の観点です。反原発派はデモで「お前らは人間か！」とか叫んでる（会場笑）。笑っちゃ悪いけど……まあ、よしましょうか（会場笑）。僕は、それはそんなに切実な問題じゃないように思いますけどね。そんなことはないと思いますね。反原発派の人たちは「原子力発電というのは危険だから、事故は許されないんだ」というわけですけど、それは違うと思いますね。いったん恐怖心を植えつけられたら、それは無限にうつっていくでしょう。エイズの問題と同じで、いったん「どこかでうつるんじゃないか」と思いだしたらいくらでも恐怖が広がっていく。そういう種類の事柄でしょう。

農業問題もそうなんだけど、第一に基礎に据えなければならないことは純技術的なことだと思います。まず専門家である原子力科学者・原子力技術者には自民党支持のやつもいるでしょうし、社共支持のやつもいるでしょうし。あるいはエコロジストの専門家もいるでしょうけど。その人たちが純技術的な論議をちゃんとして、責任をもってそれを公開する。どういうところが危険であって、どういうふうにすれば危険ではないのか。そういうことを純技術的に論議することが重要だと思いますね。それがなかったら全部駄目ですよね。全部感情論になって、このあいだのデモみたいになっちゃう。それは駄目ですよね。それでは、ただのパニックにしかならないですよね。反対したって、パニックの反対にしかならない。パニックを起こす反対にしかならない。そうじゃないんですよ。まず技術的な問題を基礎として、議論していかねばならない。

「お前、科学者としての責任をもって、原発のここが危険だっていえるか?」って聞かれて、責任をもって答えられる原子力科学者がどれだけいるか。僕はいないと思ってますね。原子力科学者としてではなく、ひとりの人間として考える。たとえばあなたが恐怖の感情をいったん持ったら、恐怖はいくらでも広がっちゃうと思うんですね。それと同じように、普通の人と同じ次元で□□□（ここで音声が途切れる)。決して専門家としてではなく、人間としていっちゃう。でも、僕がいってるのはそういうことじゃなくて。お前は人間としてではなく、あくまで専門家として責任あることをいえ。責任ある賛成と責任ある反対を唱え、論議しろと。これが重要なことなんですが、全然やられてない。

反対する人にしても、気分でいってますね。要するに専門家としていってるんじゃなくて、ひとりの人間としていってますね。あなたや僕と変わらない人としていってるんですよ。エイズだって医者の立場で「怖くない」っていえば、普通の人が怖いっていうわけがないんです。医者だって、怖いと思ったら怖いわけです。人間として怖いわけだから。それと同じなんですよ。そういう次元でいわれてるんですよね。「原発反対だ」っていう科学者はいますけど、そういう人に「お前、科学者としての責任をもって署名していってみろ」っていったら、何もいえないと思います。今まではいないですね。みんな、そういうところで責任を取らないんですね。専門家として責任を取らないでいて、人として「こういう危険なことはよくない」とかいう。

でも「お前、危険なことをまったくやらないか」というと、そんなことはないんですよ。僕はかつて、技術者であったことがあるんです。戦争中は動員学生で向島のミヨシ油脂工場に来てましたし、このへんで働いたこともあって。だから技術者として働いたこともあるんだけど、そのときに事故を起こしたことがあるんですよ。それは原子力とはまた違って、「まあ、そういうもんだ」というほどの話なんだけど。僕が責任者をつとめていた部署で、工員さんがいつもの通り作業をしていた。そこで油に触媒を入れたら、ブワーッて油が噴き出してきてその工員さんが油をかぶっちゃったんですね。工員は痛い痛いっていうからすぐに医者に連れていったんですけど、医者がおっかながっちゃってさ。近所の医者はみんなおっかながっちゃって、診てくれないんですよ。それで「カンフル打ってやるから、近くの大学病院に行け」っていうわけ。それで僕はわざわざ電車に乗ってその工員を大学病院に連れてって、入院させましてね。それでいちおう治療してもらって。家族の人たちも呼んで、お医者に「どうですか」って聞いたら「今晩もてば大丈夫だと思うけど、もつかどうかわかりませんね」っていわれて。僕は一晩中くっついてまんじりともしないし、家族にも平謝りに謝りますしね。そういう経験をしました。

そういう場合、どうするか。そこではふたつのことをやるんですよ。まずひとつは、ありのままの報告書を提出して進退伺いをする。もうひとつは、そのうえで、もう一度自分がやるわけですよ。つまり同じ条件で自分がやるわけです。報告書と辞表を出して、「今度は僕にやらせてください。同じ条件でやりますから」っていう。そうしたら上の人は学校の助教授だったんですけど、「やろうじゃないか」といって。それで僕は「じゃあやりましょう。今度は僕がやります」といって、やっぱり同じ条件でつくりましてね。油に触媒を入れて、ブワーッと油が噴き出してきたらできるだけ逃げるっていう態勢を整えましてね。おっかなびっくりでしたけど、それでやってみたら、大丈夫だったんですけどね。

つまり技術者、科学者というのはみんな、そのくらいの厳しさをもってるんですよ。それじゃなければ、技術者として通用しないですよね。学者でもそうですよ。責任上、そういうことになったら、「じゃあやろう。もう一度やろう」ってちゃんといいますよ。そして自分の責任で、それをやるんですよ。（ここで八秒間ほど、音声が途切れる）つまり純科学的・純技術的な論議をして、本当に責任をもってこれは□□□□でないかと考える（ここも音声が途切れていて聞き取れず）。それは学者がちゃんと論議しないと。そんな受けのいいことをいったら駄目ですよね。

人間としては、たしかに怖いですよね。ソ連のチェルノブイリ原発事故みたいなのが起きたら怖いですし、原子爆弾を落とされたら怖いですからね。だから、誰だって怖いんですよ。でも事故っていうのは、いつでもあるんですよ。小さな事故っていうのはいつでもあって、絶えずそれに則って防御法を考えていく。それで装置を取っ変えたり、着衣をちゃんと改良したり。そういうことはいつでもやられていると考えるのが、技術的な常識なんですよ。

原子力発電所でも、そういうことがやられているに決まってるんですよ。だから、事故は許されないなんていうのは嘘なんです。そんなことはないんです。事故は起こってますよ。人命にかかわる事故だって起こってます。日本だったら原子爆弾が落ちたのは戦争の末期ですから、今から四十年ほど前ですね。そこではたくさんの人が死に、後遺症に悩まされている人もたくさんいます。その後、日本国内ではそういう事故は起こってないですけど、第五福竜丸っていう漁船が南太平洋でアメリカの水爆実験に巻き込まれ、死の灰を浴びた。それで亡くなった人がいますよね。日本で起きた大きな事故は、たぶんそのふたつなんですよ。もう半世紀経ちますけど、人命にかかわる原子力の事故はそのふたつなんですよ。もちろんそれ以外に、小さな部分的な被曝はありますけど。お医者さんに行ってレントゲン写真を撮れば、微量ではあるけど被曝しますよね。これもいいことじゃないんですけど。その手の被害を一時的に受けることは、たくさんあると思いますね。だけど僕だったら、この半世紀、人命にかかわるような大きな事故は起こってないというのを常識としますね。

それから、出力と入力の調節ができないような原子力発電装置なんていうのはあり得ないんですよ。だから、そんなの危なくないんですよ。危なくないけど、誰だって技術的なことにかんして、「一〇〇%危険はない」とはいい切れない。もしいったん不安をもつならね。でも「危険はない」といったうえで、基本的に危険はないんだけど、人間のやることだから危険が生じることもあり得る。それを恐怖としてもっていくか、そうじゃなくて、先駆的なものとして人類の科学的な実験理性ってものがこういうのをつくり、有効にやったんだというのは、一種の文明史的な問題にかかわってくる。そういうことも含むので、それはそんなに簡単な問題じゃないんですよね。

ムードで反対したり、「お前、それでも人間か」っていったりするけど、本当に危なかったら、原子力発電所で働いてる実験物理学者と技術者と労働者がいちばん最初に逃げますよ。でも、彼らは逃げようとしてないでしょう。だからいちおう、彼らは危なくないと思ってるんですよ。それが常識ですよね。僕らにとっても、それが常識です。これに反対するのが左翼あるいは反体制で、賛成するのが自民党や保守派なんていうことは全然ないですからね。全然違いますからね。そんなことをいってもらったら、絶対に困るんですね。日本の反体制的な連中に、ムードでそんなことをやられたら困るんですよ。そうじゃないんですよ。そこでは純技術的な論議が基礎にあって、そのうえでほんとうに危険であるかどうかが論議されなければいけない。とにかく、この状態を論議し直さなきゃいけない。僕はそう思ってますよ。

それから、もうひとつあります。この手の論議がどうして起こるかというと、モラルと恐怖感と装置は現状のままで、それがそのまま延長されると考えるからです。でも、技術っていうのはわからないんですよ。技術の発達には、わからないところがあるんです。つまりわれわれの予想を、まったく超えることがあるんです。たとえば、今盛んに問題になってますけど、世界各国が競争して超電導物質っていうのをつくろうとしてるでしょう。それができたとしたら、原子力発電所は要らないわけですよ。超電導物質ができたら、電気抵抗・電気ロスなしに電気エネルギーを供給できる。そうしたらもう、原子力発電所自体が要らなくなるわけです。

技術は、思いがけない問題を解決することがある。これは現状ではわからないんですけど、解決するっていうことはあり得る。そういう例は、まだありますよ。暮れと正月、僕がテレビを見ていたら技術関係のアナウンサーみたいな人と、エレクトロニクス関係の会社の人が対談してまして。そこでは「自分たちは宇宙空間に、太陽エネルギー発電所を打ち上げる計画を考えてるんだ」とか、そういう話が出てました。もしそれが実現したら、やはり原子力発電所は要らなくなるわけです。技術には、そういう思いがけない解決もあり得る。われわれが現状でもってどんなに想像をたくましくしても、予測を超えることっていうのはあり得ると思います。だからそういう意味では、論議のし直しをしなきゃいけないと僕自身は考えてますね。

だから、それはとても大切だと思うんです。農業パニックと同じで、そんなことはないんですよ。日本の農業っていうのはこのまま放っておいたって、完全になくなっちゃうまでに三百年ぐらいかかりますよ。単純計算でそうなります。もちろん、そんなに長くもたないだろうと僕は思ってますけど、ほんとうに外挿していけばそうなんですよ。だから、そうじゃないんですよ。指導者とか支配者になりたいやつが恐怖にかられてパニックに陥っているのと、一般の農家がパニックに陥っているのでは全然別ですよね。冗談じゃないですよ。だから僕は「農家の人よ、目覚めよ」っていいたいですね。冗談じゃないよと。個々の農家は目覚めたらいいんですよ。都会でいえば、個々の労働者が目覚めたらいいっていうのと同じでね。

個々の労働者は目覚めたらいいと思いますね。僕は、目覚めたほうがいいと思いますね。労働者や一般の大衆が、支配者とか指導者になりたいやつに引き回されることはないのであって。「自分たちは社会の主人公だ」と思えばいいわけですよね。現に経済統計の調査をしますと、日本の一般大衆の七八％から八〇何％の人たちは中流意識をもってるわけだからね。中流意識というのはなにか。「それは実質を伴わないんじゃないか」っていうけど、実質なんか伴おうがどうだろうが、そんなことはどうでもいいことなのであって。自分は市民社会の半ばを占めているという意識が、中流意識なんですね。自分は市民社会の半ばを占めていると思ってる人が、だいたい八〇％ぐらいいる。そして現に自分たちは主人公であるわけだから、指導者になりたいやつ、支配者になりたいやつから引き回されることはないわけですよ。それが現在の問題でしょう。この社会でやるべきことは、自分たちで考えて実行に移していくことだ。自分たちがそう思えるかどうかが問題で。

経済統計を取ると、そういう結果が出てくるんですよ。八〇％の人が、自分は中流だと思ってるわけ。中流っていうのは半ばっていうことでしょう。社会が上から下まであるとすれば、自分はその半ばを占めてると思っている人がだいたい八〇％ぐらいいるわけなんだから。でもその一方で、二〇％の人はそう思ってないわけですよね。指導者になりたい人たちは、その二〇％の人たちのことについていっている。それは決して悪いことじゃないですよ。二〇％の人たちが中流意識をもてるぐらい豊かにならなきゃいけないわけだから、それに目をつけていろいろ考えるのはいいことだけど、ほんとうの課題はそうじゃないでしょう。中流意識をもつ八〇％の人たちのために、なにをしたらいいのか。それこそが問題でしょう。自分たちは中流だと思ってる八〇％の人のために、なにをしたらいいのか。「俺だったらこうするっていうことをいってごらんなさい」っていっても、社共の人たちはなにもいえないでしょう。だって、なにも考えてないんだから。全然そういう頭がないんだから。

社共の人たちは、まだ中流意識をもてないでいる二〇％の人たちの問題に取り組んでいる。それは悪いことじゃないですけど、それには二〇％のエネルギーを使えばいいんですよ。自分たちは少なくとも反体制っていってるんだから、あとの八〇％のエネルギーで「俺たちが政権を取ったら、こういうことをやりますよ」とはっきりいって、やったらいいんですよね。やればいいんじゃないですか。そう訴えたらいいんじゃないですかね。それには全然、見識なんかないんだから。だけど彼らは「原子力発電所は危ないか、危なくないか」っていわれたら、危ないっていうほうに賛成する。あるいは、農産物の輸入自由化は「日本の農業が滅びるから駄目だ」っていわれたら、「ああ、それには賛成だ」という。そういうふうにいってるんだから。そんなことばっかりいってるんだから。そんなのは全然駄目ですよね。だから問題にならないですよ。

一般大衆は自分たちのことを意識するだけじゃなくて、自分たちこそが社会の主人公であると自覚することが重要なんじゃないでしょうかね。だから、政党なんかに引き回されることはないと思いますね。労働者だってそうです。引き回されないように、「自分たちは主人公だ」という自覚をもつ。そこで主人公じゃなかったとしたら、つまり少数派だとしたら、自分たち組織労働者は一般大衆のためになることをやろうじゃないか。そう発想すればいいんですよ。それなのに彼らはまだ「俺たちが主人公だ」と思ってるんだからね。そうじゃないですよね。労働者、特に組織労働者は、「自分たちは社会の半分以上を占めている」と思っている一般大衆のためになにができるか。自分たちをそういう方向にもっていけるかどうかということが、労働者・組織労働者の課題なんですよ。「自分が主人公だ」と思うのではなく、一般大衆のためになにができるか考える。

つまり、それが究極の左翼性なんですよね。でも彼らには、それができないんですよ。そういう考え方をもてないんですよ。やっぱり「自分たちが主人公だ」と思ってるわけで。そういう時代は完全に過ぎたとはいいません。あと何十%かは残ってるわけだからね。それもまた大切なことですけど、そんなことをほじくるのが商売じゃないですよ。反体制というのはそういう商売じゃない。先進社会では、中流意識をもつ人が大半を占める。もはや、そこの問題なんですよ。だから、そうすればいいんですよ。どうすればいいかなんてわかりきってることなんで、そんなことをいったってしょうがないからなぁ。いってもしょうがないから、抽象的にいっときますけどね。

僕は「お前がやれ」っていわれたら、やりますけどね。「お前がやれ」っていうなら、やってみせますけどね。だけど先ほどいったように、俺にはそういう気がないから。もともと、指導者になる気も支配者になる気もねえから。だから、そんなのはしようがないですね。だけど課題がそうだっていうことは、経済統計に見事に出てますからね。そうするとこの人たちは「いや、統計ではそういう結果が出てるけど、実質の生活は伴わないんじゃないか」という。そういうケチのつけ方をするんですね。実質が伴っているかどうかは統計で確かめなきゃいけないけど、それは第二義的なことであって。そういう意識をもってるということが重要なんですよ。「自分たちは主人公だ」と思ってる人が八〇%を占めてるっていうことが重要なんですよ。そういう意識をもってるということがね。どうすれば、そういう人たちの生活がよくなるのか。そういう方針を出せなかったら、問題にもならないですよね。僕はそう思います。だからその手の問題は、全部パターンが同じだと思うんです。農業問題も反原発問題も反核問題も、全部パターンが同じなんです。だからどう対応すればいいかということも、おのずから明らかになる。それが僕の理解の仕方ですね。

(東向島　寺島図書館視聴覚室)

〔音源あり。文責・菅原則生〕

【真宗大谷派東京教区教化委員会主催】——1988年11月1日

還相論

質問者1　親鸞は同時代的には仏教者、宗教者と捉えられたわけですが、現在では思想家といってもいいわけですよね。これは先生自身もいわれていることですが、思想家としていちばん遠くまで行った人というのは、人間の問題を言葉で突きつめていかれた人という意味だと思うんです。先生はご自身の課題とつながるようなものを親鸞の思想に感じられたと思うんですが、親鸞がいちばん遠くまで行ったというのは、結局はどういうことなんですか。

どこからお話ししたらいいんでしょうか。見方によって、いろいろな解釈ができると思うんですが、まずインドから中国、日本に伝わった浄土門の思想の流れを考えますと、親鸞はその集大成者であるといえます。彼は浄土門におけるインド、中国、日本という流れを非常に見事かつ適切に集大成してしまった。ちょっとでも逸れたら、途轍もなく逸れてしまう。そういう経路を集大成的につくってしまったのではないかと思うんです。だから考え方そのものよりも、むしろ考え方の経路のほうがたいへん難かしいような気がします。親鸞の在世中からまったくちがう解釈のしかたが出てくるなど、いろいろな問題が起こっていますね。親鸞の息子・善鸞は布教のために関東へ赴きますが、そこで「私に伝授された法門教義が正統であり、私自身が善知識すなわち生き仏である」と訴えて弟子たちを混乱に陥れたため、父親から義絶されました。少しでも逸れると、なかなか元どおりに修復できない、そういう経路をつくった人のように思います。

親鸞の考え方の経路は非常に難かしいので、じつをいうと僕にもよくわからないところがあります。下手をすれば解釈を誤る恐れがあるから、手前のところで止めておいたほうがいい。「親鸞の思想はこんなんじゃないよ」といわれれば一言もないんですが、僕はいつもそうしているような気がします。とにかく親鸞は浄土門の流れを集大成しちゃっているから、考え方の経路が難かしい。つまり、「それ以外のたどり方をしたら間違いだよ」といわれているわけですが、何度も逸れそうになりながら、すれすれのところで経路をつかまえていく。

思想というのはさまざまな解釈をゆるすわけですが、真理を共有することは非常に難かしい。思想において共有できるのは真理の形式だけだといってもいいぐらいなんですが、偉大な思想家であればあるほど、そこからちょっとでも逸れると真理を理解できないような考え方の経路をつくる。偉大な思想ほど、そういう傾向が強いような気がします。

弟子たちが勝手な解釈をして党派、派閥をつくり、対立する。宗教の難かしさは教義にあるのではなく、むしろ考え方の経路にある。浄土門の始祖は龍樹、天親ですが、親鸞はじつに適切かつ見事にそういう経路をつくってしまったような気がするんです。

これは自分ができないからなおさらよくわかるんですが、親鸞は同信、信仰の同朋にたいして、「念仏のほか、なにも要らないですよ」といってまわり、自分もそうしていたと思うんです。これは体験、情念、感覚、生活の積み重なりのいずれから出てきた考えなのかよくわかりませんが、理路・理屈はたどれないんだけど、とにかくわかってしまう。自分でもそう感じていたし、同朋にもそういう印象をあたえていたのではないでしょうか。身近な人たちには非・知識的なやりかたをあたえ、もう一方では知識的なところから近づくことができる体系、集大成をつくる。これは故意に隠したわけじゃないんでしょうけど、結果的にはそうなってしまった。当時、ヨーロッパから宗教・文化が入ってくることはなく、日本にとっての世界とはすなわちインド・中国だった。親鸞はそういう世界思想のレベルで、きわめて知識的な考え方の経路をつくってしまった。そして彼の身近にいた人たちは、そんなことは知るよしもなかった。これはすごいことだと思いますね。

親鸞がやったことは、真似しようにもしようがない。親鸞は平易かつ適切なかたちで弟子・同朋に教えを説く一方で、一度逸れたら取り返しがつかないような考え方の経路をつくりあげてしまった。これら二つのことを考えると、この人はいちばん遠くまで行った人なんじゃないかと思うんです。僕の感じ方の根本にはこの二つのことがあるわけですが、これらはどちらか一方をやるだけでも難かしいですよね。しかし親鸞は、たった一人で両方をやってのけた。これは彼の師である法然にもできなかったことですから、大変なことなのではないかと思っていますけどね。親鸞は弟子・同朋に教えについて聞かれると、じつに適切に答えている。あるいは法然門下で兄弟子にあたる人にたいしても、註釈を付けるようなかたちで異議を称えている。しかしその一方で、世界的なレベルで浄土門を集大成するという偉業を成し遂げています。この両方をひとりの人間がやっているというのは、ほんとうに大変なことであるというのが僕の理解なんです。

質問者2　親鸞の学びの姿勢について質問があります。先生の書かれたなかで印象にのこっているのは、親鸞は比叡山にいたから、ある程度天台学を学んでいる人なんですよね。彼は法然上人の直門《じきもん》ではないのでしょうけれども、弟子になる前からすでに一宗を確立できるだけの宗学を身に付けておられた。そのうえで、法然上人の吉水草庵《よしみずそうあん》に参画していったわけですが、親鸞は師にいったい何を求めたのか。親鸞は『阿弥陀経集註』『観経集註』という註釈を残していますが、『大経集註』がないのが不思議です。このことは一宗を確立し、思想家として卓越した能力をもつ人の学びの姿勢を暗示しているような気がするんです。これについて先生になにか考えがありましたら、ぜひおうかがいしたいのですが。

親鸞は比叡山にいる時にはたしかに天才的な人ではあったんだろうけど、おそらく他の人と変りないありきたりの大秀才だったのではないかと思うんです。大秀才であるだけでは、一宗を立てることはできない。大秀才が万巻の経文《きょうもん》を読み重ね、それを理解しつくす。しかしそこでふと目を上げたとき、現実のさまざまな課題が迫ってくる。積み重ねてきた知識と現実のさまざまな課題を突き合わせたとき、後者のほうがうんと差し迫って見える。親鸞はおそらく、そういう転換点が欲しかったのではないかと。

法然自身も貞慶《じょうけい》のような大秀才に論難されている。その批判のなかには、二つほど当たっていることがある。貞慶は法然にたいして「おまえには一宗を立てるだけの器があるのか」と問いつめている。そして「おまえは仏教をすべて声にしてしまっているのではないか」とも批判している。当時の秀才が読めば、貞慶のほうがいいことをいっているように思うかも知れません。

しかし法然と貞慶では、目の前に迫ってくる課題にたいする態度がちがう。これはなにも、民衆のただなかに身を移すという意味ではない。そうではなく、民衆の悩み・考えを感受する力がまるでちがうと思うんです。法然もまた大秀才ですけど、彼は万巻の経文を読んで蓄積してきた自らの知識体系を放棄してまでも、迫りくる現実の課題に向かいあうことを優先した。当時、法然だけがそういう思想的転換を体験していたと思うんです。

つまり親鸞は、その思想的転換の息吹、生々しさを欲していたのではないか。比叡山にとどまるか、新たな道を求めるかで悩んでいた親鸞は、比叡山から六角堂へ百日間参籠した。そして九十五日目に夢のなかに現われた聖徳太子のお告げにより、法然上人の吉水草庵を訪ねる。そこから、さらに百日間法然のもとに通い、聴聞を重ねた。おそらく親鸞は、法然だけが民衆の悩み、考え、生々しい息吹を感受する力をもっていることを見抜き、自らもそれを欲したんじゃないですかね。自分がその力をもっていてもうまく定まらないんだけど、偉大なる師の教えにふれていればいくらか落ち着くことができる。そのために、法然のところに百日通ってみようと思ったのではないか。

法然がかなりの秀才であったことは、その流れるような文体を見ればすぐにわかります。一方で親鸞の文体はごつごつしています。つまり、流れるようではなく、あちこちを向いているような文体ですね。彼は法然ほどの大秀才ではないかもしれないけど、師にはない天賦の才をもっているような気がします。天才の定義はいろいろとありますが、やはり自らが蓄積してきた知、信仰の体系と現実の生々しい課題をぶつけあわせる力がちがうのではないでしょうか。そして親鸞は、そのような思想的転換の息吹、生々しさを求めたのではないかという気がします。親鸞はもともと一宗を立てられるだけの器だったと思いますので、法然に教えを受けることになっても、その懐にすっぽり入ってしまうようなことはなかったような気がします。法然のいうこと、やることを信ずるということなんだけども、仮りに信ずる姿勢に入っても、全部が入っちゃうんじゃないような気がしますけどね。

質問者2　浄土三部経のうち『阿弥陀経集註』と『観経集註』はありますが、『大経集註』はありませんね。これにはなにか意味があるんでしょうか。

僕には、ことさら意味があるようには思えません。もちろん親鸞は、これらすべての経を読んでいます。たとえば『教行信証』には引用と註釈しか書かれていないように見えますが、親鸞があえてその部分を引用し、註釈するということじたいに意味があるような気がするんです。おそらくその時は、まだ『大経』の註釈ができていなかったと理解することもできるんでしょうけど、僕はこのことをそれほど重視していません。

質問者3　先生はさかんに還相《げんそう》についておっしゃいますが、私が了解するかぎり、親鸞聖人には往《おう》相《そう》・還相を切り離すという見方はないと思うんです。私は先生の本を二冊読んだんですが、日頃から思想・思索とは無関係な人間なので、今日はわけのわからないことを聞かされるのではないかと思っていたのですが、非常に問題点が明確で、非僧非俗あるいは往相・還相についても、さすがにいいところに目を付けておられるなと。ただ、先生の往相の使い方が気になりました。先生は先ほどから末世とおっしゃいますが、僕は念仏するとともにもっと求道していかねばならんと感じています。先生は還相、僕は往相で、こういうかたちが親鸞の扱い方であって、先生の往相の扱い方がちょっとひっかかりました。先生は往相をどういうふうに味わっていらっしゃるのか。

二点目は浄土の問題についてです。先生がおっしゃるように、浄土というのは現代人が非常に強く求めている世界であると感じています。これは非常に荒っぽい言い方ですが、社会主義社会にもバラ色の夢をもてないし、浄土というのはキリスト教の天国ともちょっとちがうような気がします。善導の見方によれば、浄土は向こうにあるわけですが、天親・曇鸞は今を成り立たせている根拠として浄土を捉える。つまりここには、浄土にたいする二つの見方があるわけです。親鸞は善導のようにお浄土を向こうに見たうえで、これを人間の情、凡情までも包んだ宗教であると考えた。ですから、禅なんかとは全然ちがう。向こうに浄土を見ながら念仏を称えていくと、浄土を味わうことができる。曇鸞の『往生論註』（『浄土論註』）に「氷上燃火《ひょうじょうねんか》」という有名な喩えがあります。氷が張った池の上で焚き火をすると、熱で氷がとける。氷がとければ火は水中に落ち、たちまち消えてしまう。つまり、どんな執着でも池の中に落ちれば（浄土に往生すれば）たちまち消えるということですね。浄土というのは非常に大事な問題なんですが、われわれ自身にもそれがどういうものなのかはっきりわからない。浄土というのはどのように解いていけばいいのか、そして先生は、なぜ浄土にそれほど惹かれるのか。それについてお聞きしたい。

三点目は、死の問題についてです。今日のお話では大きな問題をいろいろ出していただいたので、それについてもっとお聞きしたいんですけど。親鸞は、死にたいする恐怖感の処理法として宗教を捉えていない。仏教においては人々の価値観の転換を促すため、まず死に向き合わせる。そうすると、今までの価値観が瓦解し、目に見えているものがなにもかも消えていきます。しかし現代においては、死にたいする恐怖感が迷信を生んでいる。昔とはちょっとちがった位相で、人々が抱える孤独や不安が問題になっているのではないでしょうか。

以上三点についてお聞きしたいと思います。時間がなければ、ひとつでも結構なんですが。

僕がなにかいうというよりも、僕のほうがあなたのお話を聞いているという感じです（会場笑）。僕よりもずっとよくお考えになっていると思います。僕がなぜこれほどまでに浄土に惹きつけられるのか。僕は二十代の後半からずっと、どのような条件を通れば、この社会がそのまま浄土になるのかということを考えながら生きてきて、自分なりにそれについて書いたりもしてきました。おっしゃるとおり、浄土という言葉を芯にして理想の社会を考えれば、社会主義国も資本主義国もそれに当てはまるとは思えない。それじゃあ、理想の社会とはいったい何なのか。それはどういう条件があれば可能なのか。社会主義社会でも資本主義社会でも、まったく同じ言葉で語られるいくつかの条件を充たせば理想の社会を実現できる。とにかく理想の社会（浄土）というものが、同じ言葉で見えてきた感じがあるわけです。

それらの条件は、理想の社会を実現するための前提になります。比喩でいえば、水平線がちょっと見えるようになったんじゃないかという認識があります。水平線の向こう側にはもうひとつの世界があるのかもしれないし、あるいはなにもないのかもしれない。ですから、水平線の向こう側について考えることにはあまり意味がないので、水平線のほうから逆にこっち、現在を見ることは可能なのではないか。僕にはそう思えてきたから、親鸞にたいして親近感を覚えています。もう一度、親鸞が書いたものを比喩として読むこともできるのではないかと思えてきたんですね。あとのことは、僕のほうがむしろお話をお聞きして満足しましたので、あまりいう種がない感じがします。

質問者3　今、向こう側から現在を見るというお話がありましたが、そういうかたちで浄土をお感じになるわけですね。こっちから見るんじゃなくて、向こう側から見られると。よくわかりました。

質問者4　今日のお話のなかで先生が使っていた言葉にひっかかったものですから、それについてお聞きしたいんですが。先生は先ほど、現代では親鸞の教えが比喩としてしか受けとめられないとおっしゃいました。親鸞の教えには現実性、実感性がないから、先生は比喩という言葉を使われたのか。そこらへんの理解がちょっと曖昧ですので、比喩という言葉についてもう少しお話しいただければと思うんですが。

どういえばいちばんわかりやすいのか、ちょっとわからないんですけれども、たとえば親鸞の慈悲、浄土という言葉にしても、理路で詰めていけばある程度はその本質が理解できるような気がします。しかしそれだと、頭で架空の理論を弄しているだけですから、自らの実感、体験を全部あげて到達できる感じがしません。ですから、理路で詰めていったばあい、その言葉を比喩的にしか理解していないことになるのではないか。比喩という言葉は、そういう意味あいで使っているんですけどね。

質問者4　現在、親鸞の言葉は比喩としてしか受けとめることができない。先生は死から自分が見られるという意味で還相、還りの姿とおっしゃったと思うんですが、これが比喩としてしか受けとめられないばあい、ある種の自己否定がなければ本質に到達することはできないのではないかと思うんです。たしかに還相というのは方向の転換にはちがいないんですが、どの時点でそれが起こるのか。煩悩旺盛なる我、自分が向こう（死）から見られる。そこで方向転換すれば死から生が照らされるというけれども、自分の無効性がはっきりしている以上、『歎異鈔』にある「急ぎ仏になりて」という境地はなかなか得られないのではないか。ですから、先生が還相といわれる転換点について、たいへん失礼な言い方になりますが、還相という言い方ではちょっと物足りないというか。死がこっちへ向かってくるというのはわかるんですが、そのへんについて先生のお考えをもう少しお聞きしたいなと。

僕は還相という言葉を比喩としてしか使っていないから、物足りないんじゃないでしょうかね。

質問者4　いや、物足りないなんて。うまくいえなくて、なんだか申しわけないんですけど（会場笑）。

いや、そんなことはないですよ。ほんとうに物足りないんですから（会場笑）。ただ体験でいうとね、生活上のことでも、自分の生き方のことでも、職業のことでもいいんですけどね、自分で意志して「こうなろう」と思ってできたことってないような気がするんです。とにかく、「これはこう意志してやったらできちゃった」ということは一度もないんですよ。いつでも意志はしますけれども、実際にある事柄にぶつかってみたら、自分の思いどおりにならない。そこでぶつかりあってすったもんだしたあげく、ふっとしたところで、しゅっと逸れちゃった。そこでなんとなく道がひとりでにできたので、そこを進んでいくんですが、しばらくするとまたなにかにぶつかる。

僕にだって、こういうふうにやろうとか、こういうふうに学ぼうとか、そういう意志はあるんですよ。ところが自分の意志の及ぶ範囲、意志を実現できる範囲とはまったくちがうところから来たなにかとぶつかり合い、すったもんだしたあげくにひとつの道、方向性が見えてきて、そこに行くよりしかたがなかった。またもや比喩的な表現になってしまいましたが、僕にはそういうことをずっと体験してきたという実感がある。おそらく親鸞にも、そういうところがあったのではないかと思うんですけど。資質的にいうと、僕は受け身なんでしょうけど、とにかくそういう実感しかないんですよ。

ですから、「自分が意志してやったらそのとおりになる」という考え方は信じられないですね。これは、どなたのばあいでもそうだろうと思います。おれは少年時、ちゃんと意志してこういうふうにやったらできちゃった。そういう人がいたらお目にかかりたいぐらいです（会場笑）。僕はかつて一度も、そういう人にお目にかかったことがないですね。そういう人はいるにちがいないんですけど、少なくとも僕は出遇ったことがない。そして先ほども申し上げましたように、僕自身はけっしてそういうタイプではない。自分の意志どおりにいったためしがないし、意志がなにかとぶつかることばかりです。そのなにかというのは、おそらく現実なんでしょうけど。こっちが意志すれば、現実のほうが変わるのではない。そうではなく、僕にはどうすることもできないような力が向こうからやってきて、それとぶつかっているという実感があります。そこで、すったもんだしているうちに、なにか知らないけどふっと力が抜けたところで、いつの間にか道ができていて、そこを進んできたという実感があるんですよ。

僕はそういう自分のつまらない体験と還相を直接つなげたりはしませんが、どこかで還相に固執する考え方があります。とにかく、いつも向こうからの力を感じて、物事がスムーズにいったためしがない。このような体験と還相をどこかで関係づけているような気がします。ですから、還相という考え方にはとても固執しますし、僕なりのやりかたで、それを考えることには意味があるような気がしているんですけどね。この理解にはちっとも正当性はないんでしょうけど、話をわかりやすくするために、しいて自分の実感、体験と結びつければそういうことになるのではないでしょうか。

質問者5　先生は信と知の境界についてどう考えていらっしゃるんでしょうか。僕は知というものがずっとあって、それがあるところで信になっていくという見方はだめなんじゃないかと思うんです。それはあくまで、質的な違いなのではないか。先生は先ほど、自分は知の立場だとおっしゃっていましたが、そこであえて信の立場といえないのはなぜなのか。やはり、頭でわかっているだけで実感がないから比喩としているという思いがおありなんでしょうか。

僕はちがうような気がするんですけどね。もし自分に信じていることがあるとすれば、信と不信の境目がとれてしまうこともありうるのではないかということ――僕は自分の考えを進めていくうえで、そういうことを信じているような気がするんです。でも僕には、あなたがおっしゃるような意味での信はありません。もちろん宗教、理念は自分の主要な関心になっているわけですが、それらにたいする信はありません。

みなさんはちがいますけど、マルクス主義であれ何であれ、宗教、理念を信じている人たちは、たいてい「自分たちはなにも信じていない人よりも上だ」と思っています。もちろん表には出さないけど、みんな無意識のうちにそう思っています。一方で僕は、「信じている人は信じてない人よりも下位にある」と思えるといいと思っているわけです。僕が自分を知識の人として自己限定しているとすれば、知識をもっている人よりも、知識をもっていない人のほうが上位であると思えるということが課題なんですよ。親鸞は信仰の人なんですが、自分のほうが不信の人よりも上位にあるとは思っていなかった。ですから、僕らのような不信の人にしてみれば、やっぱりすごい人だなと思うわけです。

キリスト教にかんしては、もう死んでしまいましたが、フランスにシモーヌ・ヴェイユという思想家がいます。彼女はカトリックの神父から入信しろとうるさくいわれるんですが、どうしても入信しません。カトリックの神父は自らの優位を信じて疑わず、「自分はこの不信の人を導いて、信仰まで引き上げてやろう」と思っている。一方でヴェイユは、不信の人のほうが上位にあると考える信仰の人がいたら自分は帰依してもいいと思っているんですが、そうじゃないんですね。往復書簡を見ると、かなりの葛藤があったようです。たとえば、自分をマルクス主義者として自己限定している人が十人いるとしたら、ほぼ全員が「自分のほうが非マルクス主義者よりも上位にある」と思っているでしょう（会場笑）。でも僕は、自分を知識の人として自己限定するとき、自分のほうが知識をもっていない人よりも上位にあるとはまったく信じていません。僕としては、信というものの中心的な課題はそこにあるのではないかと思うんです。

質問者6　これは私の理解ですけれども、往相というのは個々の人間の課題で、還相というのは仏さまの課題ではないかと思うんです。われわれは浄土、信というわけですが、これはたんなる利害損得を超えたもうひとつの世界ですね。そういうものを追い求めないかぎり、未来という言葉は出てこないんじゃないか。とにかく、先生は浄土に何を求めておられるのかをお聞きしたいんですが。

僕らの言葉でいってしまえば、浄土とはすなわち理想的な社会ということでよろしいんじゃないでしょうか。理想的な社会とは万人が平等な社会で、それを実現するための地平線が見えるんじゃないか。平等な社会を実現するための必須条件は、資本主義社会であれ社会主義社会であれ、同じ言葉で考えられるようになったということです。ここに来て、徐々にそういうポイントが考えられるようになったのではないか。そう考えると、現在の社会はちっとも平等じゃないんですけど、同じ言葉（同じ地平線）から照らし出すというやりかたもあります。

あるいは平等じゃない情況にはまり込み、なおかつそこで自分のほうが有利であるばあい、自分より不利な人にたいしてそのことをどう解けばいいのか。あるいはそこで自分より有利な人にたいして、どう振る舞えばいいのか。いま、それぞれの場所でそういう課題があると思うんですね。しかしそれと同時に、向こう側から見ると平等な社会の条件がいくつか考えられます。それらは少なくとも柱のなかになければいけないはずです。向こう側から思い悩んでいる今の自分を照らし出す。そうすれば、はるかに風通しがよくなるのではないかと思います。

僕としては、こっちから向こう側へ行くのが人間の課題で、向こう側からこっちに還ってくるのが仏の課題とは思えない。そういう意味でいえば、仏というのをそんなに信じていないし、よくわからない。ですから、くり返すようですが、信としてはわからない。ただ、向こうからの課題がないということは僕には信じられない。あると思っています。

それから理想社会が実現する条件が整えば課題が終わるかというと、そんなことはないので、平等な社会が実現すると、緊急の課題はそこで解決するかもしれませんが、永遠の課題はそこからまたはじまっちゃうと思うんです。外的な条件が整ったら人間は完成されるなんていうことは絶対にない。平等な社会が実現してはじめて、永遠の課題を充分な意味で考えられるようになるにすぎません。しかしそれでもなお、永遠の課題から今の現状を照らし出すことはとても重要なんじゃないか。僕にはそう思えてしかたがないんですけどね。

質問者6　向こう側から照らし出すということは漠然とわかるんですが、先生のおっしゃることは非常に大きくて、ちょっと漠然としているので、もう少し説明していただきたいんですが。

では、簡単ではないんですけど、具体的な例を申し上げましょうか。たとえば、ここに片腕のない人がいたとします。偶然の事故や生まれながらの身障など原因はさまざまあると思いますが、とにかくそういう人がいたとします。では片腕がない人とそうじゃない人が平等に扱われる社会は、具体的にどうすれば実現できるのか。僕の理解のしかたでは、両者が平等とみなされる外的な条件はすぐに考えられるわけです。

たとえばその人が二十歳の時に、なんらかの理由で片腕を失くしてしまったとします。そのときにふつうの職場にいれば、両腕のある人に較べて作業能率が低いから給料が下がるとか、あるいは就職するのが難かしくなるとか、そういう具体的な不平等が出てきますね。ではそこで、両者が平等とみなされる外的な条件とは何か。それは理屈上、簡単なことです。その人が二十歳の時に片腕を失くしたばあい、自然に亡くなるまでの間の給与は両腕がある人よりも低くなる。そこで、国家あるいはなんらかの集団が、両腕がある人が亡くなるまでの間の給与と同じだけの金額をあらかじめ補えば、少なくとも経済生活的には平等になしうる。しかしそれで平等が遂げられたかというと、けっしてそうではなくて、その人が片腕を失ったために抱く精神の問題が、さまざまなかたちで現実に波及していく。ですから、経済的に平等になったとしても、精神の問題はまったく解決されません。つまりそこでは、精神の平等性は実現しないわけです。

精神的な面も含めて平等性を実現していくことは、人間にとって永遠の課題だと思います。これは、人間社会が外的な平等性を確立した後も残る最後の課題のように思います。交通事故で片腕を失った人と、そうじゃない人との平等はいかにして遂げられるのか。これは一見すると、具体的かつだれにでもわかる課題のように見えますけれども、経済条件を整えるだけだって、だれもやってくれない。今の政府なんかは、絶対にやってくれるはずがありません。ですから、二十歳の時に交通事故で片腕を失ったばあい、両腕がある人の給与と同じだけの金額をあらかじめ補うなんていうことは、なかなか実現されないだろう。また、仮りにそれが実現したとしても、その人が抱える精神の問題は解消されないから、精神の平等性はなかなか実現できません。これは世の中にあるどんな大問題よりも、もっと後まで残るような気がします。

すべてにおいて平等性を実現するということは、永続的な課題であるような気がします。片腕を失った人とそうじゃない人との平等性を実現するという課題のなかには、精神的な面も含めた永遠の問題、経済条件など緊急に解決されるべき外的な問題の両方が含まれています。僕がいいたいのはそういうことです。経済的な平等性が実現されてもなお、精神の平等性を実現するという課題は依然として残るよと。

質問者6　その永遠の課題は完全に一人の人間、主体の問題ですね。

個人の問題ですね。

質問者6　片腕を失ってしまった人は平等な世界を追い求めて悪戦苦闘するなかで、向こう側から自分が照らし出されていると感じる。そこではじめて、「片腕がなくても、おれは人間として平等に生きられる」という自信が出てくる、そういうことなんでしょうか。

それは結構なことでしょうけども、僕のいっていることとはまるでちがいます。なにかしらの重い障害を負っても、個人的に刻苦勉励してごくふつうの人と同じことができるようになった人はけっこういます。たとえば、両腕を失っても針を口にくわえて糸を通し、残された両足を使って縫い物ができるとか。しかしそれは、その人個人にとっての解決にすぎず、世の中全体の問題は依然として残されています。

先ほどもいいましたように、解決には幾重もの相があるわけです。社会的な相、家庭的な相、個人的な相もある。それがすべて解決されなければ、他に影響を及ぼす、他の人にとっても解決だというふうにはならない。

片腕がない人で、両腕がある人よりもはるかに優秀な人はいくらでもいますが、それはあくまで個人的な解決に過ぎない。もちろんその人にとって解決するというのは、けっして悪いことじゃない。その人がふつうの人以上の優れた能力をもつのはいいことなんだけど、しかしそれは解決ではないですね。

ある事物の解決を往相と還相に分けてしまえば、観念的、機械的だということになるんですが、仮りにそういうふうに分けたとしても、往相と還相の両方を解決しなければ全解決にはならない。しかしそれがすべて解決された時は、だれにだって影響を及ぼすことができます。そのときにはじめて、平等が実現するのではないかと僕は思うんです。ですから、おっしゃることは、僕がいっていることとはまるでちがいます。

いま、身障の問題についてお話ししましたが、これはほんとうに考えれば、平等・不平等の問題においてもっとも難かしいものです。もっと福祉予算をぶんどって待遇をよくしたり、就職口をたくさんつくったりすれば不平等は解決するように思っているけど、そんなのは一時しのぎでちっとも解決にはならない。不平等をほんとうに解決するためには、かなり大きな問題を乗り越えなければならない。社会的な相、家庭的な相、個人的な相をすべて解決すれば、煩悩のさかんな凡夫にたいしても影響を及ぼすことができる。もちろん凡夫じゃない人は自力で不平等を克服するでしょうし、そういう人はたくさんいるわけです。

これはなにも、身障の問題だけにかぎらない。お金を蓄財することにかんしても、刻苦勉励して財をなす松下幸之助みたいな人がいるわけですよ。彼は自力で解決した立派な人だと思いますけど、その解決のしかたを万人に適用することはできない。もちろん「努力すれば報いられるぞ」という意味あいでは適用できるんですけど、ほんとうはその人本人にしか適用できない。努力しようがしまいが、だれにでも通用する解決のしかたができないかぎりは、平等という問題は解決したことにはならないと思いますね。

質問者6　つまり、それは永遠の課題ということですね。社会的な問題が解決してもなお、いろいろな問題が残るというのはよくわかります。解決できない問題がずっと残るというよりはむしろ、ひとりひとりの人間が生きていく苦しみのなかで永遠の世界を感得していく。

そうですか。そういうお考えでよろしいんじゃないかと思いますが、僕はちょっとちがう考えをもっています。僕は、日々刻々と移りゆくなかで永遠の課題が精神の問題として蓄積していくんだとは考えない。今の課題を追求して、あるところまで行ったときに、永遠の課題が見えてくる場所があるんだ。永遠の課題というのは、そういうかたちで人間にやってくるだろうと僕は考えています。

（原題：親鸞の還相について／東京教区会館〔当時浅草にあった別院か〕）

〔音源あり。文責・築山登美夫〕

【宮崎市・一ツ瀬病院内　精神医療を考える会主催】——————————1988年11月12日

異常の分散——母の物語

質問者1　Mと申します。所属はありません。初めのほうに、胎児期に□□□をつくることは可能だとおっしゃいましたけど、それはどういうふうに可能になるんでしょうか。

僕が知ってる範囲では、わりに啓蒙的な本が三冊ぐらい翻訳されて出てますけど。日本では昔から、「胎教がたいせつだ」「胎教は影響があるんだ」っていいますよね。それと同じようなことを妊娠期間中に、それを意識的にやる。毎日、母親がたいへん気分がいい時間を択んで子供に童話を読んで聞かせたり、音楽を聴かせたりする。あるいは語学の勉強を教えたり、数学の一たす一は二だっていうことをくり返しくり返し教えたりする。妊娠数カ月ぐらいのところで、ずっとそういうことをやります。つまり早期教育っていうんでしょうかね。

アメリカでは、そういう一種能力主義的なやりかたが行われている。そのことじたいはあんまり感心したことじゃないんですけど、そういうやりかたをしています。いちばん顕著なのは、自分の子供が三人か四人ぐらいいて、胎児の時からそういう教育をしたら、全員が十一歳ぐらいで大学を卒業したとか。重要なことは、あらゆる伝説・神話を破って、胎児っていうのは音楽をかければ音楽を聴いているし、言葉をいってやればそれを理解するということをはっきりさせた、そのことだけは功績だと思うんですけど。母親がそういう早期教育をやった記録みたいなのが翻訳されて出ていますけど、それはちょっとすさまじいものです。

フロイトはつとに早くから、胎児期の母親の精神状態は子供に影響をあたえるといっている。それを実証できるかどうかは、すこぶるあやしかった。今ではそれを実証できますし、超音波透視みたいなことをして、そういう実験をやった例があります。そういうふうに科学的に実証できますしね。そして母親が実際にやってみたら、語学でも何でも超早期教育は可能だった。そういう体験記が翻訳されて出ていますけど、そういうことはまったく可能だと思います。

人よりも早くすさまじい能力を身につけたいとか、そういう能率主義的な目的で行われるものだから、そのことじたいはちっともよくないなと思うんだけど、そういう意味じゃなくてだったら、これからますます意識的に胎児期の問題が重要だというところに移行していくようには思ってますけどね。そういう本は日本で翻訳されて、三冊ぐらい出ています。異常の根源をどこに求めていくかというモチーフでも、たぶん胎児期にまで遡っていくことは必至だろうと思います。また邪道ですけど、「早期教育でうちの子を早くから優秀な子にしてやろう」という能率主義的なことも行われてくるようになるかも知れませんし、だんだん流行ってくるかも知れません。良きにつけ悪しきにつけ、そういう問題の根源をもっと遡るところに行くことはまったく間違いないことのように、僕には思われます。

祥伝社にノン・ブックという新書判のシリーズがあるんですが、そのなかで三冊ぐらい翻訳されて出ていると思います。それはフロイトがつとに理論的に言い切ってることで、ちっとも新しいことでも何でもないんですけど、医学的にわかるようになってしまった。つまり胎内の胎児のふるまいが見えるようになってしまい、そういう教育を実際にやった母親が出てきた。それは、これからの問題として展開されていくんじゃないでしょうか。

質問者2　市内のＨと申します。今日ここに来てらっしゃる方のほとんどは、精神病院に勤める医療者だと思うんですけど。私は今日、吉本隆明さんのお話を聞くということでやってまいりました。お話を聞いているうちに、医療関係者だけでなく、精神的な意味で非常に悩んだり困ったりしている私も当然来ていい企画があるんだなと思いました。ここに十四回と書いてありますが、私は初めて来ました。

吉本さんのお話を聞いたかぎりにおいては、ノイローゼとかうつ病とか分裂症などといった精神科の病気の原因となっているのは、「母の物語」という言葉に表わされているかたちのものが病気の原因であり、幼時体験や母親とのかかわりのなかから、そういう病気が生まれた。そうおっしゃったように思います。私はフロイトの本もぱらぱらと読んでみましたが、そのなかにもそう書かれてあったと思います。今の医学界は非常に進歩していますが、やはり吉本さんがいわれている「母の物語」から、精神にかかわるいろんな病気が出てくるのでしょうか。吉本さんはそう信じて、今日のお話をされたわけなんでしょうか。

僕はまったく疑いなく、そうだと思っております。僕は素人だからあまりいろいろといっちゃいけないんですけど、素人じゃない人で、僕と同じように考えている人はたくさんいます。例をあげますと、アメリカにベイトソンという行動主義的な精神医学者がいます。彼はべつにフロイトの系統の人じゃないんですけど、やっぱり同じようなことをいっておりますね。ベイトソンは専門家ですから、何人もの実例を積み重ねて調べて、そういう結論を出しておるわけです。

彼は自分たちの精神医学者グループでご本人とその家族の調査を数多く行なったうえで、それらに共通な特徴は三つあるといっています。ひとつは、自分はやさしい母親だと見做されていると不安になり、身を引いてしまう。そして子供と親しく付き合わなくちゃならない場面になると、不安と敵意が起こる。患者は、そういう母親をもっていると。二番目には、子供に不安や敵意をもっていることを認めたがらない母親をもっている。そのためにやさしい態度を示してみせ、子供が「やさしい母親だ」と思うように教え込むんだけど、子供がそう思わないと身を引いてしまう。さらに三番目にあげているのは、母親と子供の間に入って両方の気分、心理状態を調節する父親、あるいは父親的存在がいないということです。その三つが共通の条件であると。ご本人と家族を調べたとき、共通して見つけられることだということで、この三箇条をあげています。そうじゃないという精神医学者もいるかも知れませんけど、つまり母親と子供の物語を第一義的なものだと思わない精神医学者もいるのかも知れませんけど、僕はそういう人にお会いしたこともなければ、本を読んだこともない。だから僕はもう、まるまるまったくそういうふうに信じておりますけどね。

質問者3　Eといいます。二つお訊きしたいんですけど。先ほど「社会の情勢などから見て、児童期は延びるかもしれない。そういうばあいもありうる」とおっしゃいました。私は児童期というものをもう少し解明していかなければならないと思っているので、そこのところをもう少しお訊きしたいんですが。

それと、「母親の物語」はどう成立するかということについてです。おかしな受け取り方をしているかも知れないんですが、先ほど、母親は母親の物語を具現化する前に、夫婦の性的なふるまいをすでに体験しているとおっしゃいました。その時の母親の役割はわかったような気がするんですが。父親になる前の夫の役割についてなにかお考えはありますでしょうか。

たとえば専門家の先生は、児童期の問題についていくつかいっています。つまり、児童期の特徴をいくつかあげています。ここにいくつかあげてありますが、エリクソンがいっていることがいちばんわかりやすいと思います(『心とは何か』〔二〇〇一年〕所収、三〇‐三一ページの表をさす)。児童期というのは、勤勉という観念を植えつけられる時である。そして道具、技術の法則をおぼえる時である。もうひとつ重要なことは、「エディプスの複合」が発現する時である。エディプスというのは、性的な発現力です。父親と母親の間に自分が割り込んでいく。性感情の割り込み方、性的な感情の周辺で割り込んでいくときの割り込み方、あるいは割り込めないばあいの失望のしかたがある。あるいは父親にたいする非常に強大なイメージをつくりあげる時期である。エリクソンは児童期の特徴として、その三つを挙げています。だから、いくつかの問題が深刻なものとして出てくるんだと思います。

たとえば、勤勉の問題もそうですね。怠けていると、まず父親・母親から叱られ、学校へ行けば先生から叱られる。そこで、怠けるということにたいする劣等感みたいなものを植えつけられたりしますから。エリクソンは、「児童期というのは勤勉対劣等感の時期だ」といってるぐらいなんです。僕がこれを自分流の言い方でいっちゃえば、性的な発現力を第二義的な問題として、知識・技術・規律・道徳を学ぶことを第一義的な問題とする。性的な発現力を抑圧しておいて、規律をよく学ぶ。そういった二重性をもつ時期が児童期なんだと思います。

抑圧されて下のほうに潜在化した部分が正面に露出してきて、規律・技術の習得と矛盾してくる。そうじゃなければ、知識の習得において劣等、怠け者だという観念を植えつけられたために問題が起こってくる。だから、エリクソンがいうように、児童期というのは勤勉を植えつけられる時期といえるのかどうか、あるいは、技術の基本が身につく時期だとほんとうにいっていいのかどうか。これはもっとたくさん検討しなきゃいけないような気がするんです。

なぜなら、そんなことは要らないんじゃないかという観念も成り立ちうるので、勉強なんか、必要になった時にそれぞれの人間がすればいい。学校制度をつくって義務教育にして、それを通らなければ先へ行けない、通らなければ劣等生というレッテルを貼る。そういう制度をつくることはいいことなのかどうか。エリクソンあるいはP・パーカーの言い方でも、それははっきりと否定できないと思います。「児童期というのは勤勉対劣等感の時期だ」といったところで、この時期の問題を言い切ることはできそうにない。勤勉って、この時期に植えつけることが必要なのか。知識や規律って、この時期に教育することが必要なのか。そういうことはもっとほんとうにたしかめてみたり、研究してみたりしなきゃいけない。

もっと根柢的にいえば、人間っていうのははたして勤勉であることが必要なのか。人間が制度的に知識を学ぶことは必要なのか。制度的になんか学ばなくても、自分が必要な時にぶつかったらその時に学べばいいのか。そういうことも合わせて、もっと徹底的に考えたほうがいいと僕には思われます。この程度のことで、「児童期は勤勉対劣等感の時期だ」なんていっちゃいけないと思います。この程度のことで義務教育を肯定してもいけないし、否定してもいけないような気がします。否定するにせよ肯定するにせよ、勤勉と怠惰、優等と劣等ということをもっと突きつめていかなきゃいけない。どの時期に知識を身につけたらいちばん身につくのかということも、もっと本格的に探求、研究しなきゃいけない。僕にはそう思われますね。

それから、もうひとつおっしゃった父親の役割についてですけど。乳児にたいする父親の役割は、母親を介しての間接的なものになっていくと思います。乳児の精神形成にたいしては、父親の役割は間接的になっていく。しかし一面では、そうじゃないという人もいる。たとえば、戸塚ヨットスクールの戸塚宏っていう人はその典型ですね。強大な父親がいて、ちょっとでもつまらない刃向かい方をしたら前面に立ちふさがる。強大な父親がいたら、学校内暴力や家庭内暴力をするような子供はできないんだ。だから自分は父親の代わりに子供を引き受けて、ヨットハーバーで訓練してやったんだと。そういうことをいう人もいるくらいですから。

強大な父親が存在するということは、非常に大きな意味をもつ——もちろんそういう観点もありうると思いますけど、自分の考え方からすればそうじゃない。母親との関係を介して、あるいは母親に不安をあたえるかあたえないかということを介して、父親のありかたは非常に重要だ。僕はそういう考え方をもちますけど、そうじゃないという人ももちろんいるわけです。家父長時代のような父親が再現されたほうがいいという考え方の人もいて、戸塚ヨットスクールというのはまさにその考え方に基づいて実践したわけですけど。戸塚さんは、それで治療の効果をあげたといっている。それをやってみて、実績があがってるという人ももちろんいるわけですね。だから、それはさまざまじゃないかと思うんですけど。

僕は自分の考え方の経路からいえば、父親というのは一種の間接的な役割だろう、しかしそれが存在しないということは、非常に重要なことで、これはベイトソンもいってますけどね。母親と子供の間に介在し、両者を調節してくれる父親がいないということは非常に特徴的なことだと。それは、患者に共通する特徴だといってますけどね。僕がお付き合いしてる人たちも例外なく、経済的にも人間的にもしっかりした母親がいて、父親のほうは影が薄いというか。僕は知り合いの人たちの乳児期の体験を知ってるわけでも聞いてるわけでも何でもないんですけど、聞かなくても「だいたいこうだろうな」ということはわかる。それはわりに共通しているように思えますね。例外っていうのは、ちょっとないんじゃないかなと僕には思われますね。

質問者4（聞き取れず）

つまりね、こうじゃないでしょうか。先ほどいいました精神分裂病の女の子の場合と、ルソーや三島（由紀夫）さん、太宰治とでは何がちがうか。小説書きですよね。口で表現するんじゃなくて、書いて表現する。結果論的には書こうが書くまいが、生活において表現すれば同じだということになる。ただもう少し緻密にいうならば、書いて表現する人のばあい、表現することについては意志が必要になる。書く意志がなかったら書かないし、書けないわけです。ですから分裂病の女の子の場合とどこがちがうのかといえば、書いて表現するということにおいて意志を仲介したかどうかということだけです。

そうすると、なにかきついことがあったばあいにはどうするか。三島さんでもルソーでも、書いて表現することの非常に初期・発端においては、非常にきつかったから書いたのではないか。きつかったから自分を慰安するために、自分を慰めるために書いた。それが文学やこの種の書いて表現することの発端、始まりだと思うんです。どんな文学者・哲学者でも、「なぜおまえはものを書くようになったのか」と訊かれたら、「きつかったから自己慰安のために書いた。それが発端なんだ」と答えるでしょう。日記の延長でもいいんですけど、たぶんそれが発端だというのではないかと。

非常にきつい事態が生じたとき、異常、きつさをちがうかたちで分散させてしまうのと、こういう人たちのように文字で書いて表現するのでは何がちがうか。書くばあい、少なくとも書くという意志が介在する。そこだけがちがうと思うんです。そこだけがちがうということをいうために、「分散」という言葉をつかったのです。もちろん表現といってもいいと思います。つまり、「異常の表現」といってもいいと思いますけどね。ただ表現という言葉を共通に取り上げるとすれば、多少でも意志が入ってる。ルソーでも三島さんでも、文字で書くということのなかにはかならず書くという意志がないと、とてもやれないですから。それをいっしょに扱おうとするとき、分散という言葉をつかっただけで、表現という言葉をつかってもいいわけです。ただ、誤解を生じなければいいと思いますけどね。

質問者5　たまたま私が質問しようと思ったこととといっしょだったんですけど、もう少しよろしいでしょうか。乳胎児期にうけた衝撃、傷が個人の発達史のなかで、分裂病になる患者さんのばあい、たとえば作為体験、妄想、幻覚などといった症状として表われてくる。普通の私たちでも文学者でも、表現ということになると思うんですけど、乳胎児期に受けた傷、異常がその人の発達史のなかで、どういうふるまい方になるか。あるいは、どういう表現のされかたになるか。たとえば行動異常を引き起こすとか、そういう解釈でよろしいでしょうか。

そうだと思います。分裂病的なかたち、うつ病的なかたちなどといった個々の問題はそちらの領域であって、僕らは介入できない。だからそれは「異常の分散」だといってしまったわけです。これは節度の問題で、それ以上のことはこちらがいうべきことじゃなくて、むしろそちらの領域に入るので、全般的に「異常の分散」といっておこうというのが僕の意図でして（会場笑）。それ以上のことは、ほんとうに僕らにはわからないんで。それはみなさんのほうの領域に属するんじゃないかなと思われるんですけどね。だから「異常の分散」といったわけです。作為体験、妄想、幻覚というのは、「異常の分散」がパターン化したものだと思うんです。パターン化してるかどうかの違いだけなんだというくらいの意味あいにとっていただければ、僕のほうはいいんですけどね。それ以上はそちらの専門の領域に入ってしまうから、僕らはあまり介入する余地がないなという感じをもちますけどね。

（原題：異常の分散について／宮崎市中央公民館）

〔音源あり。文責・築山登美夫〕

【修羅出版部主催】――1989年7月9日

日本農業論

質問者1　いま、吉本さんがいわれたように、社共の進歩派の運動員が書いた□□□を土井たか子さんが□□□といっているわけですけど、それはある意味では、吉本さんが□□□こともあるんだけど、農家の特性というか、たとえば私のまわりの農家でも「食管（食糧管理制度）を守れ。自由化するな」といっている。山形県村山市の農協はそれとは逆に、「食管はなくてもいい。自由化したほうがいい」といっているわけですが、たいていの農家の人たちはそういうことをいわないだろうと思うんです。これにはやはり、兼業農家が八〇パーセントもいることが関係しているのではないかと。たとえばどこかへ勤めながら、農業をやっている人たちがいる。食管に頼って米をつくっていれば、ある程度兼業農家としてやっていけますから。もちろん消費者の立場に立てば、安い米を買えるほうがいいんだけど、兼業しているかぎりにおいては、なるべくそういうことをいわないほうが現状維持できると思うんです。今は兼業農家が圧倒的に多いわけだから、農家の側から「食管はなくてもいい。自由化したほうがいい」とはなかなかいえないんじゃないかと思うんですけど。

それはたいへん難かしいところで、データでも兼業農家が八〇パーセントぐらいを占めているわけですから、現在の日本の農業問題は、兼業農家を主体にして考えるべきだという考え方が成り立つと思うんです。その延長線では、もし兼業農家を主体にして農家の問題を考えるならば、日本の農業はすでにないのと同じだという考え方も成り立ちますよね。そういう考え方もありうると思います。おっしゃるとおり、兼業農家を主体と考えれば「兼業なんだから食管制でも何制でもいい。とにかくそれは任せておけばいいんだ」という気持がどこかにあるわけです。そういう考え方はたいへん便利ですから、存在しうると思います。

日本で農業についての考え方が出てきたのは、明治十年代だと思います。明治十年代に、近代的な意味での日本の農業についての考え方がはじまったわけですが、そのときにも無意識のうちに伝統を引きずっていた。僕らはどこかで純粋の専業農家というイメージを頭に思い浮べながら、いろいろなことを考える。だからしばしば現実とはちがってしまって、ただのイメージになってしまう。ですから現実の問題は、あなたのおっしゃるとおりなのかも知れない。僕はそういう考え方にたいして、べつに否定的でないです。「だから食管法があったほうがいいじゃないか」という考え方にたいしては、否定的ではない。でも日本の農業についての理論、考え方から行けば、ちょっとそれは問題なんだよと。食管制が出てきて、今も存続している経緯というのは問題なのであって。

では、僕が問題にしたいのは何か。原理的にいいますと、日本では国家社会主義と社会国家主義が表裏一体なんですよ。戦争中、そういう経験を経てきているわけです。食管法の先駆となる米穀管理制度が始まったのは、たしか昭和十四年だと思います（一九三九年制定の米穀配給統制法をさす）。それで、昭和十六年十二月には、太平洋戦争に突入しているんです。そして翌十七年には食管法が改正され、配給統制経済がはじまっているわけです。つまりそれは日本社会ファシズム、農本ファシズムの業蹟なわけです。

そのときに農本ファシズム、社会ファシズムだった人は、その前はマルクス主義者だったんですよ。つまりそういうふうに、日本ではまた転々とするわけです。戦後、その人たちはまたマルクス主義に還るわけです。マルクス主義といわれているものはロシアで展開されたわけですが、これは要するに「社会国家主義か、それとも国家社会主義か」という問題なんですよ。ところが食管法というのは、その両方で通ってきてしまったんです。もし日本の自民党が全き自由主義政党であるとしたら、ただちに食管法をやめると思います。お米は自由化だ。農家は自由競争だ。いいお米を安くつくったやつは、よく売れて儲かるんだ。そういうふうにすると思います。しかし自民党といえども世界の諸々の資本主義国と同じで、第二次世界大戦というのを経てきているわけです。ですから、少しも管理のない自由主義的経済は成り立たないだろうということは、たぶん経験上よく知ってると思うんです。

だから自由化するにしても、非常に保守的に自由化するという感じになっているんだと思います。つまりそれは、ひとつの歴史的な経験なんです。国有と国民的管理はちがうよ。社会主義というのは労働者や農民の連合が政権、権力を取ったら、すぐに国家を廃絶する準備をはじめないとだめなんですよ。そうしなければ、社会国家主義になっちゃうんですよ。ちょうど今、世界の社会主義国はそうなってますよね。労働者でも農民でも権力を取ったら、すぐに国家をやめる準備にかからないとだめなんですよね。かならずだめなんですよ。その準備っていうのは簡単なことです。そんなこと、口でいうのは簡単なことなんですよ。無記名投票で直接選挙して過半数が同意したら、もうその政権はすぐにクビにできるということにすればいいんですよ。そうすれば国家の廃絶の第一歩ができる。ソ連だって中共だってそれをやってれば、問題は生じない。スターリンの大粛清なんていうのは生じないですし、こんな問題（天安門事件をさすか）も生じないんですよ。だけどやはり、社会国家主義になっちゃうんですよ。はじめは社会主義を掲げていたけれども、権力を取るとそれを手放さないし、国家を解体して開こうとしないものだから社会国家主義になっちゃうんです。

日本なんか、いちばんそれを経験してるんですね。戦争中、社会国家主義が国家社会主義になって食管制などをつくった。それで戦後はまた、社会国家主義に返り咲いたんです。それはもう、日本の伝統なんです。だからこれは、歴史的な経験の問題なんです。自由主義者といえども、全き自由主義はだめだということを戦争中に充分体験してるんですよ。だから、どこかで管理を外すのが怖いわけです。また、管理を外したらほんとうにだめなのかも知れない。

たとえばアメリカでは、だいたい四〇パーセントぐらいを国家が管理している。アメリカ資本主義の三〇パーセントから四〇パーセントは、国家管理されているわけです。先進的な資本主義国というのは、どこでもそうです。フランスならもっとそうでしょう。いちおう名目だけは社会主義政権ですけど、フランスではもっと国家管理されていると思います。おそらく日本でも、三〇パーセントぐらいは国家管理されていると思います。自主流通協議会の「食管制を自由化する」という決定なんて、わずかにこれだけのものですよ。これだって自由化だけれど、やはり管理力がそうとう多く働いていると思います。つまり自由主義者といえども、全き自由主義経済は成り立たないということを経験上知ってるんですね。そこがおっかない。ですから、経験なんかないほうがいいのかも知れません。みんなおっかないんですよ。「ほんとうに自由化したら、とんでもないことになるんじゃないか」と思って、おっかないわけですよ。だから自民党といえども、このぐらいしか自由化できないんですね。

だけど篤農家で「おれは自信がある」という人は、自由化しようという。「自由化して、いいものを安く提供すればいいんじゃないか」と主張するでしょうね。僕はそれもとてもよくわかるんですが、それは公共的に主張できないという問題があって。個々の農家がそう主張して、実行に移すのはいっこうにさしつかえないと思います。ただ僕なんかがいくらそう思ったって、どうということはない。べつに権力もなにもないし、なんでもないからいってみるだけですけど。だけど僕はそう思ってますね。

質問者2 食糧管理制度の問題と、戦後のマッカーサーの農地改革の問題があるわけですが。戦後まもなく食管制度は改正されたということですが、マッカーサーが来た時点でなぜ食管制度をいじらなかったのか。歴史的にみれば、非常に困難な時代だったからなんでしょうか。マッカーサーがやった農地改革はたくさんの自作農をつくったわけですが、そのことは日本の農業にとって歴史的にどのような意味をもっているのか。先ほど、戦後以降の国家権力や政府は理論や将来への射程などをもたず、歴史的に無意識にやってきたとおっしゃいました。もっと簡単にいえば、戦後以降の国家権力や政府はほとんど農業政策をもたずに、自然のままにやってきたというふうに理解すればいいんでしょうか。

最後のところから申し上げますと、日本は農業政策をもたなかったのではなく、その時々に起こってきた問題にたいして「これが最良の解決だ」と思うやりかたをしてきたと思います。それが無意識であって、農業政策はもちろんやっているわけですが、農業理論や農業のありかたについての理念をもたなかった。そう思えばいいんじゃないでしょうか。政策はあったし、実際にそれもやってきている。できるかぎり最良の方法を求め、知恵を絞ってやってきたことは事実なんだけど、農業理念――究極的にいえば農業というのはどうあったらいいのかということの理論はもってなかったということじゃないでしょうか。

それともうひとつは食管制ということですけどね、それができる前、明治六年に地租改正が行われる。ですからそれ以降の歴史的な経緯、前史も含まれているわけです。地租改正によってお米が暴騰したり暴落したり、農民一揆が起こったりした。農産物、とくにお米の価格が上がったり下がったりすることが社会問題になりますし、一種の一揆にもなりますし。そのようにたいへんな情況を経てきているので、どうしても怖いんですよ。食べ物というのは怖い。食べ物の価格が変動したり、天候に左右されたりすることがとても怖いわけです。

そういう過程があって、そこで生産・価格・流通をうまく管理してやれば、価格の変動があって困るということはなくなるんじゃないか。そういうことで食管制度ができたわけです。それができるまで、少なくとも明治初年から大正の末年まで、あるいは昭和十年代まではお米の価格変動の問題でたいへん苦労してきている。だから、非常におっかないんですね。お米が高騰したり暴落したりすることは、とてもおっかない。そのあげくに戦時に入っていく。内地でもそうですが、侵略に出かけていった外地でも食糧を確保しなきゃいけない。それで食管制度が配給制度として、非常に統制されてきた。そういう経緯を経てきているので、前史と後史があると思うんです。

敗戦によって戦争は終わったんだけど、食糧なんかどこにもない。そうすると「米ヨコセ」（一九四六年五月に東京で行われた大規模なデモをさす）ということになりますし。われわれの体験でもそうなんですけど、とにかく食べ物がないんですよね。僕らはまだ学生の半ば頃だったけど。僕らは学校へ行くとき、日暮里の駅の階段を上がってちがう電車に乗り換えるんだけど、足がだるくて苦痛なんです。それほど勉強家だったという意味じゃなくて（会場笑）。それでも退屈だから学校に行ってたんですけど、そのぐらい食い物というのはなかったんですね。そういう経験もあるんですよ。

だから政府は、食管制をやめる機会を失ったんですよ。つまりそこで失ってしまったんですね。それで現在までずるずると来ているというのは、おかしな言い方ですけれど、いろんないいこともやってきていて、今も続いてるんだと思いますけど、でもいいよ、本格的にこれを考えなくちゃいけない段階に入ってきた。自民党政府といえども、考えるようになってきたというのが現在の情況じゃないか。実際に自主流通米、ヤミ米と政府買入れ米との格差がこれほど広がってしまいましたし。自主流通米、ヤミ米の消費量が半分を超えちゃっているわけですから、どうすることもできないですよね。見直す以外に方法はないですよね。別に数字だけを信ずるわけじゃないけど、ようやく「ここまで行ったら、もう検討するほかにないじゃないか」ということになってきたんじゃないかと。それでも、ほんとうに自由化するということは怖い。食べ物にかんするかぎりは怖いんですね。自民党の先生も、僕らもそうだけど、飢えた経験があるものですから、やっぱり食い物というのは怖いなという気持があるから、全部取っ払っちゃうことはできないんじゃないでしょうかね。そこの問題のような気がするんですけれど。

ですから、これも政策だとは思うんですが、べつに理念はないと思うんです。その時々の農家の人の要求にある程度応えられる、つまり過半数の農家の人たちの要求に応えられると考えて、こういう政策をとるわけですから。その時々の政府がとる政策というのは、いつもそうです。ほんとうにそうなのかどうかはべつとして、「これは過半数の大衆のためにいいぞ」と思われるような政策をとりますから。それ以上の政策をとれば、革命ですからね。革命する気があったらやるでしょうけれど、たぶんないと思います。自民党にはないと思います。彼らは無意識にやっているんと思います。つまり、無意識に米の自由化の方向に進んでいると思います。歴史の必然の方向に進んでいると思います。つまり、これは無意識にやってる革命なんですよ。ですから意識して、「これが理想だからこうするんだ。多少の抵抗があってもこうするんだ」というふうに意志を通すことは、たぶん自民党にはできないと思います。ましてや社共にはできないと思います。僕はそう思ってますけど。

非常に折衷的にいいと思われることを政策としてやり、政策をたまたま担当してない政党はそれに文句をつける。一方は「大多数の民衆が考えていることはこういうことだろう」と見当をつけて政策をやり、もう一方はそれにたいして文句をつける。前者は政策を担当しているから、それを政策としてやる。だから、その時々の政策の範囲内で変わるんじゃないでしょうか。それだけのことですから、理論や理念があるということじゃないと思いますね。食管制度が今も存続し、これからも存続するかも知れない根拠はそれだと思います。またそれは、食管制度をある程度は改正せざるをえないことの根拠でもあると思いますけどね。

質問者3　日本の農業論ということでお話をお聞きしたわけですが——現状を訊いてみたり、身のまわりを見たりしますと、農業外の収入が非常に増えている。あるいは、兼業の農家の増加という現状がございます。われわれがこれについて議論するとき、日本の農業にきちんとした展望があるならば、どういうかたちが理想なのかということが問題になると思うんです。実際にそういう議論をしているのかどうかはわかりませんけど。

そうすると、やはり安定ということを考えるようになる。米にかぎっていえば、生産者のほうは高収入で安定してほしいと思っている。一方で消費者のほうは、安く安定してほしいと思っている。そこに農業政策が介入してくるわけですが。そういう情況において、今の食管制はどうあればいいのか。消滅しちゃっていいのか、それともかたちを変えてあればいいのか。食管制を存続させるとしたら、どういうかたちが理想的なのか。まず、それを先生にお訊きしてみたいと思っています。あと、エンゲルスとマルクスの理論から日本の農業論、日本の農業の将来性を展望したとき、国民的な管理は可能なのかどうか。それから今日は主に米についておっしゃっていましたが、果樹やほかの農業生産物についても国家的ななにか、あるいは国民的な管理が可能かどうか。その三点についてお訊きしてみたいと思います。

最初は何でしたっけ。

質問者3　米の価格が安定していくということについてです。農政上、食管制のような国家的介入が必要である。あったほうがベターだと考えたほうがいいんでしょうか。

大ざっぱな言い方をしますと、現在の社会主義国では国家管理の割合が一〇〇パーセントから

だいたい八〇パーセントぐらいに移りつつある。一方で高度な資本主義国、欧州やアメリカでは逆に国家管理が三〇パーセントから四〇パーセント、もしかすると五〇パーセント近くまで行くかもしれない。ですから、ある範囲を求めれば、両方の国家がだいたい同じようなイメージになっていく。さしあたって考えてみれば、そういうことはよく目に見えているような気がするんです。

そうすると価格安定は、ある範囲の管理なしにはちょっと望めない。まったく自由な市場で自由な競争をすれば、負けても勝っても、貧困になっても富んでも気持がいいものだ――そういいたいところなんですけど、資本主義社会になってから二世紀近く経ってるし、社会主義社会になってからも七、八十年は経ってる。国家には、そういう経験がそれぞれにありまして、その間に社会ファシズムみたいなヴァリエーション、変種も出てきたりしたわけですけど。そういうのをひっくるめて、ある範囲内の管理なしには価格安定は不可能なんじゃないか。あなたのおっしゃる農産物のばあいもそうだし、一般的な商品のばあいもそうですけど。経験上、そういった管理なしには価格安定というのは不可能なんじゃないかということは、両方の経験からいえそうな気がします。つまり社会主義国の経験、資本主義国の経験からいえそうに思いますし、そういうふうになってると思うんです。

では、その管理をどういう方向にもっていくのか。それは為政者や社会権力者、あるいは政府のやりかたのうまい・拙い、失敗・成功が問われることのように思いますけどね。そういうことに照らしていいますと、僕の理解のしかたでは、日本の資本主義というのはかなりうまくやってきた。高度成長期以降の日本の資本主義および保守政府は、どこまで管理して、どこまで自由経済に行けばいいのかということについては、かなりうまくやってきたほうじゃないかなと思うんです。ですから、そこでどの程度の介入がどういうふうに行われてきたかということは、歴史的な経験としてはそうとう大きな意味をもつんじゃないかなと。

あなたのおっしゃることでいえば、ある程度の管理なしには価格安定というのは不可能である。現在でいえば国家ですが、国家のある程度の介入なしには不可能である――そのある程度というのが問題なのであって、それは非常に具体的に問題になるんじゃないでしょうか。そのなかでは、日本資本主義はわりあいにうまくやってきた。世界のほかの資本主義・社会主義国に較べても、かなりうまく管理をやってきている。管理のパーセンテージも、なかなかうまくやってきていると僕には思えますけどね。

だから、リクルート疑惑みたいな収賄贈賄とか、首相が女性を金で扱ったとか、そういうことでしか倒れないんじゃないですかね（会場笑）。政策でいえばかなりうまくやってきたから、ちょっと文句をつけるのは難かしいんじゃないでしょうか。文句はいくらでもつけられますけど、ほかの国に較べると、文句をつけることはたいへん難かしいんじゃないか。これが僕の正直な分析ですね。建前じゃなくて分析ですね。そこらへんのところじゃないでしょうかね。

質問者4　農家あるいは農協はなぜ強硬に、食管制度の廃止に反対の態度をとるのか。国の農業と市場《いちば》、農村と市場《しじょう》の問題、それが非常に安易で楽なんですね、百姓の立場からすると。その代表である農協もちろんそうだし。だから八〇パーセントが兼業農家というけれども、彼らはけっして非農家的な色あいが濃いわけじゃない。質的には、昔の専業農家のような意識が非常に濃いんです。統計上のパーセンテージばっかりに幻惑されているから、そこで錯覚を起こしてるんじゃないかと思うんですけど。私はやはり、いくら兼業農家でも質的にはあまり変わっていないように思いますね。うちの倅がサラリーマンになっていようと、やっぱり非常に土地にたいする愛着があるから。ですから、食管制度は一概に廃止するというわけにはいかないんじゃないかと思うんです。政府だってそのことをわかっているから、米価の据え置きをやる。やはり今の政府でも警察でも支持している団体なんですからね。それがみんな叛旗を翻したらたいへんな問題になるから、とりあえず据え置こうと。そういう問題があるんじゃないでしょうか。

それはもう、そのとおりだと思いますけどね。つまり「食管制を廃絶せよ」ということは、それにともなういろいろな制度や組織を全部廃止せよということと同じですから。そこまで行けば当然、「農協も廃止せよ」ということになってしまいます。それがたいへん難かしいところであるような気がします。労働者の問題でいえば、「総評を廃止せよ」というのと同じぐらい難かしいことなんじゃないでしょうか。「あれはあんまり役に立たんのだから、廃止すりゃいい」という論議はとても簡単なような気がしますけれども、実際問題として総評を廃止するのはたいへん難かしい。それと同じように「農協を廃止せよ。食管制度も廃止せよ」ということはたいへん難かしい。

質問者4　それともうひとつ質問があります。八〇パーセントを占める兼業農家は、実際にはもう自分でやらないんだよね。私なんかは百姓ですけれど。どうしているかというと、春になるとトラクターを頼んで植えてもらう。昔は苗代をつくってそれを植えたわけだけど、それは省いて苗を買って植えてもらうんだよね。そして秋になると刈り入れは全部やって、ちゃんと袋に入れて「はい、できました」と。そうでなかったら、今度は農協に頼んで刈り入れをやってもらう。それをみんな請け負ってもらっても、多少でも利益はあるんですね。そしてなおかつ、土地は守っておれるんです。実際はそういう兼業農家が八〇パーセントを占めているわけですね。それでも土地を守っているわけですから、昔の意識が非常に濃いんですよ。そして政府も票につながるから、米価を据え置く。そういう力があるんです。来年はわからんというけれども、それだってまだわかりませんよ。

そう思います。しかし現状は兼業農家の割合がもっと増えていき、専業農家の割合がもっと減っていくということだけは確実だと思うんです。どうせそうなら、食管制度も農協もやめてしまえ。自由市場化して自由競争して、農家をあくまでもやるというところだけが残り、そうじゃないところはもう転業してしまえ――そういうふうにいえるかというと、なかなかそうはいえないと思うんです。だけども、そういう方向に行くということだけは確実だと思うんですね。だけども、「どうせそうならやめてしまえ」ということはなかなかいえない。そこが非常に難かしい。日本の農業がほんとうの意味で土地の私有ということに目覚めたのは、そんなに以前じゃないんですね。つまり歴史のなかでいってみれば、目覚めたばっかりなんですよ。たとえば、あなたの親父さんやおじいさんの時には、土地は天皇陛下のものだと思っていたわけなんだからね。「土地は最終的には天皇陛下のもので、それをありがたく借りているようなものなんだ」と思っていたわけですから。それが農地改革以降、少なくとも土地所有ができるようになって、小作をしなくてもいいようになった。それで土地の所有に目覚めたといっても、まだ半世紀も経ってないぐらいですから。

歴史的にみると日本では千数百年、東洋全体であれば数千年、土地は君主つまり皇帝・天皇のものだと思ってきた。たった半世紀だけ私有だと認められ、ようやくそう思えるようになったわけです。これをたやすくちがうかたちにして「土地への執着を断ち切れ」といったって、それはできない相談だと思いますけどね。しかしいずれにせよ、兼業農家が多くなって、それからもしかすると耕作・生産の手段が集団化・大規模化していくことも、ちょっと避けられないんじゃないでしょうか。

質問者４　いわゆる外圧、つまり農産物の市場開放という問題に対抗するわけです。さっきの山形のさくらんぼの話じゃないけど、やっぱり大型化するよりほかに逃げ場がなくなってきてるんですよね。

生産性を高めていいものを安く提供するには、大型化する以外にないと思うんです。でもそうすると、だれが大型化するのかという問題になる。それはできるかぎり、自主的にやったほうがいいでしょう。自主的な協議会みたいなものをつくって、自主的に大型化するのがいちばん望ましいんでしょうけど、それもなかなか難かしい。だから政府が「この地区はこう大型化したほうがいい」みたいなことをいってきて、というふうにやることになるのかなと思いますけど。いずれにせよ、大型化する以外になかなか対抗できないでしょうね。

質問者4　結局は、百姓に厳しいということになるわけだね。

そうなんですよね。ある者は首を切られ、ある者はよくなるということになる。

質問者4　□□□□だって出てくる□□□□がさ。

起こるわけですよ。

質問者4　それはいいのかどうか。そういうジレンマがある（会場笑）。

そうなんです。そこがとても難かしいところなんだけれど。国鉄が民営化するばあいでもそういうことがありましたが、やはり民営化したほうがいいに決まってるわけですよ。そんなの、反対するほうがおかしいわけですよ。そのなかで失業しちゃうやつもいるだろう。配置転換で、生まれて初めての土地へ行かなきゃならないやつもいるだろう。これをどうしてくれるんだっていう問題で反対する動きが起こってくるわけです。あるいはそれが総評なら総評の方針となって出てくるわけです。だけどほんとうはそういうことと、民営化こそが歴史の正しい必然の方向なんだということを知っていてやるのと、そうでないのとではまるでちがうんですよ。

そういうことには一定のパターンがあって、決まってるんですけど。首を切られる前よりも、首を切られた後のほうが収入のいい仕事に就くことができた。首を切られても、そういうふうになれば文句はないわけですからね。そういうことはどうしてできるのか。どういうふうにしたら可能なのか。それこそが問題になってくると思うんです。だけど集団化・大規模化ということは、対抗上やっぱり避けられないように思えますけどね。

質問者4　もうひとつ、さっき質問が出ましたことで、自給の問題がありますね。いま中国でああいう騒ぎ（天安門事件）を起こしているために、大豆やほかの農産物が入ってこないで豆腐屋とかが大騒ぎしている。こういう問題が米に起きないという保証はないわけなんだよね。そういう問題をどうするか。

中国もそうだけれど、ソ連というのは全世界の耕作地の十六、七パーセントを持っている。広大な土地を持っていますから、それぐらいあるんですよ。だけどあそこは、二〇パーセント以上食糧を輸入しています。どうしてだと思いますか。どうしてそんなことが起こるんだろう。それとは逆に、中国の農産物生産量は世界で一番目か二番目ぐらいですよ。麦だろうがコーリャンだろうが、中国の農産物生産量は世界で一位か二位ぐらいです。アメリカに次ぐぐらいあるんですよ。でもおそらく十何パーセントぐらいは、食糧を輸入していると思います。どうしてでしょうか。僕らにはちょっと理解できないんですが。ただ理解しようとすれば、やりかたがまずいということしか理解できないんだけど、そんなことがあるのかなと思って。あんな広い土地を持って、それで十何パーセントも食糧を輸入してる。個人経営のところから農産物がかなりのウエイトで入ってきて、それを買わなきゃいけない。どうしてこういうとんでもないことが起こるのかということが、なかなかよく理解できない。ただ、やりかたがまずいんだろうということだけはなんとなくいえそうな気がするんですけど。中国のばあい、ほとんどの主要な農産物の生産量は世界で一番か二番ですよ。トウモロコシもそうだし。だけど、食糧を輸入していますよね。なんでそんなことが起こるのかということは、よく理解できないんですけどね。だけどそういうことはありうるわけです。とくに農業にはそういうことが起こりやすいのかもしれませんけれど、ありうることのように思いますね。

だから、国境や関税なんていうのは全部取っ払っちゃって、あるところから買ってくればいいし、ないところへ輸出したらいい――そういうふうに全部取っ払っちゃう、つまり横に全部開いちゃう考え方と、国家なら国家の中だけで自給できるような農業の体制をつくるという考え方ではまるで直角、筋違いになるぐらいちがいますよね。その問題をどういうふうに解決したらいいか。政治家や政府担当者はそれについて、頭を悩ませているところなんだろうと思いますけどね。

そうするとわれわれ――われわれとはいえないね、僕なら僕は、何を基準にして考えたらいいのか。先ほどいいましたように、安くていい農産物と高くて悪い農産物があったら、前者を買うに決まってる。その原則で行こうじゃないか。最後のどん詰まりになったらそう行きますし、農家の人は農家の人で、自分にとっていちばんいい経営のやりかたを考え、それをやっていくことしか最後には残らないわけですよ。そうすると自由化がいいっていうんなら、全部自由化したらいいかということになってくる。そこではじめて、政府、政策が介入してくる余地があるんだと思いますけれど。

原則はすこぶる簡単なことです。つまり、「こっちとこっちだったら、これをとるに決まってるじゃないか」というものをとる以外にないと思いますけどね。個々の農家だって、やっぱりそうするしかないと思います。それによって途轍もない混乱を生じたり、途轍もない問題が出てきたりしたとき、はじめてそこに政策の問題が介入してくるわけです。どの程度まで介入したらいいかっていう、それが入ってくるということになると思うんです。

では、何を主体にこういう問題を考えたらいいのか。ごく一般的な消費者、ごく一般的な農家・生産者がこういうことを突きつけられたとき、どっちをとるかということはわりあいにはっきりしているように思うんです。人のことは気にしないで、そういうばあいにはどっちを択ぶかということは非常にはっきりしていると思う。だから、それでいいと思いますけどね。

原則的にはそれでいいんであって、それで全社会的・全国家的に矛盾が生じたとき、初めて国家機関・政府などが政策として介入してくる余地があると思うので。なによりも第一に、どっちが先に決めるのか。「自分が決めるんだよ」ということがいっとう最初に来る。しかし後で矛盾が生じたばあいには、手に負えなくなるから、あっちに行ったりこっちに行ったりして、何だかんだいってられないからだれか専門の人に頼むことになる。そこではじめて政府が政策的に介入してくる。事の順序は、そういうふうになると僕は思いますけどね。こっちがその順序さえわきまえていれば、そうとう正確な判断ができるんじゃないでしょうか。

その順序をちがえちゃうとちょっと話が混乱して、問題がややこしくなってきますね。「日本国が栄えるためにはこれこれが必要なんだ」というところを最初にするとちょっとちがってきて、判断が狂ってくるように思います。あるいは「全農家・全消費者にとってこういうことが必要だから、こうしなきゃいけない」みたいにやると、話の見当が外れてしまうような気がする。農家あるいは消費者にとって、「自分にとっていちばんいいやりかたは何なのか」というところから出発し、それを推し進めていくとなんらかの矛盾が生じる。そういう時にはじめて、政策というのは介入すべきである。少なくとも順序はそうなんだということがはっきりしていれば、そんなに判断は狂わないような気がしますけどね。いったん反対に考えたら、かぎりなく狂ってしまいますね。僕はそう思いますけど。

質問者5　つまらない質問なんですが。吉本さんは先ほど、消費者は質のよい食物を択ぶとおっしゃいましたが、よい食物、よい農産物とはどういうものだと考えてらっしゃるんでしょうか。

よい農産物というのはどういうものかということですか。それは簡単なことじゃないでしょうか。つまり栄養分に富み、嗜好品として美味しくて、安い。安く生産できるから、安く買える。質がよくて栄養分に富み、嗜好品としても美味しい。それがよい食品じゃないでしょうか。

質問者5　そこでは、安全ということは考えないんでしょうか。

いや、考えないことはないと思うんです。食品の安全性、つまり農薬の薬害などを無視しようといっているわけではけっしてないので、そこは誤解しないでほしいわけですけど。また、そういうことを声を大にして叫ぶ人がいるということについても、べつにどうこういうつもりはない。そこもまた誤解しないでほしいわけですけど。

ただ、僕がいいたいのはウエイトということです。全食品生産・全食品消費において、薬害ということはこのぐらいのウエイト、重さでもって存在するということについては見当を外さないでほしい。そういいたいだけなんです。薬害を指摘する人に、それが全部であるみたいなことをいわれてしまうと困ってしまう。それだけのことなんですけどね。そこのところは、あまり誤解してもらっても困るわけですし。そういう薬害や公害を強調する人たちに、「公害運動こそすべての社会運動だ。これがすべてだ」みたいなことをいわれると、「それはちがいますよ」となる。それはそうじゃないですよ。ある重さをもって、それが出てきているということですよ。そういうふうに訂正せざるをえないわけでして。そういう問題だと思いますけどね。

だから、いま申しましたように、僕はいい食品っていうのは、栄養に富み、安くて、美味しい、その三つの条件があれば、まずまず九十何パーセントまでは、それでよろしいでしょうという気がしていますけど。

主催者1（太田）　今日は「日本農業論」ということでお話しいただきました。マルクスやエンゲルスの社会主義理念において農業理論、国営化理論をもってきたソ連や中国は、いま非常にたいへんな情況を迎えている。ソ連ではペレストロイカで改革が進み、中国のばあいはもっと後退するような感じがあるわけですが。一方でアメリカあるいはヨーロッパの先端的な農業、あるいはそれより産業というかたちになるんでしょうけど、エレクトロニクスの先端的な動き、バイオ・テクノロジーなどの先端的な動きとの対立がみられる。吉本さんは、都市と農村の対立という考え方はもうだめなんじゃないかとおっしゃっている。そういう枠組みではなく、もっと相互に浸透させていく考え方のほうが重要なのではないかと。先ほどのパンフレットのなかにも書いてありますが、今日はそういう話をされたわけです。せっかくの機会ですので、そのへんのところをもう少しばかり聞かせていただきたいなと。

これは現状からもうひとつ先へ行くような問題かも知れないんですが、私のほうではその二点についてうかがいたいです。おっしゃったことはよくわかるけれども、世間の動きがどうも尋常でないなと。なにか起こるのかなと。平成元年になったのでそういうニュアンスがあるのか、それとも空騒ぎにすぎないのか。私なんかの立場では、そこは非常に関心のあるところで。そういう印象をうけましたので、いちおう述べさせていただきました。

主催者2　とくに戦後にかんしてですが、主に自民党政府には理念はないが、その時々に応じて比較的うまい政策をとってきたと。東側諸国と較べて、戦後世界のなかでは比較的成功してきたほうではないかとおっしゃられました。それなりに「ああそうか」という感じでわかるような気がするんですが。それでは現在のところ、将来を見通した有効な理論、長い射程まで可能な農業理論は世界中に存在しないと考えていいんでしょうか。

それと先ほど、農業がどうあるのが理想なのかというお話がありました、日本のばあい、大規模化はしてくるでしょうけど、自立した自主的な農家経営ができればいちばんいいのではないか。そうおっしゃられたと思います。これは太田さんの質問とも少し重なると思うんですが、現在進行中の第三次農業革命といわれているものがありますよね。これから工場農業や水耕栽培などがどんどん出てくると思うんですが、それを主導するのはどうしても資本になると思うんです。吉本さんがおっしゃるように、自立した自主的な農家経営をしていけば民衆にとっていちばん幸せだと思うんですが、そういったところとどうぶつかるのか。その行方はどうなるのか。どう対処していくのがいちばんいいのか。それについてもう少し教えていただければと思います。

主催者3　それでは、私のほうから感想を申し上げさせていただきます。前回の吉本さんのご講演では大前研一さんの農業革命論、自由化論をご紹介いただき、最後のほうでは自由化論とそれに反対する考え方との両方をご紹介いただきました。そこでは「みなさん、あまりこういうのには加担しないほうがいいですよ」というご指摘があったと思います。農業と工業、あるいは他の産業等を対立したかたちでしか捉えられないから、そういう加担はよくない。対立した見方ではなくて、肯定するような考え方をしていかなければならない。そういう結論だったのではないかなと思っているわけですが。今日の講演ではその議論をもうひとつ先に進めまして、「将来の農業像を考えたばあい、国家の障壁を取り払えば自由化することは可能なのだし、究極的にはそういったかたちしか考えられない」と断言していただいたような気がするわけです。

農業にかぎらず、金融・労働市場においても自由化の問題があるわけですが、その障壁となっているのは国家の壁であるというのはまったくおっしゃる通りで。国家の壁さえなければ、自由化とそれによって生ずる問題は一挙に解決するというのは、たしかにそのとおりです。そこのところは、本質論として断言していただいたんだなと感じたわけです。

ただ実際の国際情勢を見たばあい、国家の障壁を取り払う、つまり国家を開くということはどんなかたちで可能になるのか、どういうイメージとして見えてくるのか。中国あるいはソ連の情況をみましても、そこがわからないといいますか。どういう段階を考えればいいのか。非常に本質的な問題であるだけに、じゃあどうすればいいのかということが見えないという感じをうけているわけです。

たとえばEC（欧州共同体）の統合についても、国家を廃絶する方向のひとつの現われとして肯定的にお話しされていたように思います。しかしあれは国家を廃絶するというよりも、日本やNIEs（Newly Industrializing Economies、新興工業経済地域）が追い上げてきたことによる危機感から、ヨーロッパが身を固めるといいますか、国家の枠をある程度取り払ってでも、ヨーロッパという単位で身を固くしていかざるをえなくなった。そういうふうにも考えられるんじゃないかと思うわけです。そこはそう楽観的にはいえないんじゃないかという気がしたわけです。

今日は非常に本質的な問題を提出していただきました。午前中そして昼からの議論でも、段階論をどうするのかということが焦点となっています。たとえば食糧安保論や米の自給率の問題で、段階論としていろいろな問題が出てくるのは当然なわけですけれども。本質論のところでさらにもうひとつ話を進めていくことができればたいへんありがたいと思って、お訊きしたわけです、最初の感想として。

われわれは主催者として雑駁な感想、勝手な感想を申し上げたんですが、それについてなにかいっていただける点があればお願いしたいと思うんですが。

今のお話の要旨がかならずしも明瞭にわかったとは思わないんですが、「おおよそ、こういうことかな」という感じは伝わってきたような気がします。まず、太田さんがいわれたことで、世の中の現状が、明日にでも変わるんじゃないか、たとえば選挙とか、新聞の論調をみますと、なんとなくそう感じられる——そういうことをいわれておったように思うんですが、僕のこういう問題についての判断を簡単に申し上げればいちばんいいんじゃないかと思いますので、それを申し上げます。

まず、国内的問題と国際的問題というように二つに分けられると思うんです。国際的問題というのは、たとえばポーランドの選挙でポーランド共産党（統一労働者党）が退潮し、「連帯」が進出してきた。ソヴィエトでいえば、ペレストロイカにともなう民族主義的な運動がありますね。各共和国で「おれたちはもう独立するんだ」という言論が見えはじめたり、暴動が起こったりしている。それからゴルバチョフは自由化政策を推進している。これらはなにか、ひとつの動きのように見えるわけです。

それからごく最近でいえば、中国の学生・市民を主体とする民主化要求がそうですね。僕が新聞やテレビでよく観察していたところでは民主化要求、専制反対、言論・報道の自由、腐敗した権力者の排除という四つのスローガンに要約されると思うんですが、とにかくそういう運動があった。それはすぐに鎮圧されたわけですが、その一連の動きから、なにか新しい兆候があるように観察されます。

それから国内的に見ますと、いわゆるリクルート疑惑、消費税の問題をひとつの大きな主題として自民党政府が揺さぶられ、それにともなって社会党など野党の勢力が進出してくる、そういう動きがありました。これも関連して考えれば、なにかある動きであるように思えるということと、そうじゃなくてそれほどの意味はないのか、つまり太田さんがいわれたように、空騒ぎに類するのかということがあると思います。

僕もこの一連の動きは、新聞やテレビでわりによく注意して見ていたように思うんです。僕の判断を、非常に単純化して申し上げますと、国外的な問題、つまり国際的な問題ではどこに目を付けたらいいのか。どこの何を中心に考えたらいいのか。僕はやはり依然として、ポーランド問題のなかに、現在の世界における政治・権力・制度のいちばん先端的な問題は、いちばん集約的に現れているだろうと思っております。ですから、現在の国際的な問題を解くばあい、ポーランド問題をよく見て分析していくことがポイントになるんじゃないかと。僕自身はそう考えて、そういうふうに見ています。

中国固有の問題も、中国の共産党政府ですけれども、ある意味でアジア的なタイプの権力です。どういうことかというと、ちょうどここ（長岡をさす）は田中角栄さんのところですから、田中角栄さんに私兵を持たせたような人たちが中央へ来て、集まって政治をやっている、というふうに理解したほうがいい面もあります。もちろん、それだけで理解するとまちがえて、僕らもまちがえたりしましたけれども、テレビや新聞もまちがえた。趙紫陽（当時、中国共産党総書記）の軍隊と保守派の軍隊は対立し衝突して、保守派の軍隊は排除されてしまうのではないか――テレビも新聞も全部、そういう希望的観測を抱いたわけです。なぜそういう観測が出てくるかというと、中国の国家を構成している権力には、一面ではそういうところがあるからです。つまり田中角栄さんに軍隊を持たせたような人たちが郷里から出てきて、中央で政治をやっているという面があるからだと思います。たしかに、その面があるわけです。しかし、いちおうコミュニズムのイデオロギー、社会主義のイデオロギーをもっているという面と、両方があるので、かならずしも一方的な観測はできないわけですけど。

では、中国では何が問題なのか、国外から見るかぎり、何が重要な問題なのかっていったら、ポーランドと同じ問題が含まれているとすれば、どのくらい含まれているか。あるいは、それはどういう性質で含まれているのかっていうことが、とても重要だと思います。相変らず保守派が勝って、学生たちは鎮圧されちゃって、民衆も犠牲者を出して後退してしまった。そういう一連の動きがあるわけですが、その動きの奥にあるものは何なのか。それを見るためには、ポーランドと同じ問題がどういう性質でどれだけ含まれているのかを見ていったらいいんじゃないか。それが僕の見方です。

それから国内問題にかんして申し上げますと、リクルート疑惑っていうのは未公開の株を手に入れて政治資金にしたり、ポッポに入れちゃったりしたことに端を発して疑惑が広がったわけですが、それに加えて消費税という問題があるわけです。そこに（宇野宗佑総理大臣の）女性問題が絡んだりとかいろいろあって、そのために自民党政権が揺さぶられているわけです。

こんなことは全然当てにならないから、信用しないで与太話として聞いてくれればいいんですけど、今年の秋から冬、ないしは来年の春にかけて総選挙があって、自民党は過半数を割るか割らないかというところまで後退するだろうっていうふうに、僕は漠然と考えています。これは当たるか当たらないかわかりませんけど、そう思っています。

ではこの問題のなかで、何が重要なのか。僕は消費税の問題がいちばん重要だと思っています。アジア型の田中角栄さんの後退とともに、いい意味でも悪い意味でもアジア型の政治家はいなくなってしまっている、あるいは少なくなってしまって退潮しているわけですから、ほぼ西洋型の政治・政府の構成になりつつあると思います。日本が西洋型の現代国家から現在国家に転換するばあい、いちばんの指標になるのは税金の問題、特に消費税の問題だと思っています。ですから、この問題はみなさんが考えておられるよりも、あるいは自民党自身が考えているよりも、はるかに重要な問題だと僕は思っています。

これは国家というものが現在化していくために、不可避の転換だと思えます。これがなんら揺さぶられず、無傷で通っていくとはとうてい考えられない。自民党はほとんどぎりぎりいっぱいのところまで、消費税問題で打撃をうけるだろうと思います。しかしたぶん、僕の理解のしかたでは通るだろうと。通っていって、かろうじて現在化革命は成り立っていくだろうと思っています。しかし、これはわかりません。選挙では野党が逆転するのかも知れませんし、消費税廃止ということになって、また元の木阿弥《もくあみ》になるのかも知れませんし、そういうふうに後退して、またもう一度、近い将来にまた現在化革命の問題が起こってくるかも知れないですし、それはわかりません。占い師じゃないですから、予断することはできないんですけど。

根本的にいえば、消費税というのは生産あるいは所得の場面で課税の問題を考えるか、それとも消費の場面で考えるかという問題だと思います。消費の場面で課税の問題を考えざるをえないのは、現在化革命のやむをえない過程だと僕には思えます。だから、これはそうとう重要なことなんです。反動でも何でもいいですから、日本の民衆はこれにたいして率直に、反対なら反対ときちんと意思表示をしたほうがいいし、また自民党にしても、こんなものが簡単に通ると思わないほうがいい。だから、とことんまで揺さぶられたほうがいいと僕は思っています。しかしたぶん、かろうじてこの法案は通るんじゃないかというのが僕の漠然たる予測です。外れたらお慰みですし、当たったらお慰みだと思います（会場笑）。それほど重大な問題だと思います。

日本の現在において革命が行われるとすれば、やるほうもやらないほうも無意識でやられちゃったというかたちしか、どうもとれないような気がするんです。それはどうしてかというと、進歩的勢力は反動的なことしかいわないからです。全部反動ですからね。これじゃあ、どうしようもないわけですよ。だからたぶん、そういう無意識のかたちで革命が行われるだろうと思います。

ただ申し上げておきますけれども、僕はべつに消費税、つまり現在化革命を支持しているわけではないんです。ただ現在の段階で、国家っていうものの存続を、社会主義国家・資本主義国家というものの存続を認めるんだ、今のところは認めておいていいんだ、それ以上のことはできないんだってことの範囲内でいうならば、消費税の導入というのはまず避けられない現在化革命だと思っています。そういう限定を付けたうえで、たぶんこれは重要なことだろうと僕は思っています。

だけど、僕の究極的なイデオロギーや理念、つまり社会理念・国家理念を申し上げれば、部分的にでもいいから、やっぱり国家はだんだんなくなっていったほうがいいと思っています。国境は撤廃していったほうがいいし、かならず歴史はそういうふうになるに決まっていると思っていますから。そこまで話をもっていけば「消費税がどうだとか、そんなことはどうでもいいや」ということになってしまいます。また、「自民党がどうであろうと、そんなことはどうでもいいや。社共がどうであろうと、そんなことはどうでもいいや」ということになってしまいます。しかし現在、国家というものの存続を「まあ、しょうがないじゃないか。いまなにかいったってしょうがないじゃないか」という段階で認めるとすれば、たぶん消費税の問題というのは日本国家が現在化するための重要な指標であるように思えますから、これが最も重要な問題だと見るのが僕の考え方です。

リクルート疑惑とか女性問題を重要だと思う人もおられるでしょうけど、僕はそれほど重要じゃないと思うんです。これに動かされるのはせいぜい、浮動票だけではないかなと。浮動票と女性票といいましょうか、それだけじゃないかなと思っています。基本的には、それ以上の意味はないんじゃないかと思います。もし政治資金が問題だとするならば、社共がどこから政治資金を持ってきてるかということまできちんと分析したほうがよろしいと思います。そのうえで、「これはだめじゃないか」「これは批判的だ」「これは肯定されるべきだ」ということをちゃんと決めたほうがいい。そこまで徹底して分析されたほうがよろしいと思います。いまリクルート疑惑とかいうかたちで行われている問題はたいした問題じゃなくて、たぶん浮動票しか動かさないだろうなと思います。

それから、総理大臣や政治家の女性問題ということになりますと、「僕には関係ねえよ」っていいたいところなんですけど（会場笑）。宇野総理大臣がどうだろうと、僕には関係ないんで。だけど、あれは態度が悪いと思います。ちゃんというべきだと思うんですよね。「たしかにそうだ」と、しかしおれは金で買ったわけじゃないとかさ。知らないけどさ（会場笑）。おれは女を金で買ったわけじゃない。結果として金はあげたけど、ほんとうは愛情だったんだとかさ（会場笑）。なんか知らないけど、ちゃんといわなきゃいけないし、いえなければだめだと思います。それから追及するほうも、「おめえ、なんにもしねえのか」っていわれて、「おれはしねえよ」っていえる政治家がいるのか（会場笑）。僕はそんなの、信じないですね。自民党の政治家であろうと社共の政治家であろうと、政治家じゃなくて一般市民であろうと、それは信じないですね。奥さんがいたり子供がいたりしてもさ、なんかちがう女の人に惹かれるとか、そこからもっと進んだとか、そういうことはだれにでもあることで、だから免除するっていうわけじゃなくてね、そういうことははっきりいわなきゃいけないと思います。政治家ははっきりいえなきゃいけないと思いますね。

自民党の政治家だろうと社会党の政治家だろうと、「女性問題はこうなんだ。この事情はこうなってるんだ」ということをはっきりいえないといけない。蓄をするような人ばっかりで、全然だめだと思いますね。つまり、そこが政治家の問題なのであって。女性を金でどうしたとかいうけど、それはまたちがうことですよね。ほんとうに芸者さんのことを好きになってその結果として金を支払う、あるいは金でもって勘弁してもらうということはありうるわけだから。人間はそういうことについては、非合理なわけですから。僕はべつに自己弁護をしてるわけじゃないんですけどね（会場笑）、僕は比較的、清廉潔白なほうなんですけど（会場笑）、しかし、それはちゃんといえなければだめだなと思います。そこがだめだと思いますね。

僕は前にからかったことがあって、もう亡くなられたんですけど池田弥三郎さんという慶応大学の先生がいて、なにかのときに一緒になったんです。ちょうどその頃、立教の助教授だった大場（啓仁）さんという人が女性問題で一家心中するという事件があったんです。にっちもさっちもいかなくなって、心中しちゃったわけです。あと青山学院の春木（猛）さんという教授が女子学生といい仲になって、指弾されたということもあって。僕は池田さんに「池田さんはもてるでしょう。どうですか」といってからかったんです。そうしたらあの人は、「いや、私の家《うち》は江戸時代からの天ぷら屋で、商家の家訓として素人さんの女性とは関係しないで、玄人さんの女性と関係しろというのがある。だから女子学生とどうにかなるなんていうことは、絶対にありませんせん」といっておられました。池田さんはそのとき、そのゆえんなるものも説明しておられましたけど。別れ話みたいになってきたとき、玄人さんだとお金ですぱっと解決できちゃう、比較的に後腐れなく解決できちゃうからだと。

宇野という人も、せめてそのぐらいのことを正直にいえばいいと思うんです。それでもって文句をいわれるのなら、いわれてもしかたがないんで。自業自得だからしかたがないんだけど（会場笑）、そのくらいのことはいったほうがいいように思うんです。

これは文学でいいますと、森鷗外というのはそうなんです。森鷗外と夏目漱石がいるでしょう。森鷗外と夏目漱石は、たぶん十幾つしかちがわないんですよ（実際は五歳違い）。ヨーロッパに行ったのもそのくらいの隔たりで、十幾つしかちがわない。ほぼ同時代なんだけど、森鷗外はやっぱり玄人筋の女の人と付き合うんですけど、漱石には絶対それはできないんですよ。そういうことはしないし、またできないんですけど。

鷗外は一番目の奥さんと離婚したでしょう。鷗外の家《うち》は、僕の家の近所にあるんですよ。近所に治右衛門坂という坂があるんですけど、昔そこに渡辺治右衛門という土地の大金持がいて、銀行家だった人ですけど、その人の娘さんが何とか小町といわれるくらい美人だったんです。その人はどこかで結婚したんだけど、離婚して帰ってきていた。それで鷗外とその人の間に縁談が持ち上がるわけですけど、それまでの期間に、森鷗外の母親というのは途轍もない賢夫人でしたから、鷗外に玄人の女の人を斡旋するんですよ。それで、上野の池之端のあたりに住まわせるわけです。鷗外は最初の奥さんと別れ、後の奥さんと結婚するまでの中間のところで、その女の人と関係する。

鷗外には『雁』という小説がありますけれど、あれにはある程度、自分の実体験が入っていると思います。中間のところで、鷗外はそうだったんです。そして二番目の奥さんとの縁談が持ち上がったときにはやっぱり母親が出てきて、おそらくお金で解決したんだろうと思います。もっと以前でいえば鷗外はドイツに行って、エリス（エリーゼ）という踊り子さんと仲よくなるんですよね。鷗外が帰国すると、その踊り子さんが日本へ追っかけてくるわけですよ。そうしたらまた鷗外のおふくろさんとか親戚が寄り集まって、鷗外に会わせないようにその娘さんを説得する。たぶんお金をあげたと思いますけど、お金をあげて帰ってもらっちゃう。それが『舞姫』という作品の真相だと思いますけど。

漱石とはわずか十何年の違いなんですが、鷗外はそういうタイプです。一方で漱石はそんなことは金輪際できないのみならず、奥さんのことを女の人として扱うこともあんまりしないで人間としてばっかり扱うものですから、奥さんのほうはもう面白くないわけですよ。そういうことが、漱石一家は仲が悪いという評判の根柢にあったと思うんですけど。もちろんその人の性質、資質もあるんですけれども、漱石というのは金輪際そういうことができないんです。たとえば大塚楠緒子という女流作家がいるわけです。あんまりいい小説家じゃないですけど、大変美人で聡明で。漱石は生涯、片恋でその女流作家のことが好きだったといわれていますけど、とてもじゃないけど不倫ができるような人ではなかったわけです。わずか十数年の間ですけれども、それだけちがっちゃう。もちろん、その人の資質によってもちがってきますけど。

それよりはるかに遅れているといいながら、宇野総理大臣はそのくらいのことははっきり弁明したり、「こうなんだ」ということをいったりすればいいんじゃないかと思うんですけど。つまり、そこがだめなんですね。僕は女性問題についてはそう思いますね。

国内でたぶん今年の秋か冬、ないしは来年の春にかけて総選挙まで行くと思っていますけど、そのあたりまで揉め事、つまり太田さんのいわれた騒がしさが続くんでしょうけど、しかし僕はあくまでその根本の問題を、消費税の問題として見たいと思います。つまり、消費税の問題は重要ですよと。反対する人、賛成する人がそれぞれに考えているよりも、ずっと重要なことですよと。「面倒くさいからこれは反対だ」なんていうのは、冗談じゃないんであって、面倒くさいのはいいことなんですよ。国家が税金を少し多くしたか少なくしたか、あるいは税金の制度を変えたかということで、アジアの民衆は一般的に騒いだりしないんですよ。つまり無関心なんですよ。日本人だって無関心なのであって、今まで無関心で過ぎてきたから、おつりが面倒くさいということを介して、政治に関心をもつことはたいへん重要で、いいことなんですよ。西洋型の現在国家に転換するには、民衆じたいが税金なんかに関心をもったほうがいいんです。だから、あれはいいことだと僕は思ってますけどね。だから、関心をもったほうがいい。面倒くさいなら「面倒くさい」っていえばいいんだから、関心をもったほうがいいと僕は思ってますね。

それから、消費税は三パーセントっていうでしょう。百円のものが百三円になる。そんなことに気がつく主婦がいたら、僕はお目にかかりてえなと思います。ぼくは野菜を自分で買いに行きますからよくわかりますけど、野菜の値段なんて毎日変わってますよ。ちょっと品《しな》がいいか悪いかということで、もう途轍もなく変わりますからね。ですから百円から三円値上がりしたって、そんなことは問題にはなりませんよ。それくらい変わってますよ。しょっちゅう買い物をしている人はよくわかるはずです。そんなことで三円上がったから、「税金高《たけ》えな。消費税に便乗して値上げしたのか」と。たしかにそうでしょうけどね。しかしそんなことで目くじら立てるほど、日本の主婦は発達してないですよ、ものを買うことについて。おれはそんなことはよくわかってるんだよ、自分がやってるから（会場笑）。それはちがいます。それは嘘だと思います。

そんなことを宣伝の材料にするというのは嘘だと思います。そんなことはありません。百円のものが百三円になって文句をいえるほど敏感な主婦がいたら、僕はお目にかかりたいなと（会場笑）。十人いたら、一人しかいないと思いますね。だからそれは嘘だと思います。

それよりも、そういうことを通じて税金というものに関心をもったほうがいいと思います。アジアの民衆というのは数千年間、権力者がやることにはたいてい無関心で過ぎて来たんですよ。だから勝手なことをされちゃうんですよ。百円のものが百三円になったら、「こんな面倒くさいものははじめてだ」とかせいぜい文句をいって、「こんなのはやめてしまえ」っていって反対投票をしてもいい。僕はどっちでもいいんだから（会場笑）。どっちでも同じだと思ってるんだから。それには反対してもいいですし、どっちでもいいんですけれども、ただ消費税の問題というのは重要なことですよ。考えられているよりもずっと重要なことですよ。また、社共が宣伝しているようなことよりもずっと重要なことですよ。また自民党は意識していないけれども、彼らが思っているよりもっと重要なことですよ。僕はそういうことを申し上げたい。その問題が国内問題の要だと思えますね。なんだか知らないけど、まだ一回も□□□□（会場笑）。これじゃどうしようもねえな（会場笑）。

主催者1　いまおっしゃったことと関連する質問なんですが。やはり農業でも、どんどん先へ行かなきゃならんという課題が来ているということですね。一九五〇年代ぐらいまでの日本の農業には、非常にアジア的な農業の匂い、情念みたいなものがあったわけですが、いま新しい資本主義のなかで進んでいかなきゃならない方向が見えてきているわけですが、そんななかでアジア的な情念、感覚がどんどん殺がれていくのではないかと。それはいいことで、ある意味ではしょうがないことだとおっしゃっていましたが、たとえば私などの年代は、そういうアジア的な情念、匂いが好きなんですよね。自分の少年時代を思い出す感じがして。昭和天皇にはいろいろな思いがあるし、美空ひばりの歌にも心を動かされる。ところが今の新しい文学者や歌手などは、そういう面ではかなり捨ててきていますよね。捨ててきているというか、そういうアジア的な情念には影響されない。その情念の行方は、やはり自分で始末していく以外にしょうがないものなんでしょうか（会場笑）。

そのへんがつくづく私も古くなったなという感じがしまして、自分なりに時代の動きや空気を敏感にわかっているほうだと思ってたんだけど、どうも前の時代に属しているみたいで。吉本さんのばあいはもっと前におられるわけですが（会場笑）。最近、その処理のしかたが非常に難かしくなってきたなという感じがあるんです。そのへんはどういうふうに考えたらいいんでしょうかね。「おまえが自分で考えろ」っていうなら、それでいいんですけど。ちょっとヒントがありましたら、聞かせていただきたいと思います。

どうなんでしょうかね。たとえば美空ひばりでもいいんですけど、美空ひばり的な情念とは全然関係ないところで歌や音楽を考えている人もいる。また天皇の問題にしても、「天皇なんていうのは全然関係ないよ」というところで自分の生活感覚・知識・判断を蓄えている人もいるし。あるいは天皇の問題をどうしても吹っ切れないで、引きずってる人もいるわけですけど。僕はこれを捨ててこっちを取る、こっちを捨ててあっちを取るというかたちでは、そういう問題を考えない。自分が経てきた考え方の経路があるとすれば、それは自分の一種の体験の幅だと考えて引きずっていくといいましょうかね。どこかで切り捨てるのではなく、あくまで引きずっていく。

しかし時代が進んでいくにつれて、自分の考え方もある程度進んでいく。引きずっているうちにある部分が溶けて剝がれていって、どこかでなくなってしまったとしたら、それはなくなったということにまかせるみたいな、そういう感じしかないんですけどね。古い考え方と新しい考え方の対立というよりも、自分が引きずってる考え方のなかでひとりでに欠落して、剝がれてどこかでなくなっちゃう。自分の体験としては、そういうことが問題なんであって、そのことをことさら強調する必要はないし、あるいはそのことをことさら拒否して忘れてしまい、まったく別な場所に付く必要もない。ただ引きずっててひとりでに剝がれていっちゃったら、まあ剝がしちゃえばいいんじゃないかと。そして引きずってるときにはずっと引きずっていけば、それでいいんじゃないかなと。ただ、引きずったことに意味を付けたりさえしなければいい。あるいは引きずっているものを意識的に取っ払っちゃって、ちがう場所に行くということをしなければいいんじゃないかなと。僕には、それだけのことしかないですね。自分は、そういうやりかたしかとってない気がするんですよ。

たとえば、僕は美空ひばりが好きだけど、「まったくこんなの嫌いだ。身震いする」っていう人もいるわけです。僕はそうじゃない、これは大変な人だよ、大変な歌い手だよと思うでしょう。

そういう自分は肯定しますけど、これから自分が考え方を進めていくなかで美空ひばり的なものがひとりでに剝がれて取れていっちゃったら、それはただ取れていっちゃったと思えばいいので、なぜ取れていっちゃったのかということを考える必要はないし、またむりに「美空ひばりなんてだめなんだ」とかいって否定して、別の場所へ行く必要もない。それだけのことじゃないでしょうかね。原則的にはそれしかないんですけどね。

質問者6 うちはこの近辺で農業をやっています。「日本農業論」というのはすごく広大なテーマで、私どもにはちょっとレベルが高すぎてやや呑み込めなかったんですけど。いま私たちは農業をやっていて、非常に戸惑いを感じているわけです。先生は先ほど、すべてが今の流れのなかで行くだろうとおっしゃいました。自分も、農業そのものは少数の人間がある程度の規模を抱えてやることになるだろうと考えています。

ただ農業論じたいが、どちらかというと経済主流の考え方のなかで処理されていいとはどうしても思えない。今の農業が直面している問題を考えていくばあい、東京と地域の違いにも着目しなければいけないのではないか。日本と世界という考え方も当然必要だと思うんですけど、私たちは、地域という小さな単位のなかで農業を考えていかなきゃならない現実のなかにいる。

たとえば長男が長岡に残らず、東京で仕事をすることになったとする。これは東京に住んでいる人にとってはたいした問題ではないだろうけど、長岡という地域全体にとっては非常に切実な問題です。今の先生の考え方はあくまで、東京に住んでいる人のものの考え方の範囲ではないか。東京にいて、広く世界というものを眺め回しているようであっても、実際は日本国内のほんの一部の地点からみただけの農業論じゃないかと。あるいは、日本という自然環境への視線を欠いたものの考え方じゃないかと。もう少し広いものの考え方を取り入れて、考えていくことも重要じゃないか。政治の関与が必要だというお話がありましたが、農業の理想論を考えるときにはそのへんにもう少し踏み込んで、トータルとして考えていかないとおかしいんじゃないか。

あと、先ほど食糧の安全についてふれられましたけど、これもやっぱり無視できない大きな問題であろうと思います。そこでもトータルとしてものを考えていくことが必要なのではないか。ＥＣの問題にしても、トータルとして考える、そういう大きなものの考え方をしていけば、国家というものも包括してしまうものが出てくるのではないか。こんなふうに考えるんですけど、先生の考え方はどうでしょうか。

よくわからないところもあるんですが、たとえば今あなたが例にあげられたのは、農家の人が東京へ働きに出ていくということがある。農家としては働き手が一人減るわけだし、地域としては若い人がひとり農業から離れていくということになる。東京の人から見るとそれはなんでもないことのように見えるけれど、長男が家を離れた農家にとってはたいせつな問題なんじゃないかと。

質問者７　あと地元を離れる人が増えると、農業だけでなく地域経済にも大きな影響を及ぼします。われわれ農家は、やはり地域経済のなかで動いている部分があるので。

地域経済というのは、全体経済のなかで動いている。あなたがおっしゃることでいえば、地域経済よりもっと上位な考え方があるということになる。僕がいいたいのはそうじゃなくて、非常に簡単なことであって。たとえばあなたの例でいえば、農家の長男が東京へ出ちゃった。それで働き手が一人少なくなり、農家の人口も減った。これは農家にとっても地域経済にとっても重要な影響を及ぼすことだから、それを考えに入れなきゃおかしいんじゃないか——あなたはそういわれているわけですけれども、それだったら、いまいいましたように、地域経済より全体経済のほうが重要なんだから、長男が東京へ行ったかどうかということは、全体経済とはさしたる関係はない——そういう観点もまた成り立つわけです。

僕はあなたのような考え方をとっていくと、だめなような気がするんです。僕がいってるのはそうじゃなくて。究極的にいえば、ある農家の長男が東京へ行って農業から離れるかどうかということは、その農家じたいの問題であって、地域経済にとって都合が悪いことだから、谷川雁（の詩句）じゃないけど、「おまえは東京へ行くな」というのは間違いであると僕はいってるわけです。そうじゃないんだと。その農家自身の必要、要求があり、家族が承認して長男が東京へ行ったというならば、べつに東京に住んでいる、あるいは長岡に住んでいるということとは関係なく、そうだったら行けばいいんだ。それが大原則だといってるわけです。

農家自身の利益が第一義的なことだと。その次に、あなたのおっしゃるとおり、それが地域経済にどういう影響を及ぼすか、長岡市の予算にどういう影響を及ぼすか、日本国の予算にどういう影響を及ぼすかということは、その後に考える。僕はそういうことは第二義以下に考えるのが妥当であるといっているので、その考え方とは根柢的にちがうと思います。つまり、考え方の順序がちがうと思うんですね。

究極に詰めていったら、その農家の都合で、長男が東京へ行って農業から離れようが、また帰農しようが、それはただ家族の利益、利害ということだけを主眼にして、そこでもって行為というのは決定されるということでいいんだよ。僕はそういうことをいっているわけです。それは根本的な原則で思想なんです。つまり個人主義ですよ。個人主義を媒介しなければ、どんな全体主義も成り立たないということが根柢にあるわけですよ。

だから、あなたの言い方もおかしいのであって。「地域経済なんかどうだっていい。全体経済にとって、長岡の経済なんかどうだっていい」っていうんだったら、どうだっていいということになっちゃうじゃないですか。「長岡の農家がどうなろうと、そんなことは日本国全体の経済からいえばどうでもいいことだ」ということになってしまう。より大きな経済的利害をいつでも考えなきゃいけないというならば、そうなるじゃないですか。それは間違いだといっているわけです。そういう考え方は間違いで、僕の原則はちがうといっているわけですよ。そのばあい、農家は農家の利益だけを主体にして考えるのがいい。

極端にいうならば、ある農家自身の家族の利益を第一義に考えるようにしたほうがいい。それで矛盾が生じたときには、第二義以下の問題を考える。あなたのおっしゃるとおり、地域経済を考えるのもいいでしょうし、日本国全体の経済を考えるのもいいっていうふうに、第二義以下の条件としてそうなる。それが原則の順序であると僕はいってるんで、あなたとはまったくちがいますね。あなたの考え方とはまったくちがいますね。あなたの考え方だったら、個人の行動が地域にとっての利害に反したとき、個人の行動が制約されてしまう、制約されるのが当然だという考え方になると思います。僕はちがいますね。絶対にそれは反対だと思いますね。個人の利益でもってふるまっていき、それが矛盾に到達したときにはじめて地域の問題が入ってくる。地域の問題が日本国全体の経済的利害と矛盾してきたときにはじめて、日本国全体の利害の問題が出てくる。それに則って長岡の農家は考えなきゃいけないかもしれないけど、そういう考え方の順序がまるでちがうんですよ。それは根本的な問題だと思いますね。

どんな比喩をもってきても、それは同じなんです。安全性の問題というのも同じなんです。安全性の問題というのは、根柢的にわかりきったことです。安全性の問題がいちばん顕著に現われてくるのは、——たとえば今まで、日本人の平均寿命は女性が八十二歳、男性が七十六歳だった。ところが男性の平均寿命が六十歳、女性の平均寿命が七十歳になった。そう低下したら、「これは食い物のせいじゃないか。食い物の安全性に欠陥があるんじゃないか」ということになると思います。一〇〇パーセントの問題のなかで三パーセントだけ安全性の問題があるとしたら、安全性の問題に注意を払ってくれる専門家や人がいるということはたいへんいいことだと思いますし、その恩恵をうけているわけです。だけど、そのたった三パーセントの安全性の問題を全体の問題にすりかえてしまったら、それはとんでもない考え違いでありましょうと、僕はいっているわけです。

僕はけっして、安全性の問題を考える必要はないなんていっていない。そんなことは非常にはっきりしていることです。一般大衆の大多数の安全性が脅かされるようになったら、かならず平均寿命というのは減退する。そういうふうに出てくるに決まってるわけです。しかし安全性の問題が一〇〇パーセントのうち数パーセントにすぎないのであれば、それを考え、チェックする専門家がいるということじたいがチェック機関になりうる。それだけの問題だと思います。それを生産全体の問題にすることはできないというのが、僕の考え方です。それはまるでちがうと思うんですよ。

あなたにこういうことをいっても、しょうがないんですけどね（会場笑）。あなたは農業をやっているとおっしゃいましたが、僕はあなたの考え方に合わせる気は全然ないのであって、そういうことをイデオロギーとして主張して組織をつくり、それが社会運動になりうるなんて思っているやつがいる。僕はそういうのと論争してますから、それはそういうのとやりゃあいい問題なんですけどね。あなたがどういう考えをもたれても、それはまったく尊重しますよ。尊重します。ただ「僕はちがう考え方ですよ」というだけで尊重します。けっして、それ以外の気持はもっていないですけどね。そこの区別はしておいてください。そういうことなんですけど。ただ、あなたがイデオローグとして組織されて、社会運動をされているのであれば、あくまでもやるということになりますけど（会場笑）。それだけのことなんですよ。

主催者3　午前中から、多岐にわたる問題についてお話しいただきました。時間も五時になるので、以上で終わりたいと思います。最後、主催者のほうで簡単なまとめをしたいと思います。

主催者1　今から十年以上前から三年に一度、三回にわたって良寛について論じていただきました（「思想詩」「僧侶」「隠者」〈修羅出版部より『隠遁の構造――良寛論』として八五年に刊行〉）。そして一昨年と今日は、農業論について語っていただきました。農業問題というのはアジア的、アフリカ的、ヨーロッパ的な歴史の流れにも大きくかかわる問題です。かたや東京は世界都市になってきていますが、これは『ハイ・イメージ論』など全世界的な先端の問題とも深くかかわってきます。また一方で、日本の天皇制の問題とも大きくかかわってきます。非常にいろいろな問題が凝縮されている箇所が、現在における日本の農業問題じゃないかと思うんです。私たちとしても一昨年に続いて、そこを勉強したいと思いまして。最初に二時間ほど吉本さんに語っていただきましたが、吉本さんに無理をお願いして時間をたくさんとっていただきまして、とくに限定を加えない質疑応答というかたちでの勉強会にさせていただきました。訊きたいことがまだおありかと思いますが、長時間になりましたので、今日のところはこのへんで締めさせていただきたいと思います。もしまた機会があれば、来年か再来年にはまた吉本先生に来ていただいて、パート3が実現できればと思っています。

なお、はっきりした時期はお約束できませんが、前回のお話とか今回のもの、農業論にかかわるもの等をまとめまして、一本にできればと思っています。これは私たちには手に負えないところもありますので、今日お見えの宮下（和夫）さんの弓立社のほうから刊行する予定になっております（その後、二〇一五年に筑摩書房より『吉本隆明〈未収録〉講演集〈3〉農業のゆくえ』として刊行された）。今日受付でご住所を書いていただきましたので、出版のさいにはご案内できると思います。

今朝は七時前にお宅を出ていらしたと思うんですが、ほんとうに長時間、私たちの勉強会のためにたくさんのことを賜《たまわ》りました。お疲れのことと思います。吉本さんにもう一度、拍手をお願いします。

（新潟県長岡市御山町　長岡短期大学）

〔音源あり。文責・築山登美夫〕

【文京区立鷗外記念本郷図書館主催】――1989年11月2日

宮沢賢治の文学と宗教

質問者1　賢治は後になって、国柱会を離れたかどうか。一度は家出して上京し、熱心にいろんなことをやった。それであの宗派にたどり着いたわけですが、その時期にたくさんの童話作品が生まれた。あの当時も日蓮の宗派がいろいろとあったわけですが、賢治はなぜ一番攻撃的で国粋的とみられる国柱会に入ったのか。他の宗派では得られなかったであろうものを、国柱会から得たのか。そのへんが非常に心配なものですから、もし何かお考えがありましたらうかがいたいんですが。

国柱会をつくったのは田中智学です。当時も日蓮宗にはさまざまな宗派があって、田中智学もその中のひとりなんでしょうけど。宗教に限らず何らかの集団が組織化されていきますと、組織化されたある部分だけが機械的といいましょうか、習慣的になってしまう。そうすると、習慣的になった部分は真新しさとか純粋さがなくなっていくことはどうしても避けがたい。それにたいして智学は魅力があったのではないかと。彼は、「宗門之維新《しゅうもんのいしん》」ということをいい出しています。ただお布施を取ってお葬式のときに拝んで、何かの時間には名号を称えていればいいというものではない。そんなことを習慣的にやっていて宗派が成り立っているというのは、おかしいじゃないかと。そういう意味では革新的な人だったと思います。

若い人が最初に宗教的なものに飛び込んでいくとき、やはり習慣的で機械的な、怠惰なところを打破しようという革新的な考え方を主張している国柱会は、一番魅力があったんだろうと思います。当時、日蓮宗の中では国柱会に一番魅力があったんだろうと思われます。だから、地方でもそうであって。宮沢賢治が『法華経』に感銘を受け、日蓮宗に惹かれていったとすれば、国柱会に入ろうと考えたのは当然だと僕は思います。

それから今、国柱会は最も国粋的とおっしゃいましたけど、そもそも日蓮自体が国粋的なんですよね。日蓮の中には、天下国家を大乗経の世界、つまり最高の悟りの世界と最高の平等の世界に持っていけなかったら駄目なんだ、万人を持っていくということとは別に、国家天下はそうでなければならないし、国家天下を司る者はそうでなければいけないという考え方があった。ですから、おそらく日蓮にも国家主義的というか国家至上的なところはあったのではないかと思いますね。「親きょうだいとか国家とか君主にたいする敬いとか恩は非常に重要なんだ」ということは、日蓮の大いに主張したところです。だから、日蓮宗自体に国家至上的なところがあったのではないかと。そして宮沢賢治という宗教心のある一個の青年とすれば、当時の風潮として、その考え方にはそんなに違和感がなかったのではないかと。

ただ、その資質とか人となりをもっととことんまで突き詰めていけば、宮沢賢治およびその芸術・作品には国家至上的なところはないと思います。登場人物の名前や土地の名前にしても、全部インド・ヨーロッパ語系統ですよね。登場人物や土地に、ヨーロッパ語系統の名前をつけている。だから、あまり国粋的じゃないですね。ですから資質のところでいえば宮沢賢治は国粋的じゃないと思いますけど、一個の青年として日蓮あるいは日蓮宗に魅力を感じたのであれば、そこには国家至上という要素が入ってくる。おそらく、その問題じゃないでしょうか。だから、宮沢賢治が特に国家主義に惹かれたとはいえないような気がしますけど。

もちろん『法華経』に惹かれれば、国家主義的になるかもしれません。初めは王様だったのが修行して菩薩になったとか如来になったとか、そういう話ばかり書いてありますから。そこには身分の高い者とか国家を司る者とか王国を司る者みたいなのがちゃんと入ってますから。そういうところでは国家主義といえるんでしょうけど、資質までいけば、人となりまでいけばそうじゃなかったんじゃないでしょうか。宮沢賢治には病気とかいろいろと個人的な事情があったんですけど、それを含めないでいっても、国柱会とどこまでも一緒というふうにはならんだろうなと。作品を見る限り、そういうことはいえそうな気がしますね。

これはたとえば、良寛と曹洞宗の関係みたいなもので。良寛もちゃんと修行して印可も取ってて、円通寺の師家として□□する僧侶になるはずだったんですけど、本部から玄透即中《げんとうそくちゅう》っていう優れた坊さんがやってきて。玄透即中は良寛の後輩に当たるんですけど。それを契機に寺を出てしまいますね。だから良寛も曹洞宗の僧侶なんだけど、本当は曹洞宗に収まるような人でなかったともいえると思うんです。曹洞宗はあとから「俺のところに良寛っていうのがいるぞ」と盛んにいいますけど、そのときにそういうふうに対応してないんですよ。また、良寛もそういうのが苦手な人で。人の上に立って「こうせい、ああせい」みたいなことをいって、組織を取り仕切っていくことが苦手な人だから、お寺を出てしまいますよね。そういう関係の微妙さっていうのは、宮沢賢治と国柱会にもあったんじゃないでしょうか。

質問者2　日本人には画一性があって、流行にすぐに流されてしまいますよね。吉本先生はそれについて、どう思われますか。

そうですね。僕にも、あなたがいわれたようなことを思ってる部分が少しあります。そういうことについて一生懸命考えたことはないんですけど（会場笑）、多少は考えたことはあるんです。社会の共同体の組み方、共同性の組み方には、独特の歴史的ないわれがある。そのいわれから見ると日本というのは、個々の人が共同体的な志向性を取っ払い、内面の意識を「自分は単独者だ」というところまで持っていくことがたいへん難しい伝統を持った社会であって。島国であったということもありますけど、人種的な混合の仕方の構造が壊れているということもあると思うんです。日本の文化というのはたくさんの層が重なってできていますけど、どれひとつ取ってきても心棒だといえるようなものはなかなかない。地理的にも、そういう文化のつくり方をしてきました。そして人種的にもたいへん早くから壊れちゃってるものですから、どうしても曖昧なんです。つまり、心棒になるものがなくて。層になるものはあるんです。つまり重なっているものがあって、その重なり方はたいへん多様かつバラエティーに富んでるんですけど、心棒になるものはちっともない。そういう共同体の組み方、文化の組み方をしてきたんだと僕は考えていますけどね。

だからそれは、とても難しいことで。明治以降にようやく「共同的なくびきを離れて個たるべきだ」という考え方が始まった。そして第二次大戦の敗戦後にもう一度それが強調され、また始まって。だけどまだまだ、そこのところは西洋並みにはいってない。その代わり、重なり合いでできているという別の特色もあるんですけど、ひとりぽっちだっていうことに耐えられないところはまだ直らないんじゃないでしょうか。それが人の意見に動かされやすくて、すぐに一致万歳になっちゃうということに大いに関係しているような気がしますけどね。日本人っていうのは壊れてますから。だから本当はよく分からないんですよ、日本人っていうのは（会場笑）。正体が分からないんですよ。「日本人とは何か」みたいなことについて本を書いてる人がいますけど、僕がここ四、五年来考えていることは「日本人っていうのは分からねえ」ということで。人種的にも分からないし、文化的にも分からない。さらには言語的にも分からない。朝鮮語と似てるとか、いろいろといわれてますけど。本当に優れた言語学者でもレプチャ語と似てるとかタミル語と似てるとかいったりしてるわけですよ。そうすると「冗談じゃないよ」と思うんだけど。でもちゃんとした優れた専門家でもそういうことをいうくらい、日本語っていうのは分からないんです。つまり分からないっていうことは、もともとから壊れてるんですよ（会場笑）。これとこれが混じったんだという構造が壊れてるんですよね。だから分からないんですよ。似てる言葉がないし、似てると思えばどこども似てるじゃないかと（会場笑）。そういうことじゃないでしょうかね。僕が少し考えたことはね……（音源中断）。

（文京区立鷗外記念本郷図書館）

〔音源あり。文責・菅原則生〕

【森集会（笠原芳光主宰）主催】――――――――1989年11月12日

宮沢賢治の実験――宗派を超えた神

笠原　最後におっしゃったところは、いちばん大事だと思います。ご本（『宮沢賢治』）の中でもそうだったんですけど。本当の神があるとすれば、それは仏教・キリスト教などといった宗派の神よりも下にある。そして信仰があるとすれば、信仰を持ってる人というのはいわゆる非信仰者よりも下位にあるんだと。あの本の中でもそこが焦点となっており、今日のお話でも結論になっていました。そこがいちばん素晴らしいところだと思いました。たいへん長時間、非常に深くお読みになっているということがよく分かりました。ありがとうございました。あとは、いろいろと質疑応答したいと思います。

いや、とんでもない。

質問者1　感想でもいいですか。

笠原　はい、感想でもけっこうです。できるだけ大きな声でおっしゃってください。

質問者1（途中までほとんど聞きとれず）

もうひとつは、自分的には馬鹿な質問なんですけど。私は吉本先生のご本をいくつか持ってるんですけど、難しくてさっぱり分からないんです（笑）。今日のお話は非常に分かりやすかったんですが、このギャップはどういうことかなと思いまして（会場笑）。それから先生は『法華経』について、万人に分かりやすく□□□。それこそ□□□説法みたいな感じだと思うんですけど。わたしなんかは文章を書いたりするとき、なるべく患者さんに分かってもらえるようにするんですけど。先生自身は□□□みたいに「分かる者だけ分かったらいいんだ」と考えておられるのか。万人に分かってもらうというのは、ほとんど不可能なことかも分からないんですけど。相手にたいする理解・思いやりというのはどの程度なのか。ちょっと長い話になってごめんなさい。その二つについてうかがいたいんです。

あとのほうのお話には実感があるので、先に申し上げます。自分が文章で表現する場合でも、誰にでも分かるように書けたらというのが理想でありまして。でも、その理想がなかなか実現できないで、急いで結論まで持っていこうとすれば、「自分で自己確認できればいいや」っていうところに文章が近づいていってしまう。極端なことをいいますと、そういうことがあると思うんですよ。だからようするに、充分にやってない。充分にやれば誰にでも通ずるような書き方ができるんだけど、残念ながらその理想に到達しないで、いつでも途中で切り上げたり急いだりしてしまう。だからそういうふうになっちゃうわけですが、そこには自分の責任しか残らないと思うんです。

教え諭すというのではなく、誰にでも分かるような書き方が理想なんですけど、なかなかそれができない。もし意図してやさしい言葉でやさしく書こうとすれば、万人を侮蔑することになってしまうというか。侮蔑することと啓蒙することとは、似てるところがあるんですけど（会場笑）。そういうふうになってしまうから、それも避けたい。そうすると、なかなか思い通りの文章が書けないというのが今もって嘆きなんですけど。まあ、うまくいってないなと。できるだけそういうふうに書きたいと思ってるので、自分さえ分かればいいとは決して思ってないんだけど、結果としてそうなっちゃう。それだけのことのような気がするんです。別に意図してるわけじゃないので、それ以上のことはない。誰にでも分かるように書きたいと思ってて、そういうことに憧れを持ってるんだけどなかなか実現できない。それだけのことなんですけどね。

それから、本当の考えと嘘の考えについてですけど。文学・芸術にかかわっているところでは、僕には宮沢賢治のような考え方はない。でもそうじゃなくて、一般的に物事を考えて処理していく過程では、本当の考えと嘘の考えはどうやったら分けられるのかという問題に全部集約してきてるような気がしています。そこのところは自分なりに考えていこうとするんですけど、なかなか分かりませんというのがいちばん正直な答えであるような気がしています。少しでも手ごたえがあれば「こうじゃないかな」という感じでそれをいってみたり、書いてみたりはするんですけど、それ以上にどうしたらいいのかということはなかなかうまく解けない。かといって「本当の考えと嘘の考えを分けてしまう実験の方法さえ決まればいい」という宮沢賢治の考え方が妥当なのかどうかも、分からないような気がする。かすかな兆しでもいいから、本当の考えと嘘の考えを分けるための方法を持てたら、それをいってみなくちゃいけないということがわずかな原則でして。

僕らは近年盛んに「脱」ということが問題だといい、そういう言葉を使っている。では「脱」とは何かっていうと。自分の場所は外から決められたり、自分の資質の流れから決まったりするわけですけど、そこの場所をいつでも蟬の抜け殻みたいに置いといて、ちょっと違うところに視点を移せるかどうか。あるいは、自分の場所というか、自分の考えを見ているもうひとりの自分を設定できるかどうか。僕なんかにしてみれば、それがわずかな第一歩であるような気がしてるんですけど。

自分がそれをうまくできてるとは決していわないし、いえないんですけど、「脱」ということができるかどうか。自分を見ているもうひとりの自分を設定するのは、可能かどうか。そしてその場合、どこから自分を見ているか。メタフィジカル、つまり形而上学的にいえば向こうから見ている。そして向こうっていうのは何かというと、「死」じゃないかと思ってるわけです。死の視線からは、自分の今の考え方とか場所がよく見えているっていうことが可能だったらば、「脱」ということは少しはできる。自分ができるっていうことが、万人ができるっていうことだったら、もしかすると、本当という場所が見つかるかもしれない。そういう感じがするものですから。向こうからの視線でもって、自分の今の場所を見る。自分のほうから向こうのほう、未来のほうを見るのではなく、向こうのほうから、死のほうから自分の今の場所を見る視線があるか。それをつかまえられるか。本当の考えと嘘の考えを分ける場合、それが第一歩になると僕は思ってるわけです。それ以上「こうやればいいいんだよ」ということは何にもないし、分からないんですけどね。

死のほうからの視線っていうのはなんとなく抹香臭いわけですけど、その場合、死っていうのをちょっと違うように考えたいんです。肉体の死、あるいは救済宗教の「死んだあとは浄土に行けるんだ、天国に行けるんだ」という意味合いの死とはちょっと違う場所で、死というものを考えたいわけです。どういったらいいんでしょうか。その中間の場所に死というものがあり、そこからの視線があると考えたいわけです。そこで中間の場所というのを「こうなんだよ」とちゃんと決めないといけないんですけど、それをうまく簡単な言葉でいうことはできない。まず本当の肉体が死んじゃった、病気で死んじゃったという意味合いの死とは違います。そして仏教なんかが「死のあとに救済の世界があるかどうか」ということを論議している死ともちょっと違う。その中間にある死から、自分の今の場所を照らしだせるか。僕は、そのことが自分の問題であるような気がしてるんですね。

死のほうからの視線っていうのは、具体的には上からの視線だといわれますよね。上からの視線のどこにつかまって現在を見るか。それが問題なんだと。目に見えるものという意味ではそうなんですけど、目に見えないものも含めていえば、そういう場所からの視線で自分の場所を照らし出せればなと。僕はしきりにそういうことを考えていて。それが第一歩であるように思っていますけど。

笠原　ちょっとそれに関連したことなんですけど。今「脱」ということをおっしゃったんですけど、「超」という言い方がありますね。「脱」と「超」の違いがあるとすれば、「超」は上のほうへ超えていく。そして「脱」はどちらかというと、下のほうに行く感じがするんですけど。そういう「超」と「脱」の違いについて、どのようにお考えでしょうか。

「超」というところまで行けないし、それが分からないから差し当たって「脱」といってるだけなんだけど（会場笑）。たとえば知識を追求することがその人にとって本道であるとすれば、「脱」っていうのは知識でないものの場所から自分を客体視できるということです。そういう知識でない場所から、今の知識を追求している自分が見えていればいいなと。差し当たって「脱」というのは、それだけの意味で使っています。それを超えるかどうかということは、なかなかいえないですね。

笠原　『最後の親鸞』というご本にもありますけど、親鸞が最後に到達した地点というのは今おっしゃったようなところなのではないかと。

僕は、親鸞の考える死がそうであるような気がしますね。親鸞は手紙なんかでよく「死んだあと、浄土でお会いしましょう」と書いてますけど。もちろん仮にそういう言い方をしたっていいんですけど、実のところ親鸞は、死んだあとに浄土があるなんて思ってないのではないかと。たぶん、そういうふうに理解してないと思うんです。浄土を考えているとすれば、それは死という場所になる。一般的にいわれてる死というのも生というのも両方を見渡せる場所が親鸞の浄土であって、そこが死だと。本当はそう考えていたと思うんですけどね。実際に死んじゃったら向こうのほうに世界があって、そこに行く。そういうふうにはちっとも考えてないと思うんですけど。

笠原　どうぞ何かございましたら、続いておっしゃってください。

質問者２『法華経』からのたとえ話で、長者の家が火事になり、火に囲まれた子どもたちを長者が説得しても外に出ようとしなかった。そこで長者は、子どもたちが欲しがっていた□□□□といって子どもたちを導き出した。ここでは子どもたちを自然なかたちで救い出しているともいえますが、一方では子どもたちの持っている欲望に訴えて救い出している面がありますね。人間の無意識には自然でさかしらがないという面もあるかもしれませんが、僕は単に普通の欲望だけがあるのでないかと思っていて。

それから鳥捕りのたとえも出てきました。われわれは知識で固められると、そういう素直さ・正直さに憧れたりするところがある。でもわたし個人としては、そういう自然さを素朴に肯定することにはちょっと抵抗がありまして。たとえば悪いことをする人間というのは、自然と悪いことをするわけですね。プラトンに『メノン』っていう本があるんですが、その中で「同じ悪いことするんだけれども、悪いと知ってやるのと何も気がつかないで悪いことをやるのとどっちがいいか」という議論になるんですが、そこではやはり、悪いと知っていてやるほうがいいということになる。そっちのほうが反省できて、次の行動を考えられるからということで。火事から救い出される子どもたちの話、それから鳥捕り話もたいへんよく分かるんですけど、素朴に自然さを肯定するのは果たしていいことなのかと。

僕はそういう素朴を肯定し、そこに最高の倫理があると見なすことが素朴な考え方だとは思えないんです。たとえば今おっしゃった例でいえば、親鸞は「善人が往生するんだ。まして悪人が往生しないことがあろうか」という言い方をしますね。それから唯円に「俺は念仏を称えたってちっとも嬉しくも何ともない。念仏を称えれば浄土に行けるっていうけど、念仏を称えてもちっとも嬉しい気持ちが起こらないのはどうしてなんだろうか」と聞かれて、「俺もそうだ」と答えますね。その場合、親鸞は「浄土に行くべき時が来たら、ひとりでに行けばいいんだ」と教えてると思うんです。何も、自分のほうで意志して浄土に行くことはない。そういう時が来たら、ひとりでに死ねばいいんだ。そういうふうにいってると思うんです。僕は、これは死についての考え方としては最高のものだと思うわけです。

でもよくよく考えれば、「死ぬべき時が来たら死ねばいい」っていうけど、そんなことは誰だってやってるじゃないか。普通の人だってやってるじゃないか。それだったら、信仰なんていうのは要らないじゃないかと。あなたのおっしゃり方だとそういうことになりそうですけど、僕はそう思わない。そういう結論まで到達していった過程というのはやはり、死についての最高の□□じゃないかなと思いますけどね。

では、それを早急にやるとどうなるか。現実は苦しいところで、浄土はいいところなんだ。じゃあ、急いで行けばいいじゃないか。急いで行くのが本当じゃないか。そういう考え方は当時もあったと思うんですけど。当時のラディカルな念仏者・浄土希求者はそれを解決するために、「それじゃあ急いで死のう」というやり方をしたと思うんですね。それで実際に断食したりして、急いで往生しちゃうわけです。

しかし一遍みたいな人はそこで「どうも、そのやり方はいかんのじゃないか」と考えまして。「現世よりも浄土のほうがいいから、急いで浄土へ行っちゃおう」ということで、断食して何にも食べないで死んじゃう。あるいは、座禅をしたまま死んじゃう。一遍は、そういうやり方は駄目なんじゃないかと思った。それで逆に「この世を全部浄土にしちゃえばいいんじゃないか」と考えた。では、そのためにはどうすればいいか。万人に通じる道はなかなかいえないけれども、主観的にはいえる。それは何かっていったら、現世に執着があるものを全部持たなけりゃいいじゃないか。もちろん財布も持たないし家財道具も持たないし、家も持たない。とにかく無一物で生きていれば、いつだって浄土に行ける。執着するものが何もない生き方をすれば、この世自体が浄土と同じになるじゃないかと。それが一遍の考え方だと思うんですけど。

でも親鸞はそれにたいして「いや、そんなのは駄目なんだよ。そういう考え方は駄目なんだよ」といっていて。「浄土はいいところだっていうけど、念仏を称えてもちっとも嬉しい気持ちにならないのはなぜなのか」と聞かれて、親鸞は「いや、そうだろう。俺もそうなんだ。死ぬべき時が来たら、ひとりでに死ねばいいんだよ」という場合には、急いで浄土に行くという考え方も、この世を浄土にしちゃうという一遍の考え方も、それらの考え方を全部含んだうえで、何でもないことになっちゃってる。ごく普通の人がみんなやってることと、同じことになっちゃってる。僕にはそういうふうに思えるんです。同じことは同じことなんだけど、ひと回りまわっていってるんであって、先ほどからの話の続きでいえば、還りの目で見てることと往きの目で見てることは同じことなんだけど、実はまるで違う。それと同じことのような気がするんですけどね。僕だったら、そうなると思いますけどね。

質問者3　先ほど笠原さんがいわれた「超」と「脱」に関連することなんですけど。あまりうまくいえないんですけど、吉本さんは死というところから見ていくとおっしゃいました。つまり、死というところから今の自分を見ると。わたしは男の人がつくってきた思想というかキリスト教の中で育ったので、そういう□□思想にがんじがらめになっていました。そういう知の頂点みたいなところで思想を植えつけられてきました。キリスト教には、そういう考え方があると思うんです。

以前、森崎和江さんにお会いした時に「初めに言葉がないのよね」っていわれてびっくりして。私は「初めに言葉があった。言葉が神であった」という価値観の中で育ってきたんですけど、森崎さんはそのとき「初めに言葉がない。生まれてくる前の闇のほうが、死んでからの闇よりも暗いでしょう」といわれたんですね。私はずっとキリスト教という世界の中で育ったわけですが、いつも「何か違う、違う」と感じていました。つまり、そこに入りきれない自分があるというか。非常に惹かれるところがあると同時に、「自分のすべてってていうものがないな。違うな」と思っていた。森崎さんにお会いしたとき、自分のそういうところを見られたような気がしたんです。

あの方は「人間は生まれて死ぬんだ」と直線的に考えるのではなく、「人間は生まれて産んで死ぬ」と考える。私は自分が妊娠・出産という体験をしたとき、これを言葉にできる人がいるということにすごく感動したんですけど。自分の中に胎児がいるということは、ひとつの身体にふたつの魂がいるということですよね。今生きている自分の魂とは違う、もうひとつの魂がいる。その魂は人間の社会に表返っていないけれども、裏返ったかたちで考えられると思うんですね。『古事記』に出てくるイザナギとイザナミの話、つまりイザナギが「あんたが何人産んだら○○○○」という話を思い出して、「ああ」と感じたことがあるんですけど。「生まれて産んで死ぬ」というのは、ものすごくあたたかい感覚なんですね。自分はものすごく怖がりで、死にたいしてずっと恐怖感を抱いていたんですけど、乳呑み児といると全然怖くないんですね。それはなぜだろうと考えて。

わたしはまだキリスト教の中にいるんですけど、(中略)。先ほど吉本さんは「超」と「脱」の違いについていわれました。分かるというところまではいかないけれども、分からないことを分かろうとするところまで出ていく。「脱」というのはそういうことではないかと理解したんですけど、それについてはどうでしょうか。

いちばん最後のことからいいましょうか。「分からないことが分かるところへ出ていく」といわれましたけど、僕はそれとはまるで違うことをいってるので。分かるっていうことは、分からないことに近づいていくことを同時に含んでいる。そうでなければ「脱」にはならない。そういう意味でいってるので、全然違うような気がするんです。分からないことを分かるっていうのは別に……。

質問者3　（省略）分からないところを「分かるよ」っていってしまうのは、宗教のまやかしのように思うんです。分からないところを「分からないよ」っていうことが「脱」で、そういう混沌としたものを人間の中に抱え込んでいけることは、宗教性と関係があるんじゃないかと思うんですけど。それは違うんでしょうか。

いや、それだったら分かるんですけど（会場笑）。僕は、違うところを関心の場所にしているように思います。それと、妊娠とか出産については女の人でないと分からないから（会場笑）。僕は、そういうことはまるで分からないんですね。

二年ほど前に亡くなりましたが、三木成夫さんという古生物学の人がいます。三木さんというのは、ヒトの発生についてすごいことを考えた人だなと思うんですけど。その人が考えた一番の発見は、胎児は受精後三十二日から三十八日の間に「上陸」するんだそうです。つまり三十二日から三十八日の間に、海にすんでた魚類が陸に上がっていく。その間、母親はぼんやりしたような顔をしているそうですが、「上陸」が終わったところでつわりが始まるんだと。胎児は受精後三十二日から三十八日の間に「上陸」する。つまり海にすむ魚類から両生類、爬虫類へと変わっていく。人間の胎児の場合、三十二日目からそのような変化が起こり、一週間ぐらいの間でそれを完成させる。三木さんは、胎児の顔をあれしながらそれを見つけているわけですよ。たとえばニワトリなら四日目だそうです。そのときニワトリもおかしいんだそうです。

あと、三木さんは食の相と性の相という概念を提起しています。たとえばシャケは、どこか遠くのアラスカのほうまで泳いでいっちゃう。その間に食べて成長して、もとの川のところに帰ってきて産卵して死んじゃう。ここでは食の相（成長する相）と性の相（つまり受胎して子どもを産む相）が非常に明瞭に分離していて。子どもを産んだらすぐに死に向かっちゃうということは、非常にはっきりしていて。

ところが人間の場合、食の相（成長する相）と性の相（受胎とか種族保存の相）はいつでも二重に重なっていて、なかなか分離できない。たとえばシャケの場合、受胎して子どもを産んだらメスは死に向かうほかに何もないんだけど、人間の場合にはそれほどはっきりしてない。だけど本当をいうと、受胎して子どもを産んだときにある細胞は死に向かい、ある細胞は衰えに向かう。非常に動物的な考え方では、そうなるんだと。三木さんはそういうことを確定してるんですけどね。

今いわれたことは男性には実感的に理解しにくいんですが、森崎さんがいわれるようなかたちで結びつけるだけじゃなく、すごく生物的に考えたらいいっていうこともあるんじゃないでしょうか。つまり、生物的な側面からも考えたほうがよくて。そこに受胎とか分娩とか非常に重たい意味をくっつけますと、きつくなっちゃうから。ですから一方では、シャケと同じだと考えたほうがいいんじゃないでしょうか（会場笑）。

僕は三木さんの著書から、たくさんのことを学んだ。三木さんは植物と動物についても、非常に発生的・連続的に考えるんですね。たとえば植物の幹っていうのがあるでしょう。それは動物でいうところの腸を裏にめくり返して、腸の中側を外側にしたものだそうです。中側にあった腸の血管が、葉脈になったりしている。そう考えると、ものすごく連続しているそうなんです。動物でいえば腸管をひっくり返したものが植物の幹で、腸の血管が表に現れて出ているのが枝葉の葉脈である。そういうふうに考えると、非常に考えやすい。そういうことは、三木さんの本から教わったんですけどね。

そして人間というのは受胎してから十カ月の間に、ものすごいスピードで進化する。つまり魚類から始まって両生類、爬虫類、哺乳類というようにすべてを経ていく。でもそういう過程を経る場合、典型しか通らないんですよ。たとえば原始動物で植物といちばんつながりがあるものとして考えやすいのは、ヤツメウナギだそうです。ヤツメウナギは幼生のとき、しっぽのほうだけ海底に入れている。そうやって立って、頭のほうでえら呼吸をしているそうです。これは、植物とはちょっと違うだけの状態で（会場笑）。それからだんだん成長してしまうと、海底を這って移動して産卵して死ぬ。

その一方で、哺乳類の典型を通る生物もいる。ラッコという温和な顔をした動物がいるでしょう。あの顔が哺乳類の典型なんだそうです（会場笑）。つまりそういう典型を通ったところに、胎児の生活があって。今のお話を聞いていて、受胎っていうのはあまりにも神秘的な気がして。森崎さんのお考えがあまりに神秘的であるように聞こえたものですから、これは男には分からんなと思って（会場笑）。あんまりそれをやってもらったら困るから、人間もシャケと同じだと思ってもらったほうがいいんじゃないかと（会場笑）。（中断）

笠原　時間がだんだんなくなってきたんですけど、さっき手を挙げた方どうぞ。簡単にお願いします。

質問者４　今日は吉本先生のお話をうかがうことを、本当に楽しみにしてまいりまして。それ以上の価値があったなと思って、感激して聞いておりましたけど。笠原先生に出遇ってから、宗派を超えたところでのひとつの出遇いがありまして。私は中学のときに受洗しましたいわゆるプロテスタントのところから、仏教の入り口のところあたりをぐるぐるさまよっていました。それでもまだ、つかみきれずにいるんですけど。

（中略）

先生は先ほど、次のようなことをおっしゃいました。賢治は科学と文学・芸術は同一であることを証明するための実験方法があればと思いつつ、もどかしい思いで終わっていると。『銀河鉄道の夜』の中で、ジョバンニがカムパネルラの死を前もって知ってしまいますよね。私はそこを読んで、

「あれ?」という感じがしたんです。

(中略)

あと氷山にぶつかって船が沈み、海に浮かんでいたらいつのまにか汽車に乗っていたという人たちがいましたね。あそこにはたぶん、死んだ人たちがあらわれているんだと思うんです。あちらの世界とこちらの世界で会話ができる。賢治はそれを書き表せているわけですが、これは科学とどのように結びつくのかなと。

今いわれたことで、宮沢賢治の作品は「これが生きてる人と死んでる人の違いなんだ」みたいな感じをちゃんと読む人に与えるように書かれている。ジョバンニが夢から醒めて町へ行くと、川べりでみんなが溺れた人を探している。そこにはカムパネルラの父親がいて「もう駄目かもしれない。落ちてからもう四十五分経ったから、もう助からないかもしれない」という。ジョバンニはカムパネルラのお父さんのところに駆け寄って「僕はカムパネルラが行ったところを知ってる。もう銀河のはずれのところにしかいないんだ」といおうとするんだけどやめるところがある。ジョバンニは夢の中でカムパネルラに会ってきたからそうなんだと思ってるわけだけど、それは同時にジョバンニの夢が正夢だったということでもあって。つまり、一種の予知の夢だったということはいえるような気がするんです。

宮沢賢治はそれについて科学であるとも、宗教的な妄想だとも幻想だとも注釈していない。これは本当の科学なのか、あるいは宗教的な幻想なのか。宮沢賢治はそういうことを考えてたんだけど、それを考えとしてはいわないで、作品の中で「いや、カムパネルラはもう銀河のはずれにしかいない。僕にはそう思えたんだ」と描写している。そこが非常に肝心なところなんじゃないでしょうか。「宮沢賢治にだって、そんなことは解けなかったんだ」という意味でも肝心かもしれませんが、そうじゃなくて。解けなくたって解けたって、科学的に分かろうが分かるまいが、こういうふうに夢の中で会っちゃった。だから夢が醒めてから、そこで探したって無駄だ。もう銀河のはずれにしかいないよと。そういうことがあり得るわけですね。だけど、科学的にはちっとも確実でない。だから、そこでは文学としてとどまっていて、あとは読む人の追求に委ねるほかはない。そういうことはあったんだろうと思うんです。宮沢賢治はそこで早急に「こうだ」というふうに結論できなかったんでしょうし、またしなかったんじゃないかなと。そういう気がするんですけどね。

（原題：宮沢賢治における宗教と文学／兵庫県芦屋市　芦屋市民センター）

〔音源あり。文責・菅原則生〕

【「ことばをひらく会'89秋」(季村敏夫主宰)主催】――1989年11月12日

イメージとしての都市

質問者 (前半聞きとれず) 先ほどの東ドイツの市民のイメージには国家から幻想的に解放されているイメージは出ていると思いますが。人工都市の住民が代表者を選んだりリコールしたりするというイメージと、職業という枠を超えるイメージと、そして犯罪者にたいするイメージはどうなるのか。その三つのイメージをいっていただかないと、理想の都市というイメージは出てこないんじゃないかと思います。

今いわれたことの中で耳に残っているのは、最後の犯罪者をどうするかということなんですけど、おそらくこうじゃないでしょうか。その問題については、最小限のルールしか必要じゃないというところに行くんじゃないんでしょうか。国家っていうのはたぶん、そういうところに行くと思いますけど。これはなんら倫理性の問題ではないし、懲罰の問題でもないんだけど。今いわれたことにかんしては、最小限のルールは必要だというルールだけがそこに残ってるということでいいんじゃないでしょうか。なにを犯罪と考え、なにを犯罪と考えないかということについては、べつに現在の社会が犯罪と考えていることを真似することはないんで。都市なら都市が共同体的に総員で一致するために、最小限こういうルールが必要だという、きわめてあっけらかんとした意味でのルールといいましょうか、それだけが必要で。それに違反した場合には何カ月間かこの都市から別のところに行ってもらいたいとか、なんでもいいんですけど、そういう最小限のルールが問題になってくるんじゃないでしょうか。

それから国家みたいになってくると、リコールというのはなかなか大変なことなんですけど、これは簡単なことなんで。そのときの最小限の都市管理者がありうるとすれば当番制で、回り持ちでやると。これにはさして意味がなくて、もちろん格別の権力をもつわけではなく、それはただ当番として回り持ちでやらざるをえない。当番というのは嫌々やるものなんですよ。嫌々だけど、当番だからやるのであって。隣の人もやったから、俺もやるさと。だからゴミ当番と同じで。管理者というのは、それで充分なわけです。現在の国家や地方自治体で権力・権限をもってる人たちで、そういう当番のつもりでやってる人はいない。だいたい「これをやると儲かる」「これをやるといいことがある」と思ってやってるわけなんですよ。だけどそうじゃなくて、管理者というのはもともと当番でやるもので。ほんとうはあまりやりたくないんだけど、当番だからしかたなしにやるんだ。そのぐらいの気持ちでやると権力をつくろうとしないし、権力者になろうともしないだろう。僕にはそう思われますから、そこのところで成り立てば、いいんじゃないでしょうか。当番・回り持ちであれば、リコールさえも必要ではない。面倒くさくて嫌なこととして管理機能があれば、それはそれで充分じゃないかと、僕にはそう思われますけど。ほんとうは国家も、そういうふうになったほうがいいんだと思うんです。だけど政治党派というのはみんな、政治家になるといいことがあると思ってやってるわけでしょうし。それがいいことじゃなくなっちゃったら、今の政治家とか労働運動家たちはだいたいいなくなっちゃうんじゃないでしょうか。当番と同じで、面倒でしかないけどしようがないからやる。そういうふうになったら、今の政治家っていうのはみんないなくなっちゃうと思うんです。たいてい、いいことがあるからやってるわけですから。儲かると思ってやってるわけですから、いなくなっちゃうのはもっとも当然のような気がしますけど。

地方自治体では、都市管理者を当番制にすることは可能でしょうし、笠原（芳光）さんが学長を務めておられる大学だって、そうですよね。学長っていうのは面倒くさいことばかりで、いいことなんかちっともねえ。だからあまりなり手がなくて、何年もやってるんだと。笠原さんはきっと、そう思っておられると思うんですけど。小さいところだったら、なおさらそういうことが可能なような気がするんですけど。だから自治体あるいは人工都市では、それは可能だと僕には思われますね。それでいいでしょうかね。

（兵庫県尼崎市　つかしん TENT'IN）

〔音源あり。文責・菅原則生〕

【朝日カルチャーセンター主催】――1990年2月10日

宮沢賢治を語る

質問者1　宮沢賢治の書いた本と少し関係があるかと思うのですが、たしかに宮沢賢治は精神面では、宗教と文学と自然の合致・一致・融合ということを図って挑戦していったわけですから、とても偉いと思うんです。でもその反面、彼の肉体は無意識のところで精神を裏切りながらも、結局は精神が目指したところに行き着いたという部分があるように思うのですが。彼は宗教の面から禁欲し、生涯妻帯しなかったわけですが、それがとても歪められたかたちで自然・文学にかかわっていったような気がしてならないんです。特に妹・トシさんとの関係は、一種近親相姦的なものがあるように感じられますし。それから詩には自然に抱かれたいという願望が見られますが、それはちょっと変態じみているというか。自然を完全に女性と見なして、その女性の懐に抱かれたい。その女性と一体になりたい。性欲の対象として、自然を捉えている部分があるように思われてならなくて。そういった彼の肉体と精神の暗い面については、どのようにお考えになりますか。

あの、いわれる通りと云いますか。宮沢賢治は大乗仏教の信者であるわけですけど、『法華経』の中に安楽行品《あんらくぎょうほん》というのがあります。安楽行品というのは、宮沢賢治が『法華経』の中で一番こだわった場所だと思うんです。では安楽行品には、どういうことが書かれているか。あなたがいわれた通り、そこにはとにかく女の人を近づけてはならない、名誉を求めてはならないと書かれている。そして文学・芸術、もっと範囲を広げますと遊び・娯楽を求めてはならないとも書かれている。宮沢賢治はもともと『法華経』に忠実だった人ですから、そこのところは読んでいて、一番引っかかっただろうと思います。そこで一番考えて、自分は女の人を近づけないと思った。あなたがおっしゃる通り、宮沢賢治はそれを生涯守ったと思います。

それから文学・芸術、娯楽や遊びを求めてはならないというのがあるわけです。これは、求めてたわけですよ。求めてたというか、やっちゃう。今日お話ししましたように、宮沢賢治が生涯にわたって、文学・芸術と宗教とはどういうふうにしたら一致できるだろうかということを一生懸命考えたのは、たぶんそこに引っかかったからだろうと僕には思われます。宗教においては、そこに書かれてることを全部丸呑みに信じるのが一〇〇パーセントの信者であるわけですから、そこに引っかかった。だから、そこじゃないでしょうか。

ところで宮沢賢治は、女の人を近づけちゃならないということを生涯守ったわけですし、また逸話によれば、そういうふうになっております。それはあなたがおっしゃる通り、変態じゃないかという理解の仕方もできるわけです。あるいは、少なくともあるところで資質が加担しなければ、そんなこと人間に可能なはずがないよという考え方もなし得ると思います。僧侶になって寺院・僧院に入ってしまえばそういうこともできるかもしれないけど、見かけでは人並みの生活をしながら、それができるなんていうことがあり得るか。その人の資質や病的な欠陥がなければ、そんなことはできないんじゃないか。そういう解釈はあり得ると思います。

だからあなたの解釈は、それで成り立ち得ると思います。僕も、ある意味ではそういう資質があったと思えてならないのです。つまり病気でいえば、パラノイアということだと思うんですけど。パラノイアの特性が一番出てくるのは同性愛的なこと、近親相姦的なことです。あるいは近親憎悪というのもあるわけですけど、そういうことが病的に出てくることがあるんですね。だから宮沢賢治には、そういう資質があったんじゃないか。僕もそう思いたいところがありますし、ある面ではそう思ってるところもあります。

でもまた別な面からいいますと、資質が何であれそういうふうにやっちゃったんだから。そういうふうにやっちゃったというのは、大変なことだよなと。そういう見方もまた成り立つように思うんです。人類というのは、病的な人を保存するときもあるんですよね。レーニンという人にも、病的なところがあると思うんですけど。病的であっても、病的であることでもって徹底的に考え抜いた、あるいは徹底的にやり抜いた。それによって、僕らみたいな凡夫の模範になるということはあり得る。だから、そういうことはあり得ると思う。だからそういう意味合いでは、あまりそれをいわなくてもいいような気がします。宮沢賢治が病的であるという解釈は立派に成り立つと思いますから、それは追求することもできると思います（会場笑）。

僕があの人の作品を読んでいて一番気に入らないのは、嫉妬妄想なんですよね。たとえば『土神と狐』がそうです。土神は樺の木と狐の仲を疑って嫉妬に駆られ、狐を殺してしまう。あと、『銀河鉄道の夜』のジョバンニもそうです。カムパネルラが女の子とばっかり話してて、自分は寂しい。自分のことをちっともかまってくれない。そういうところがあるでしょう。そういうのが、わりによく流れてるんですよね。半分は意識してそう書いてるんだろうけど、もう半分は資質っていうのがあるんじゃないかなと僕は思います。だからそういう理解の仕方はできると思いますけど、それはたぶん宮沢賢治の作品の価値あるいは人格的価値を下げるものではないように思います。僕はそう思ってますけどね。それでよろしいですか。

司会者　はい。ではあともう一人の方。

質問者２　先生は科学技術の教育を受けられました。科学技術の教育の一番の狙いは、独創性の発揮です。今の学校教育ではなかなかそこまでいきませんけど、先生はそういう教育を受けて、詩作や文芸評論に進路を変えられました。先生は独創性を発揮されるために、そっちの方向に進まれたのか。それとは違って、もっと乗り越えた考え方・視点からそこに入られたのか。そこを教えていただければと思うんですが。

はあ（会場笑）。それは大いなる誤解であって。僕はしかたなしに科学技術をやめたんです。

やめる気もなかったんですけどね。やめる気がないという言い方は他動的で嫌なんですけど。学校もそうですし、会社もそういうところに勤めて、趣味で詩を書いてというふうにやっていければ一番いいなと思っていたんですけど、なんとなくやめる羽目になってやめた。それで違うところで一週間のうち半分勤めながら、新聞に詩を書いたりしてたんですけど、勤め先に来る新聞がそれと同じになっちゃったんですね（会場笑）。それで「お前、どっちを選ぶんだ」ということになって。自分でもそういうことがありましたし、勤め先でも「どっちかにしたほうがいいんじゃないですか」といわれて（会場笑）。それでさんざん考えたんですけど、なんとなく書くほうに落ち着いてしまったというのが実情で。

僕の生き方には、なんら真理もなくて（会場笑）。なるようになったといいますか。向こうからそうなったというのが、半分なわけで。また、それなりの考え方を自分なりに持ってまして。そこは宮沢賢治と衝突してしまいますけど、人間が意志してできることは半分しかない。あとの半分はだいたい向こうから来ると、僕は思ってます。宮沢賢治は一から十まで自分の意志で貫けると思い、生涯にわたってそうしたと思いますけど。彼はできると思ってやったと思うんですけど、僕はそう思ってない。自分の生き方、経路から考えて、どうもそうじゃない。だから意志通りにやってできたなんていう人がいたら、お目にかかりたいと思ってて（会場笑）。

こうなろうと思ったんだけど、実際にはなれなかった。こういう予定だったんだけど、思い通りにいかなかった。すべての人は、そうなってると僕は思ってるわけ。半分は向こうからやってきてる。自分の意志と向こうからやってくるものがぶつかって、どうしてもにっちもさっちもいかなくなって、「こういうところに行くよりしようがないよな」という道がたしかに見えてきて、それでしかたなしにそこに行った。そういうことの連続のような気がしています。だからなんら信念もなければ、積極的に「こうなろう」と思ったことはないんです。いつでも半分は受け身で、半分は自分の思い通りに行くかどうか。それらがぶつかったというだけのことのように思います。だから、全然それは違ってて（会場笑）。

質問者2　能力がおありになるから、そういうことができたんじゃないですか。

あの、そうじゃないと思います。では、もう少し申し上げましょうか。小説でも詩でも、僕が書いてるような雑文でもいいんですけど、誰でも物書きとして一丁前になれると思うんです。十年間やりますと、誰でもなれます。僕は自分なりに自信があるからそう申し上げますけど、二十年やってなれなかったという人がいたら、お目にかかりたいぐらいです（会場笑）。そんな人はいないはずです。それは、同じじゃないでしょうか。たとえば会社勤めして十年経てば、だいたいその会社・職種をめぐることについては一丁前にできるようになると思いますけど。また逆に、十年やらなければそうならないでしょう。それは酒屋さんでも靴屋さんでも物書きでも、同じじゃないでしょうか。十年やれば一丁前になれます。そういうことに区別はない。

また、能力も関係ないと思います。もし能力や資質の問題が出てくるとしたら、その後だと思います。一丁前になった後には資質の問題とか才能の問題とか偶然の問題とか、いろんなものが絡んでくると思います。しかし十年やれば一丁前になるということについては、物書きであろうと何であろうと全然区別がないです。それは断言してもいいと思います。ただどんなに才能があっても、十年やらなかったら駄目になる。やらなかったら、その人は駄目だと思います。一丁前にならないと思います。見かけ上、一時的に一丁前になることもあるかもしれませんけど、それは違います。それもまた断言できると思います。どんなに才能がある人でも、十年やらなければ一丁前にならないと思います。物書きでも同じです。十年以内のことだったら、一丁前以内のことだったら、たぶんそんなことはないはずです。僕は、それはわりに確信をもっていえるような気がします。才能とか資質がものをいうのは、それから先のように僕は思ってますけど。

司会者　長時間ありがとうございました。

（渋谷区千駄ヶ谷　津田ホール）

〔音源不明。文字おこしされたものを誤字などを修正して掲載。校閲・菅原〕

【東京都西多摩教職員組合　アイム'89教育フォーラム実行委員会主催】――１９９０年9月14日

日本の現在・世界の動き

質問者1　私たちアイムは、組合権力のない組織をめざしていると思うんです。組織の一員であるとめんどうだとか、いやでしようがないってことがあるというのではなくて、活動することによって一人ひとりが解放されることが理想だと思うんです。そこで、現在、組織の中で人と人とがいっしょに解放されていくとすれば、どのような協力関係がありうるのか、そのあたりのことをおたずねしたいと思います。

ふつうの団体とか組織の場合も、いつでもリコールできる項目とか、約定みたいなものをもっていたらいいということが、同じような意味でいえると思います。あとは国家という大規模なものはそうはいかないところもありますが、ふつうの団体や組織だったら、輪番制の条項をもっていれば、だれが権力で、だれがそれに禍いされてということは起こらないから、輪番制とか当番制は重要なことになってくると思います。

もともと、組織とか共同体は、つくられた起源からこわれていく終末まであるわけです。その過程でなにが終末の徴候かといいますと、多少でも権力が集中するみたいなことは、全部ゴミ当番と同じようにいやいやながらしようがない、輪番だからやるというふうになっていくのが、徴候だと思うんです。そうじゃないと、やればなんらかのいいことがあるとか、楽しいことがあるということだと、今の政党政治みたいなもので、どうしても権力の問題がそこに集約的に出てきちゃいます。そういうことが転倒されていて、いやいやだけどしかたない当番だからやるんだ、終わったらほっとして、当番だから次がやるんだという形がとれれば、いちばんいいと思うんです。

つまり、いちばん理念をもっているというのは、理念をもっていないことよりも下位にあるってことですね。知識をもっていない人よりも、あるいはいないことよりも下位にあるんだということです。そういうことがとても重要なことじゃないでしょうか。組織労働者と一般大衆といったら、そりゃ組織労働者のほうが社会を変えていく主体だという考え方はダメなんだ、少なくとももう終わったんだって思います。

労働者は一般大衆よりも下位にあるから、奉仕したり支援したりすることのほうが重要なんだという認識みたいなものが存在できなければダメなんじゃないでしょうか。そうじゃなければ、権力が集中してくるのは、どうしても避けることができないし、権力をめぐる闘争を避けることができないと思います。

理想的なことをいえば、労働組合と大衆といったら、労働組合のほうが下位にあるんだっていう転倒を、労働組合のほうが自覚的につくるという以外に方法はないんです。また、知識の問題もそうで、知識のある者は知識のない者よりも下位にあるんだということを、知識のある者がまず自覚していく以外に、知識に権力が集中してしまうことを避けることができないんじゃないかなと思います。その種の転倒をできるかどうかということに、結局はそういうところにかかってきちゃうと思います。

そこの課題がぼくらにとっても、いちばんめんどくさいところなんですね。歴史のなかには偉大な人っているわけなんですね。偉大な人が偉大な思想を流布しますね。それは、あまりに偉大であるために、そうではない人は、それを学んで模倣してそれを実施する以外に方法はないということになると思うんですね。

ところが、偉大な人よりももっと偉大な領域っていうのがあると考えるとしますと、もっと偉大な思想よりももっと向こうにまだ領域があるんだと考えてその領域にどういうふうに行ったらいいかというと、だれだかわからないしなんだかわからないけれども、一種の無名の領域ということになってしまって、そこに入っていくという課題からすれば、ようするに、偉大な思想に権力が集中したり、それを模倣する以外に一般大衆には道がないんだっていうようなことはなくなって、もっと向こう、もっと向こうにもうひとつの領域があるんだと考えられます。

そのもっと向こうの領域というのは、なんとなく見えてきたといいましょうか。少なくとも先進的な社会ではなんとなく見えてきたといえそうな気がするんです。そこの領域から見たならば、今申し上げましたような、転倒の課題になるんじゃないかと思います。

それ以上はっきりしたことはいえませんけど、そういう領域が見えてきたといいましょうか、出てきたとぼくは思います。それはたぶん、一般大衆ということばで要約される大衆が獲得すべき理念の問題の領域がそこのところへ出てきた、それがほんの少しわかってきたという感じがします。それ以上具体的なことはいえませんけど、そういう気がぼくらはしていますけどね。

質問者2　日本に東南アジア系の労働者が大勢入ってきていて、低賃金などの労働条件を強いられているわけで、依然として、マルクスの分析した資本主義興隆期の問題というのは生きていると思うんですね。それで、労働組合の一つの課題として、外国人労働者とどう連帯していくかということがあると思いますが、どうでしょうか。

現在、日本社会に外国人労働者が出てきて、合法・非合法的にたくさんいますね。概していえば、日本の労働者は、消費的な第三次産業に慣れてるから、あんまり、筋肉を使ったり、汚い作業で低賃金だということに、なかなかかかわりにくい。人口の大部分は第三次産業にとられていますから、製造業・農業関係の職業に、貨幣価値の違いもあったりして、外国人労働者が下働きにくるわけです。それで、いちばん不利な条件の悪い、賃金も少ないし、具体的にもつらいし、きれいでもないしという作業に、外国人労働者が就いているわけです。これからももっと増えることになると思います。

こんな情況のなかで、いわゆる資本主義興隆期の労働組合の課題がいまも生きてあるんじゃないか、通用するんじゃないか、ということです。あなたのおっしゃる考えがあるかもしれませんね。ぼくも原則的には、それがまだ数値で表されているように、二六％はちゃんと残っているわけですから、まちがってはいないと思います。

けれども、外国人労働者、例えば東南アジアでもフィリピンでもいいですが、その国の労働者が、日本の貨幣価値が高いので出稼ぎにきて、賃金を送金すれば故郷ではとても大きな価値をもつ。それで日本で働きたいというので、いちばん単純労働で、いちばん低賃金の仕事に就いてしまった。

その問題をどうするかという場合に、労働体制として、外国人出稼ぎ労働者が最下層に、製造業と農業の周辺のところにはまり込んでしまっているのがおかしいんで、労働組合としてなんとかしないといけないんだ、なんとかすることが労働組合の課題なんだという問題意識に対しては、ぼくはちょっとだけちがうように考えたいんです。非労働組合的に考えたいんです。

個々の外国人労働者にとっては、労働組合があるかないかよりも、外貨を稼いで故郷にいる自分たちの家族の生活のうるおいの足しになるという、要求とか欲求自体を、ぼくだったら主体に考えたいんですよ。しかし、それは、国際労働運動、つまり、マルクスやエンゲルスの第一インター以来の国際労働運動の理念に反するじゃないかとあなたは考えるかもしれませんが、ぼくはちょっとちがうと思います。

そこんとこはね、いろんなやつとね、論争したりしたんですよ。例えば、フランスにガタリっていう哲学者がいるんですけど、そいつともケンカしたことあるんです。あいつは、今の中東問題じゃないですけど、南北問題、つまりアフリカで飢えている大衆がいて、そういうのをなんとかしなくちゃいけないということが大問題なんだ、みたいなことというから、冗談じゃねえっていったんだ。

それは問題だろうけれども、第何番目かの問題で、それをいうんだったら、あなたフランス人だろう、それはフランスの国家権力が考えるべき問題だし、その次は、民衆を飢えさせているアフリカの国家権力が考えるべき問題だし、その次にはだれが考えるかというと、日本の国家権力・政府が考えるべき問題で、その次あたりに、飢えているのはかわいそうだというので、基金を募ったり毛布を集めて送ったりということが、はじめて一般大衆の課題として起こってくるんだとぼくは主張しました。

ところが、ああいう大将は、南北問題でアフリカが飢えてるんだといったら、これがいちばん重要な問題だっていうわけですよ。

しかし、ぼくは、そんな馬鹿なことはないんだ。それはあなたのまちがいだ。あなたは日本へ来る場合に、フランスのビザもらって、日本へ入国させてくれたら、日本国へ来られるつもりだろうけど、アフリカへ行く場合には、あなたはフランス国家とアフリカの飢えてる民衆をもってる国家とをみんなぐぐらなければアフリカに行けないんだと俺は思う。あなたは旅券を手に入れれば簡単に行けると思うかもしれないけど、ぼくはそうは思わないとそのときいって、もうケンカになって白けちゃったということがありました。

外国からの労働者が日本へ入ってきて、これからもたくさん働くという問題があったときには、まず第一にぼくは個々の、まあ、その人が女性であって、日本の歓楽街でなければならなくて、それを故郷へ送金するというような事情をもっているとすれば、その事情が第一なんだ、その事情を尊重することが第一なんだって思います。

また、肉体労働をして、その結果を故郷へ送るというような人がいたならば、まずその人がそれをできるというようにする条件を確保するということを、ぼくだったら第一に考えたいんです。インターナショナルな労働運動の問題として考えないんです。なぜそうなのかといいますと、現在はマルクスの時代とは、ちょっとちがうんで、資本主義が帝国主義であった時代とちょっとちがうんだって思ってるわけです。

それはなぜかといいますと、全部が可変なんですよ。世界のあらゆる地域をぼくの分け方で整理してしまいますとね、西欧的段階と、アジア的段階と、アフリカ的段階に、世界の現在は分けられてしまいます。そしてその段階は、ぼくの理解の仕方では、可変で、交換可能なんです。つまり、交換するために、わずかに数十年あればいいんです。今の世界史の経済的段階は数十年あれば、交換可能なんです。例えば、現在、フィリピンが飢えたる民衆をたくさんもっている。

四十年後にはね、世界二番目の豊かなる国になる可能性があるわけです。

つまり、そういうふうに交換可能だといえるのです。逆にいうと、無原則なインターナショナルの労働運動が成立していた基盤は変わってきたと思っています。実例があるんで。今から四十年前の江東地区の貧民街とフィリピンの貧民街は同じだったと思うんです。それが四十年経ったら変わっちゃうということが可能なんです。それが現在の世界史的な経済関係論の現状だって、ぼくは思います。ですから、画一的な労働者インターナショナリズムというのは、ぼくは成立しないと思います。成立させようと思えば、とても、目を細かくしないとまちがうだろう、その理念を普遍化するとまちがうだろうとぼくは思います。

外国人労働者の問題にもどしていいますと、出稼ぎ労働者の個々の事情を自由にできる環境をつくるということを最優先するといいましょうか、そういうふうに考えたいわけです。そういう人たちを組織して、外国人労働者としての利益を守るみたいな観点で労働組合を組織するみたいな考え方をぼくはとらないと思います。その理由は、今まで申し上げたとおり、世界が経済的に可変になっちゃったからだということです。その点は、あらゆる日本の進歩的な経済学者とちがいます。浅田彰みたいなやつとか、佐和隆光みたいなやつらとまったくぼくはちがいます。そういう人は、まだ、労働組合を組織してみたいなことを考えるわけだけど、それはダメだとぼくは思っています。

それから、原則を申しますと、いろいろなことでわかってるんです。つまり、第一次産業・第二次産業みたいなことをいいましたが、農業・漁業・林業みたいに天然・自然を相手にする職業がありますね。それと製造業みたいに人工的にあるものに加工して物をつくっちゃうみたいなのがありますね。それから流通サービス業みたいに、かたちとしては何もないんだけど、みなさんならみなさんのだれかが肺炎になっちゃった、お医者さんがそれを治すために投薬をしたり、輸血したりして治したっていう場合みたいなサービス業もそうですし、流通業みたいに、ここにある物をこっちのほうへもってっただけで産業として成り立って、しかも主要な産業になっているみたいなことがありますね。

そうしますとね、ある地域が貧困から離脱するにはどうしたらいいかという原則は、非常にはっきりとわかっているわけですね。それは第一次産業をやめることなんです、つまり、第一次産業から第二次産業に、第二次産業から第三次産業に移行するということが、貧困から脱するための経済上の大原則なわけなんです。そういうことは、はっきりわかっちゃってるんです。それが、さっきいいました交換可能なんだよということにかかわってくるわけです。経済学、つまり経済現象についての学問と、実際的な分析というのは、かつてとちがってとてもよく解明されてきてしまってるわけなんです。だから、原則通りやれば、貧困から離脱できるじゃないかということになっちゃうわけなんです。なのに、ある国家が貧困から離脱する方法をとらないということは、一にかかって、その国家の責任に帰すると思うんです。その国家が認識をもってないということです。つまり、もっと考えたらいいよってことがあるわけですよ。

アフリカ的段階の世界は、アジア的世界となにがちがうかといいますと、森林と草原のちがいなんです。大きな森林と大きな草原をもっているんですよ。黙っていればね、エコロジストがいくら森林を伐採するとなんらかのエコロジカルな条件が変わっちゃうから保存しろとかいってるけど、冗談じゃない、そんなことといってくれるなということになるんです。第三世界が森林を伐採したり、広い草原をどうするかといいますとね、黙ってたら第三世界の国家権力はそれを耕して田畑にする。つまりアジア的段階に移行させるんですよ。これは、ほっといたら必ずそうしますよ。

そして、アフリカ的段階の優秀な国家権力を想定すれば、そこで一所懸命考えると思うんです。そして考えるとすれば、森林や草原を伐採しまして第一次産業と第二次産業と第三次産業をどういう割り振りでやったら理想的な地域や都市ができるか考えると思います。世界の先進国だって、無意識にいいと思ってやってきたらこうなったというだけですからね。社会主義国はごらんのとおり、人工的にやってみたら全部ダメで資本主義以下にしか民衆を解放できなかったというのが現状です。第三世界の国家権力は、自然にまかせれば森林と草原を伐採して、田畑にかえ農産物をつくるに決まってるんですよ。

しかし、もし、世界史的段階を一気に飛び越えようという見識をもっている国家権力者がアフリカ的段階にいたとしたなら、第一〜第三次産業をどう割り振ったら、この地域とこの天候において最も理想的な地区がつくれるかを専門家を寄せ集めて計算して、この地域は農業をやって、こっちは製造業をやってとかはじきまして、かつて世界中どこも実現したことのないような計画的な地域を、つくると思います。世界はそういう段階にあるとぼくは、理解しています。つまり、交換可能なんですよ。

アフリカ的段階の地域が一挙に資本主義を超えてしまう理想的な国をつくることは可能なんですよ。やる気があるか、見識があるかということが問われるだけですよ。どういう産業に転換したら、民衆を貧困から、少なくとも相対的に脱せられるかということはたいへんよくわかってることですから、そりゃあ、やりようによったらやれるでしょう。その意味でいったら、三つに分けたどの段階でも交換可能で、いつでも交換可能なんです。いつでもといいましても、数十年はかかりますけどね。

ですから、日本の労働組合の第一の課題として、底辺の外国人出稼ぎ労働者の組合をつくれというように、ぼくならもっていきませんね。それは個々の日本で働いている出稼ぎの労働者がいちばん働きいい条件をつくるために、日本の労働組合は加勢するとかね、そういうことを第一に考えますね。それから、それぞれの事情がちがうから、労働組合として統制しだいで、それぞれの事情でいちばん働きいい条件をつくるということを、ぼくならしますね。そのやり方が、現在の世界の段階における労働組合のあり方だ、考え方だと思いますね。

質問者3　日本の社会像の転換点にかかわるかどうかわかりませんが、最近、子どもの母親殺しとか肉親殺し、あるいは悲惨な事件がいくつもありますね、そのへんのことを吉本さんはどう見ておられるのかうかがいたいのですが。

それについては書いたことがあるんです。つい最近、甲府でもって三浪の次男坊が隣で寝ていた父親と母親を刺し殺しちゃったという事件があったんです。新聞はそれを一日だけ報道したんですが、その殺人には動機がないんです。つまり、その親は水晶研磨の職人さんで、わりに仲のよい夫婦で、生活も収入が月収百万円くらいあって、まあ豊かで、その浪人生の次男坊にも、おまえ勉強していい学校へ入れみたいなことは一度もいったことがなくて、自分の行きたいようなところへ行けばいいよくらいのことしかいってない。新聞の記事を見たかぎりでは、どこにもおかしいところがないわけです。取り調べの警官が無理に聞くと、子どものときから親の顔を見るのもいやだって思ったことがあるっていうんだけど、そんなことはだれにもあるわけです。特に思春期には、顔を合わすのもいやだくらいは、だれでも思うわけです。そんなことはちっとも動機にならないんですよ。

そうしますと、動機なき殺人みたいなことに思えてくるんで、ぼくはたいへん関心をもったんですけど、残念ながらそれを追跡していった報道がなくて、新聞は一日だけ、週刊誌が『週刊朝日』と『週刊新潮』が一回だけ、動機がなくてよくわかんない、えたいが知れない記事を出しただけでした。でもぼくは、関心をもったんです。もっと前からいえば、宮崎勤とか、コンクリート詰め殺人とかとわりと関連してくるんですが、それらは動機を見つけようとすると少しだけ見つかるんです。甲府のそれは見つかるところがないんです。しかも、ご本人もほがらかで、追いつめられた浪人生という感じもなくて、動機なき殺人みたいなことになるわけです。ぼくは、今日の話に関連して申し上げますと、その種の犯罪、動機なき犯罪というのは、これから増えていく一方のような気がするんです。それは、どうしてだろうかということを、今日の話に強いて、こじつけでなく結びつくと思うんで、申し上げてみたいと思います。

第三次産業みたいな業種にたずさわる人が、社会的に多くなっているということがあるでしょう。第三次産業というのはなにかといいますと、製造業みたいなのは、例えばこのコップを今日は五つつくった、次の日は百つくったとしますと、働きすぎだとすぐわかるわけですよ。つくった製品が目に見えたり、手でさわれたりするわけですよ。ところが、第三次産業だったら、働きすぎなのか働きすぎじゃないのか、どのくらい俺が働いたからどのくらいできたというふうなことが、製造業のように明瞭に見えなくて、枠組みみたいなものがあんまりはっきりしない。それが第三次産業の特質だと思うんです。そうしますと、結果からいえば、これだけ働いたからこれだけ物ができたんだというような意味では、少しもモチーフ（動機）と結果とが結びつかず、あいまいになってくるというようなことに、第三次産業ではなるわけですよ。

そうすると、そういうことは、犯罪、これを肉体的疲労とか、精神的疲労とか、家族同士の疲労とかひずみとか考えたとしても、主なる動機がこうだったからこういうことをやっちゃったんだというようなかたちで、現実の目に見え、耳できこえ、手でさわればわかるということと、犯罪の動機みたいなものとを結びつけることとがだんだんむつかしくなっていくように思われるんです。現実にある原因と犯罪なら犯罪の動機とを結びつけようと思っても、そう簡単に結びつけることができないんです。だけど動機はほんとうはないのではなくて、複雑な動機ならたくさんあるんだけども、錯綜してからまっているので、その中から主な動機をひろいあげなさい、そして現実のこういう、原因と結びつけなさいといわれても、結びつけようがないというようなことが、これからの犯罪の問題になるような気がします。

こういうことに、どうしたらいいんだろうかということですが、はっきりこうすればいいということはいえなくて、お手上げなわけです。たぶん、高度な社会になればなるほど、動機なき犯罪みたいなものは増えていく一方であろうという気がしますし、これをどうしても防ぐことができないいんじゃないかということが、ぼくはあるような気がします。社会道徳を確立すればとか、さまざまな人に聞けばいろいろいうでしょうが、全部そうじゃない、嘘だと思います。

つまり、これを防ぐ方法はまずないということが、その種の子どもの犯罪に含まれているということを、よくよく選り分けたほうがいいような気がします。そして、選り分けた残りの部分についてならば、それはこうしたらいいよということを見つけて、それをなくすようなことを考えていくのはいいことだろうなと思います。でも、ぼくにやれといわれても、例えば社会道徳を確立せよということで働きかけるとかいうことに精を出すかというと、ぼくはしませんね。

ぼくにできる唯一のことはなにかといったら、動機なき犯罪みたいなことに子どもがなっていく必然をちゃんと見ておかなくてはいけないということと、その必然を選り分けた残りの部分については、ぼくはその見方をはっきりさせようじゃないかということをするとと思うんです。

それはなにかといったら、この種の子どもの犯罪という、思春期のころの犯罪とか非行とか、そういうことは、その子ども自体では解けないということです。ぼくらの主張・考え方でいえば、その子が乳児、あるいはお腹の中にいるときの母親との関係で決まってしまうところがあるんです。親子二代を考えに入れなければ解けない。だから、もちろん対策も立てられないよというふうに、ぼくは思っています。

胎児・乳児のときに、その種のことに対する障壁といいますか、高い障壁ができる人とそうでない人とがいるわけです。高い障壁ができてなかったらあっさり殺しちゃったりするかもしれないし、高かったら非行をがまんするかもしれない、というようなことが決まることがたいへん多いと思います。それを仮に、資質的な宿命みたいな言い方をすれば、母親は知ってるけども乳児・胎児は自分ではわかんないんだ。そして、自分ではわかんない無意識の底のほうに宿命の資質としてうずめられていて、ご本人にもわかんないんだ。だけど、出てくることがあるんだっていうことだと思う。

人間というのは、子ども時代の、つまり乳胎児期のまったく母親に依存して養ってもらっていて、それからだんだん成長して自分で動いたりしゃべるようになって、思春期にいくというように成長するわけですけど、その成長の過程は、いってみれば、母親との関係で与えられた宿命の資質というのをどうやって超えていくかということに尽きるわけです。超えていくということ自体が人間が生きることであるし、超えていくという生き方が、人間ということであるといえばいえると思うんです。その手のことは、ふつう考えられているよりも、さっきの経済の問題じゃないですが、はるかによく以前よりもわかっちゃってるということがあると思います。

ですから、ぼくだったら、どこまでわかりうるかということを考えていく、追求していくということを第一義にしていくと思います。これを子どもだけの問題として解こうとしたって、解けるはずはないと、ぼくは思っています。ですから、その種の見解が流布されていても、ぼくはまったく信用しないですね。認めてないですね。ぼくは、そう思ってないですから、ひとつは、そのように追求していきますね。

それから、もうひとつは、初めに申し上げましたが、高度な社会に移行するにつれて、動機なき犯罪みたいなものは増えていくということは、きちっとおなかの中に入れておいたほうがいいように思います。ぼくは、そのような見方をすると思いますね。そのほかのことは、いろいろなことをいえるんですね、教育上の問題とか、社会道徳の問題とか、いろいろにいえるんですけどね、ぼくは、その種のことは、なんていいますか、照れくさくていえないものですから、あんまりいわないことにしています。

つまり、その問題はどうしても避けられないという面と、親子二代といいましょうか、母親の年代からの問題を考えないと解けない問題ですよということを、もう少し筋道を立てて普遍化できるところまで追求していきたい、解明していきたいと考えているわけです。

（原題：日本の現在と世界の動向／東京都　羽村勤労福祉会館）
〔音源不明。文字おこしされたものを誤字などを修正して掲載。校閲・菅原〕

【『パラダイスへの道』出版委員会主催】――１９９０年９月30日

都市論としての福岡

質問者１　吉本さんは、東京の上野のほうに住んでらっしゃるとお聞きしてるんですが。前に文章を読ませていただきましたら、東京では散歩するところがあまりなくなったと書かれていました。今のお話とは違って、これは住んでいるうえでの好き嫌いになるかと思うんですけど。吉本さんのお父さんは天草のほうから東京に出てらっしゃって、吉本さんもずっと長いこと東京におられた。東京では散歩したり、盆栽をつくって栽培したりできるような路地がだんだんなくなってきている。そういうことを書いてらっしゃるんですけど。僕からすると、東京の上野や谷中というのはあまり住みやすい街とも思えないんですけど。でも吉本さんは、東京に長く住んでらっしゃる。僕からすれば、地方のもっといいところに転居したほうがいいんじゃないかなと思うんですけど。東京の上野・谷中に吉本さんをずっと住まわせているのは、いったいなんなのかなと。今のお話とはまったく違うことなんですが、それについてお話ししていただけないかなと。

今いわれたことではいろんなことをいえるし、いいたいんだけど。いちばんいいたいことは、住居とか地勢・地域についての人間の感じ方っていうのは、動物もそうかもしれないんですけど、非常に合理的じゃないなと思うんですよ。非合理だなと思うんですよ。僕自身もきっと非合理だから、いいところじゃないし不便だし、住みよくないんだけどそこを離れないのであって。

あなたがおっしゃるように、僕は東京の下町の路地をくぐっていって行き止まりになるようなところがわりに好きなんですよ。今の僕のうちは人からからかわれるほど、柄にもなく普通のうちなんです。学生時代とか、学生を終えてしばらくのあいだは、路地裏のところの下宿とか間借りばかりにいたんですよね。それはなんでなのか、自分でも疑問に思うんだけど。子どものとき、下町のそういう路地裏みたいなごちゃごちゃしたところで遊んだりしてたから、そのイメージがあるんでしょうね。それに執着してるんじゃないかなと。別に意識してるわけじゃないんだけど、なんとなくそういうところが好きになっちゃって、そこに行くということなんですね。だから便利さ・有効性とどこに住むかということは、あまり関係ないというか。人間というのは、住みかについては非合理だなといつでも感じます。

それこそ親父は九州から夜逃げみたいにして、東京の下町のごちゃごちゃしたところにやっと住み着いた。だから僕がそういうところで下宿したり間借りしたりしてるとやってきて、「なんでこんな汚ねえ隅みたいなところに住むんだ」っていつも文句をいわれてたんですよ。親父にしてみると、逆であって。親父にとっては、そういうところに住むことは嫌な思い出につながってるんだろうなと思うんです。だから、そういうところが嫌だった。でも僕にとってはそこが子どものときの遊び場で、面白くてしょうがなかった。そういうところが好きなものだから、固執してるんだと思うんです。

もっと大きなことでいえば、砂漠の砂っぽこりがいっぱいあるようなところにテントなんか張っちゃって、顔を布で隠してラクダかなんか連れてあっちこっち移動して、食べるものっていったら砂っぽこりがくっついた干し肉みたいなのをかじってる人がいますよね。よくもまあ、そんなところにって。もっといいところに行きゃあいいのになと。僕はテレビでそういうニュースみたいなのを見ると、いつでもそう思うんです。「なんでこんなところに行くんだろう」って思うんだけど、あれこそ不合理なんじゃないでしょうか。そこに執着があるということは、どうしても一代二代では変えることができない。人類はやっぱり、居住性についての不合理さをもってるんじゃないかなと思うんですね。

それはそういうふうにいっといて、またさっきの話になるんだけど。おそらく、それは交換可能なんだろうと思うんです。最近では、僕もいくらかそういう傾向に変わってきましたけど。もうちょっとお金があったら、もっと住みいいところに行くかもしれませんから、その節はよろしくお願いします（会場笑）。でも住居については、ものすごく不合理だと思いますね。いつでもそれを感じます。なぜこうなのかなと。人から見たら、僕もそう見えるだろうし。あるいは文明社会から見たら、砂漠の住民についても「なんでこんなところに住んで、栄養失調になりそうな干し肉なんか食って。よくもまあ、ほこりだらけのところに住んでいるもんだ」と思うんだけど、あれは急には変わらないんじゃないかなと思います。それくらい、住居というのは不合理なんじゃないでしょうかね。僕もだんだん合理的にはしたいと思うんだけど、やっぱり固執しますね。東京でいうと、依然として下町に固執してますけどね。決して、それほどいいというわけじゃないんですけどね。

質問者2　中学校の社会科の教師をしてますけど、吉本さんの本を二十年ぐらい読んできて。ひとりの人間にずっといろんなことを教わってきたので、ありがたいと思っています。講演会にも何回か参加していて、だいたい一回は質問するんですけど。きょうは、福岡についてお話しになりました。現在、市では福岡の歴史・地理からみて、アジアの中の拠点という発想で福岡を開発するという動きがあって。わたし自身は十六年ぐらい関東におって、ここ十年ばかり福岡に来て住んでるんですけど、世界史的に見ても非常に可能性を感じます。何千年も前から、福岡には大陸文化がいち早く入ってきていた。福岡というのは昔から、大陸文化が日本に入るときの入り口・玄関みたいなところだったと思うんですね。現実に韓国と福岡を往復するフェリーが開通するなど、どんどん交流が深まってきています。韓国から修学旅行の高校生が来てますし、逆にこちらの高校生が修学旅行で韓国に行ったりして。そういう点で交流が深まってきています。現に私が勤務している中学校にも、何人か韓国の中学生が来てるんですね。福岡はこれから、日本国内あるいは国際的にどのような役割を果たすのか。わたしはそういうことを考えてるんですけど。

わたしはいろんな思想家に関心を持っています。以前、『すばる』で柄谷行人さんと石原慎太郎さんが対談していたんですが、そこで次のようなことが話題になっていて。明治時代、福岡にあった自由民権組織の玄洋社が民権論から国権論になっていきますね。これからの日本がアジアの中で大国意識をもってやっていくというのは、もちろん間違いだろうと思うんです。そういうかたちではない福岡のあり方、あるいはわれわれ民衆のあり方とはなんなのか。これからわたしが福岡に長く住むとすれば、そういうことが課題になっていくわけですけど。歴史・地理という観点から、これからの福岡の可能性について少しお話ししていただきたいなと思います。以上です。

僕はきょう、今おっしゃられたようなことは全然お話ししてないんですよ。それはなぜかというと、僕は原則がすごく重要だと思っているからです。では、その原則とはなにか。どういえばいいですかね。川崎徹さんの言葉でいえば、一般大衆なんですけど。僕は一般大衆という基準を放さないで、そこからイメージしたい。たとえば福岡の街や産業構造について考え、そこから福岡の理想のイメージをつくっていく。そういうつくり方をすべきだと考えているわけです。進歩政党とか保守政党の政治家あるいは知識人の場所で福岡をイメージすることには、意味がないと思ってるわけなんです。一般大衆という場所・基準を放さないで、そこから福岡についての自分のイメージをつくっていくことが重要なんであって。

そういうことは一〇〇％ありえないんですけど、たとえば僕が為政者だったらそれを本気で考えると思うんですよ。だけど為政者の代わりに僕が考えてやる必要もないわけですし、進歩政党のために考えてやる必要もないわけで。一大衆として誰にも負けず、誰にも依存しないところで福岡の理想のイメージをつくっていく。今の福岡は、こういう構造をもっている。これから一般大衆として、どういう理想のイメージをつくれるか。それには媒介なんかなにも要らないんで。誰がどういおうと、そんなことはどうでもいいので。とにかく、そういうイメージをつくっていくことが重要だといっているわけで。

では、韓国とどういう交際の仕方をしたらいいか。今の福岡市長はどういう政党の人か知らないんですけど、政府は自民党なんで、そういうのに任せておいたらいいんじゃないでしょうか。こっちで放送されているかどうか知りませんけど、金曜日の夜中に『朝まで生テレビ』(テレビ朝日)という番組を放送してるんですよ(会場笑)。そこには保守派のインテリや進歩派のインテリ、保守派の政治家や進歩派の政治家が出てきて盛んにやるんです。ところが、よく聞いてごらんなさい。初めのうちは自分の個性的な意見をいってるんだけど、そのうちにだんだんだんだんひとりでに「自分は進歩政治家代表!」「保守政治家代表!」っていう発言になっちゃうんです。みんないつのまにか、そういう発言になっちゃって。僕は、それは絶対に駄目なんだと思ってるわけ。

僕に政権を担当させてくれるんだったら、あなたがおっしゃるようなことはいくらでもやってあげますけどね(会場笑)。やって、理想の福岡のイメージを考えていきますよ。韓国とどうやって交際したら理想的なのかとか、そういうことを考えてやってやるけど。でもそういうことはぜんぜん必要がないし可能性もないし、そういう気もないから。そうじゃないんですよ。ただ一般大衆には大きな可能性があるから、そこで直接的に考えていける。一般大衆の基準から逸脱せずに、福岡の理想的なイメージをつくる。あるいは韓国との交際のイメージでもいいんですよ。あなたが一般大衆として、韓国の一般大衆とどういうふうにやったらいちばん仲良くできるかなと考える。そういう考え方だったら、いかように発展させてくださってもいいわけです。

でもそれがいつのまにか「俺は為政者の代わり、福岡市長の代わりに代弁してるんだ」みたいになっちゃったら、もうアウトなんですよ。僕は、そういうことはいちばんやってほしくないし、連中にたいしていちばん批判的なのはそこです。石原さんは為政者だし、政治家だから、天下国家・日本国のイメージについていったって悪かないんでしょうけど。進歩インテリだろうと保守インテリだろうと、為政者みたいなことをいうな。インテリがそういう発言をしたらもうアウトで、駄目なんだ。そういうインテリの時代、進歩派・保守派の時代は終わったと思ってるわけ。そうじゃなくて、一般大衆というところから韓国との交際について何がいえるか。それ以上のことをいっちゃったら、為政者になっちゃう。あるいは反体制為政者になっちゃうんだよと。そういうことをきわめて厳密に排除しながら、一般大衆として考えていく。そのかわり誰がどういおうと、そんなことは関係ない。そこから影響は受けるかもしれないけど、それに従うわけじゃない。進歩政党あるいは保守政党を代弁するのではなく、自分なりのイメージをつくっていく。韓国との交際についても、可能性のあるイメージをつくっていく。そこから逸脱したら駄目だから、逸脱しないようにということを原則として守りながら。それが現在の課題だと僕は思っています。

だからあなたのおっしゃることはとてもよくわかるんだけど、僕は大衆の立場を手放したくない。誰にも依存していない、誰からも影響も受けていない一大衆としての立場に固執しながら、原則・基準を守りながら韓国との交際について考えていく。韓国とこういうふうにやったらいいんだ。韓国の一般民衆とは、こういうふうに交際しようじゃないか。そういうイメージをつくっていかれるのがいいんじゃないでしょうか。きついことをいうようですけど、そうじゃなくて、それは僕がもってる大原則なんです。

だから、僕がいいました福岡のイメージ・現状分析と、それから、なにが重要なのかという問題は、具体的な韓国との問題などとはおのずから違ってしまう。それと同じことをいっちゃったら、僕はつまらないことをいってることになっちゃうんですよ。僕の場所からは、どうでもいいようなことをいってることになっちゃうから。そうじゃなくて、大衆っていう原則をあくまで守っていく。あなたは毎日学校へ行って生徒さんに教えたり、自分でも勉強されたりしている。学校には韓国から来た留学生もいるし、在日韓国人の生徒さんもいる。そういう人たちにどういうふうに教えたら、入りやすいのか。あるいはどういうふうに遇したらいいのか。そういう問題を介して、今おっしゃったみたいな問題を敷衍していく。そういう道を取ってくだされればいいようにに思うんですけどね。

それは現在において、非常に重要な思想問題であるわけです。保守政党から進歩政党に代わったら、福岡はよくなるなんていうことはない。そんなことは考えもしないわけで。そんなところで変わる福岡なんか、いってみりゃどうでもいいんで。一般大衆にとって、福岡はどう変わるか。どう変えてくれるのがいいのか。そういうイメージをつくることが重要だと、僕は思うんですけどね。だから、そこの問題じゃないかなと。

石原さんは為政者であるし、日本国の代表的な政治家のひとりなんだから、そういう代表的な口ぶりをしてもいいんですけどね。僕は石原さんを否定しないですけども、希望を託するということもひとつもない。それと同様に、柄谷に知識的に教えてもらうことなんてなんにもないわけですよ。あまり、そういうことはないんですよね。だけど、あなたのおっしゃったことから教えてもらうことはたくさんあるわけです。あなたは、どこからどこまでは大衆的イメージを逸脱しているか。あるいはどこからどこまでは大衆的イメージに従い、無意識に発言しておられるか。僕はそういうことをすぐに区別することができます。だから今、そこのところを申し上げたわけなんですけどね。そういうことだと思うんですが。

司会者　よろしいですか。何か反論などあれば、出してもらいたいんですが。

質問者2　反論ではないんですけど、その通りだと思うんですね。やっぱり知識がどうしても飛躍してしまう。自分自身に、その情けなさを思うんですね。ですからきょうの話の結論を聞いて、わたし自身は都市のもつ面白さとか楽しさを充分味わい尽くしてやっていくことが解放につながると受け止めました。

僕もそれに賛成ですね。

司会者　では、ほかに発言を求めます。はい、どうぞ。

質問者3（途中から始まる）……吉本さんは都市論の中で、高次の映像としての都市という概念を展開しておられます。吉本さんは、積極性としての谷中という都市像をどう考えているのか聞きたいんですけど。将来的に、都市像のイメージ論の拡張としてそこまで取り込んでいくのか。わたしは吉本さんにいろいろ教えていただいているので、自分もそういう方向で整理していきたいと思うんですけど。吉本さんはそこは切り離し、将来的には壊れていくものとして像のイメージを捉えているのか。そのへんについてお話し願いたいと思います。

今おっしゃられたことは、自己矛盾しているところなんですけど。僕が好きな下町、谷中地区の町並みや住居のイメージがあるわけです。いわゆる庶民暮らしのイメージがあって、それは好きなところなんですけど。都市開発の波を勘定に入れなくても、僕らが好きだなと思ってる町並み・家並みというのは、住んでる人からすると住みよくはないんですよ。先ほどのかたがいわれた通りで、住みいい住居じゃないんですよ。第一に暗いんですよ。採光がよくないし、照明もよくないし。裏長屋みたいな続き具合になってるから、軒が低くてものすごく暗い。それから上がり框も低くて。決して住みよくないし、機能的にもよくないんですね。僕らはそんな人たちの家を見て、勝手に「いいなぁ、いいなぁ」と思ってる。僕だけじゃなくて、下町の住居・民家の情緒が好きだという人たちはそういうところに探訪に行く。でも住んでる人にしてみれば住み心地が悪くて暗くて、機能的にもよくない。だから僕らが「いいなぁ」と思うような格子戸をめちゃくちゃに壊しちゃって、半分モダンな扉に変えてしまう。そして採光は窓からはあまり可能じゃないので、照明をネオンに変えちゃう。そういうことをめちゃくちゃにやるものだから、下町の情緒なんていうものはどこにもない。少なくとも谷中地区ではうまく路地裏のほうを探さないと、そういうところはないということになっちゃってる。それでやっぱり「おやおや。なんてひでえことになっちゃったんだ」と思いもするわけですけど。

でももう一方でいうと、それは当然じゃないかと。外から見て「これはいい。いい情緒だよ」といってるぶんには一向差し支えないんだけど、住んでる人にしてみれば「冗談いうな。そんなことはいっちゃいられないんだ。もっと機能的に住みよくして、明るくしなきゃいけないんだ。直すのは当然だ」と思う。住んでる人はどうしても、そうなると思うんですね。

僕はあるとき、そういうことを一生懸命考えたことがあって。外から見て「これはいい情緒だよ。この町並みとか家並みはいいよ」なんていうのもほどほどにしないと、どこかで勘が狂っちゃうぞと。あるとき、そういうことを感じましてね。それで自己矛盾なんですけど、自分の好みとは別に都市における住居の問題を切り離して考えないと駄目なんじゃないかなと思ったんです。しかし、情緒的好みと都市あるいは住居としての機能をわずかでも合致させることができる場合もある。もし金さえあれば、自分の住居や自分が住む地域と情緒的好みを合致させることができる。しかしそれ以外では、合致させようとすること自体が無理であって。だから、それは切り離して考えなきゃいけない。あるときから僕は、そういうふうに考えるようになったと思います。自分のうちと場所にかんしては、銭のある範囲内で情緒的好みと合致させようと思ってるんですけど、それもなかなか思うにまかせないというのが現状で。僕はあるときから、自分のうち以外では情緒的好みと都市論としての住居地区を切り離そうと考えるようになった。そんなところなんですけど、どうでしょうかね。

司会者　何かありますか。ありましたらどうぞ。

質問者４　前の質問者の先生がおっしゃったこととのずれを感じるんです。僕は六十二歳で素人で、全然しゃべることなんてないんですけど。僕が知るところによれば、その先生はある都市の建築課に勤めているわけです。東京都なら東京都、福岡市なら福岡市の建築課に勤めているかたがおられるわけですね。あの先生はぜんぜん詳しいことはいってなかったけど、もしかしたら県庁とかで政治家の下働きとして勤めているのかもしれない。僕は乞食みたいな男ですから、なにかいったところで誰も聞きゃあしないんですけど。でも市や県の建築課とかであれば、やっぱり違いますよね。知事はいちおう政治家から選ばれますけど、市や県で日常的に働いておられるかたがおるでしょう。僕らよりも建築課の人たちのほうが、市や県のことをよく考えてるんじゃないかと。僕はきょう、吉本さんの話を聞きましたから、今から都市のことを考えますけど。現にそういう専門家といわれるかたがすでに世の中に組み込まれ、仕事をしている。僕は自分なりに福岡の理想的なイメージをもってるんだけど、連中はそれよりも大きなところから政治的・権力的に「福岡はこうあるべきだ」という。僕は僕なりに福岡のことを考えている。いや、今から考えようと思っているわけですけど（会場笑）。すでに市や県などといった組織に入っているかたたちは、どうすればいいのか。自分の理想があったら、開発局とか建築課をやめなきゃいけないのか。そういう問題も起こってくるんじゃなかろうかと思いましたから。以上です。

県や市の建築課に勤めている人や責任者は職業として、福岡市の建築はどうあるべきかという問題に取り組まざるをえなくなっている。そういう人はどう考えたらいいかという質問でしょうかね。

質問者4　それで結構です。そしてその中で、明快なる吉本先生の都市論を実行したいと思っておられるかたがおられるわけですね。それとどうぶつかるかということなんですけど。僕の場合、ぜんぜん、ぶつかりやしませんけど。そういうかたたちはぶつかっても、やりがいがあるんじゃなかろうかと思いますね。

僕は役所の組織についてはよくわかりませんけど、たとえば四割なら四割、勤めておられるその人自身の見解・設計・やり方が通るのではないかと。でもあとの六割は、上からの企画書で決まってしまう。役所というのは、そういう場所であるかもしれないし。あるいは、役所では自分のもってる計画性・企画性が一割も通用しない人もいるでしょう。そういう人はもっぱら、設計・施工からなにから上からやってくるのをただ受けて実現している。そういう人もいると思うんです。その割合は、それぞれに違うと思いますけど。役所では、自分の考えているイメージとか計画が一割も通用しない。そういう人は役所の仕事とはかかわりなく、自分の固有のイメージをつくることが大切なんじゃないでしょうか。それをつくっていれば、どこかでいつか二割、三割は採用してくれる場所へ異動できるかもしれない。まるで採用してくれない場所にいる場合、自分のイメージを全部つくっておられることが重要なんじゃないかと思うんです。そこは、きょうの僕の話がそのまま通用する場所だと思う。

だけど自分が設計したり考えたりしたイメージの六割がそこで通るんだったら、五割以上通るんだったら僕の話は要らない。自分が考えたイメージの六割を実現・実行する。でも、その実行された六割がいいか悪いかということは別なのであって。一般民衆からの評判があまりよくなくても、僕はいいと思います。専門の職業に就いていて、職場で自分の考えの六割が通ってるわけですから。それはそれでやられたらいいんじゃないかと。そういう感じになりますけど、どうでしょうか。そこで半分以上通るんだったら、それをやられればいいと思います。やられた結果、一般民衆・大衆から見て「あれは駄目だ」ということであれば文句も来ましょうし、批判も来ましょうし。それはそれでいいと思いますけどね。批判が来ても、それはそれでいいんじゃないかと思いますけど。五割以上自分の考えが通る場所におられるのであれば、あとは「やれ」っていうことだけじゃないでしょうか。それがいいといわれたり悪いといわれたりするのは結果ですから、もう「やれ」っていうことです。「うちでは五割も通らなくて、二割しか通らない」っていうんでしたら自分のイメージをつくられて、それが五割以上通る時期を待つ。あるいはそういう時期がなかったら、自分のイメージとしてこしらえてしまう。それがいいんじゃないかと思いますけどね。そのぐらいのことしかいえないんですけど。

司会者　吉本さんの都市論のイメージとしては、五割以下というのが強いみたいですけど。せっかくそういうところに議論が集まったので、ほかに行政でそういうことを担当してらっしゃって、五割以下しか自分の考えが通らないというかたがいらっしゃれば発言してください（会場笑）。いや、五割以上通っているという人でもかまいませんけど。誰かいらっしゃいましたら、関連質問でお受けしたいんですけど。いらっしゃいますでしょうか。

質問者5　わたしは福岡市在住ではないんですけど。住まいは宗像市で北九州市に職場を持ち、福岡にはときどき遊びに来ます。そういう生活をしております。先ほど消費型社会である、自然環境に恵まれているという二つの点から、福岡市の発展性についてお話しになりました。わたしには、都市の発展においてはどういうところがゴールなのかということがいまひとつよくわからない。これは先生のお話を聞いたうえで、福岡市民のみなさんで考えていくことだと思うんですが、ここにはひとつ大きな問題があるのではないかと。

今、都市間競争が相当進んでまして、熊本で発展するか大分で発展するかという問題もあります。たとえば福岡と北九州をとってみましても、福岡と北九州をひとつの都市圏として発展させていくという考え方がございますけど、そのときに施設をどちら側にもっていくかということが大きな問題となるわけです。そうするとひとつの自治体が発展していたら、もうひとつの自治体は衰退するという構図もありうるわけです。その場合、発展とは人が集まることだと考えれば、北九州市の人口はどんどん少なくなってきています。今、百三万人ぐらいになってきてますけど。人口が増えていきさえすればその都市は発展し、住みよくなるのか。しかしそこに実際に住んでいる人からすれば、なにも発展しなくてもかまわないわけで。

先ほどの上野についての話もそうですけど、外から見たときに理想的な都市と、実際に住んで住みやすい都市というのは少し違うような気がするんです。都市をつくっていくとき、街として膨張していくことを目的とするのか。あるいはそのなかで、ひとりひとりの福祉を上げていくことを目的とするのか。それはちょっと分けて考える必要があるのではないかと思うんです。福岡を例にとって都市の発展について考え、それを敷衍していくと、どの都市も似たような都市、個性のない都市になればいいという結論が出てくる可能性がある。しかしその一方で、差異をつくりだしながら都市のアイデンティティーを強調していけば、そこに人が集まってくるという考え方もあるわけで。さらには、どの都市をとっても基本構想はほぼ同じだから、人が住みやすい街というのは同じような街ではないかという考え方もある。そこには、都市の発展と住みやすさについて考えていくうえでの鍵が隠されているように思うんですけど。そこらへんについてご教授いただければと思います。

僕はあなたのお話を聞いてまして、やはりたずねられている場所が為政者の場所であるように

思うんです。一〇〇%ではないですけど、九〇%はそうだと思うんです。あなたは、為政者として問題にすべき箇所を指摘しておられる。僕にはそう聞こえました。そして、それがあまり気に食わないなと思ったんです。僕が気に食わなくても、あなたの場所だからそれはしようがないと思うんですけど。僕は、あなたの場所と為政者の場所をもう少し厳密に分けられたほうがいいような気がするんです。あなたが北九州市の何とか課の代表としてどこかに行かれたときに発言されることと、職場外で発言されることは区別されたほうがいい。もう少し微細に分けられたほうがいいという印象を第一にもちました。

それからもうひとつ。あなたは、人が集まればその都市はいい都市なのかとおっしゃいました。今、福岡市には百二十万ぐらい人口がいるんでしょうか。いずれにせよ、北九州より多くなってると思いますすけど。きょうもお話ししましたけど、人が集まるのはなぜなのか。まず簡単なことからいいますと、所得格差が上だということが原因として挙げられます。「より多い所得を求めて人が集まってくるんだよ」という常識的なことから考えても、そういうことがいえる。ですから逆にいいますと、人が集まってるということは所得が多くなってるということを意味してる。常識的にいいますとそうなります。厳密にはちゃんとデータを調べなければいけませんけど、北九州市よりも福岡市に人がたくさん集まってきたということは、福岡市の所得のほうが上がってきたということを意味していると思います。それは調べればすぐにわかります。大衆的な規模で所得が多くなるということは、住みよいことの第一の条件だと思います。住みよさには心理的なこと、家庭環境、教育環境、社会環境などさまざまな条件があります。為政者はそれをさまざまな点から指摘して、実行に移さなきゃいけないでしょうけど、大衆的観点・基準からいいますと、まず所得が多いところに人が集まるのは当然のことです。大衆にとって所得が多いのはいいことですから、これは住みよいことの第一義的な問題になる。つまり消費社会でより多く選択消費ができるということは、大衆にとっては住みよいということの第一義的な条件になる。なにかしたいと思ったとき、それにたいして家計費をたくさん使えるということは、住みよいということの第一義的な要素になると僕は思いますから。人がたくさん集まってくるということは、所得格差が大きくなるということです。所得が増えれば選択消費がたくさんできますから、より住みよくなる。そういう観点になると思います。

それだけとってきても、僕はあなたのおっしゃることは違うと思います。いや、違わないんだけど。違わないんだけど違うっていうのはおかしいんですけど(会場笑)。あなたがおっしゃることは、為政者的だと思います。僕はそうじゃないですから。ごく一般の人にとってどこが住みよいかといえば、やはり第一義的に所得が多いところになりますね。消費社会で選択消費によりたくさんの予算を回せるということは、より住みよいということの第一条件です。ほかの条件が全部同じとすれば、それはまず第一に疑いのないことだと思えますから。

さて、そのうえであなたのおっしゃるさまざまな要因を数えることができます。その人の好みの環境があるだろうか。景色がいいだろうか、それとも悪いだろうか。しかし、もっと気をつけてよりよい環境をつくるというのは為政者の課題ですよね。住むほうの側からいえば、それらの条件は問題にならないわけで。ですからあなたのおっしゃることは、僕とはちょっとニュアンスが違うんですよ。先ほどいったこととつながってくるんですけど、インテリというのは、なにかの代表でなきゃならないみたいな発言になる。たとえば『朝まで生テレビ』に出ている知識人の発言は、必ずそういうふうになるんですよ。中東問題について議論したりすると、必ず為政者の発言になっちゃうんですよ。僕は、それは違うと思ってます。インテリは一インテリなんだから、一インテリの見解をそこで披瀝すればいいわけで。インテリが十人いたら十人それぞれに違っているはずなのに、『朝まで生テレビ』を聞いてると、進歩と保守という二色《ふたいろ》しかなくなってしまう。やはり、北九州市の何々課に勤めてたらみんな同じになっちゃうというのでは駄目だと思うんです。何々課を代表して発言しておられる場所と、そうじゃなくて一介の役所勤めの人間として発言されたり関心をもたれたりする場所では、なにを第一義的とするかということは違っていていいんですから。違うんだということを、もう少し微細に分けてほしいという気がします。

僕は単純に民衆的・大衆的ですから。一般大衆というのは曖昧だという人がいるから、ここで申し上げておきましょう。アンケートをとりますと、日本人全体のうち七九%の人が「私の生活は中流だ」といっている。つまり八〇%近くの人が「自分は中流だ」っていっているわけです。ようするにそれが一般大衆の場所だと思います。その人たちにとって第一義的なことと、為政者が中流の人をより多くするために考えるあれこれのこととはまるで違うと思います。ですから、そこはやっぱり区別していただきたいと思います。

今ここにおられるときは中流の上、中流の下、あるいは中流の中である。そのなかのおひとりということになると思います。そこのところでなにがいちばん重要なのか。俺は生活になにをいちばん求めてるのか。一般大衆はそういうことを第一義的に考えて、発言している。でもそこでいっぺんに「さまざまな条件がある」っていわれると、為政者とあなたとが、いっしょくたになっちゃってるような気がして。そうじゃないと思うんですよ。為政者のもとで働かなければならない職場の自分と、そうじゃないときの中流生活人としての自分は違っていいと思いますけど。そうすると一般大衆、日本の八割を占めている中流の人たちはなにを第一義的としているか。僕はやっぱり、所得が多いということは住み心地がいいということの第一義的な要因になると信じていますけどね。あとは社会環境・自然環境・家族環境など、さまざまありましょう。職場環境もありましょうけど。僕は所得が多いということは、住みよいことの第一義的な要因になると思う。福岡市と北九州市の現状を比べたら、北九州市の人口は減りつつある、福岡は増えつつある。そこには、所得格差が相当あるだろうと思いますけど。それはそれでよろしいんじゃないでしょうか。

司会者　今吉本さんのほうからご指摘があった自己の立場から、何か反論はありますか。

質問者5　反論ということではなく、個人的な観点から少し申し上げたいことがあります。私は学生時代、東京におりました。これは先ほどのことに通じると思うんですけど。千葉の海岸を歩いていたとき、廃船のそばで古い網を編んでいる人に話しかけたことがあるんです。私はそのとき、なにもわからなかったので「こういうのは絵になるし、残しておいたらいいんじゃないですか」と申し上げました。そうしたらその人は「それはとんでもないことだ。もっと近代化したい」とおっしゃって。東京に住んでいましたころは人が多すぎるし、情報が氾濫していたこともありまして、もっと静かな環境がいいと思っておりました。それで勤めている途中で、こちらに帰ってきたわけですけど。個人的なレベルでも、住みよさと街としての魅力はちょっと違うような気がしていて。もちろん、所得という問題がいちばん大きいのはわかりますが。たとえば一九六〇年代から八〇年代にかけて情報革命が起こったことにより、価値観が大きく変わってきましたよね。これからも、もっと情報化していくでしょうけど。価値ある情報を得られるということは、人が集まる要因になる。東京がブラックホールになっているのも、そういった情報を得られるからではないかと。そういう一点を強調しなければ、本質は見えてこないのではないかと思います。これはあくまで、個人的な立場として申し上げているわけですが。

情報・知識の量が多いということは、たしかに人が集まるひとつの条件ではありますね。おっしゃることは、条件のひとつとしてとても大切な柱になるだろうと思います。それからもうひとつ、申し上げたいことがあります。ジャーナリズムは情報社会が来たという言い方をしますし、経済学者など専門家でもそういうことをいったりする。経済学的な範疇でいえば、情報社会というのは消費社会・第三次産業社会、つまり第三次産業が主体になってきた社会の一属性として理解すればいいように思います。情報社会とはなんなのかという場合、僕はそういう定義を基本にしてますけど。消費支出の中で、必需消費が五〇％以下になった社会が消費社会なんだ。そういう定義が一番いいように思います。

消費社会というのは、さまざまな定義ができるんです。しかし経済学者でもそうですけど、みんな枝葉をほんとうだと思っていたりする。だから情報化社会あるいは情報社会という言い方は、ほんとうはよくないのであって。それは消費社会の一属性、あるいは第三次産業社会の一属性とお考えになったほうがウェイトとして妥当だと僕は考えております。たしかにおっしゃるように、情報量・知識量が多いということは都市盛況のひとつの要因ではあります。情報量・知識量が多いところに人が集まるということは、都市盛況のひとつの柱ではありますけど、それはすべてでもなんでもないということです。所得格差と並ぶ一要因ぐらいにはなりますけど、それぐらいの意味しかないと僕は思ってます。

つまりなにが重要か。経済学がいってくれないことっていうのがあるんですよ。近代経済学もマルクス経済学も「この段階に来たら通用せんよ」ということがあるわけですが、そのときになにが大切か。どこで社会の特性をつかめばいちばん間違いないか。一〇〇％間違いないということではなく、少なくとも重さを間違えないか。これはやっぱりちゃんと追究して、決めていかなければいけない。なぜなら、未知数の問題があまりに多いので。だから僕はそういうふうに信じています。あなたがおっしゃることはひとつの条件ではありますけど、わずかにひとつの条件であるにすぎない。僕は、情報化社会というのは第三次産業社会の一属性として位置付けていますけどね。そういうことはきょうの前半の話に関連しますので、ちょっと申し上げたいような気がします。そういうところに人が集まってくるというのはおっしゃる通りだと思いますけど、僕は、それは第三次産業社会の一属性だと思ってます。

質問者6　わたしは鹿児島にずっと住んでまして、いつも怒りを感じていて。それはなぜかというと、日本のみんなが東京のほうばっかり向いているからです。もちろん東京のほうは鹿児島のことはぜんぜん見ない。今年の春に浪人が決定して福岡に来てみると、福岡の連中はやっぱり鹿児島のことを知らない。そういうことで非常に怒ってて、きょうの講演会に来たわけですけど……。

僕はほんとうをいうと、あなたがいわれたことの主意・モチーフがどこにあるのかよくわからないんですけど。その原則はたいへん簡単なんです。近代化して、第一次産業の人口構成のパーセンテージを少なくすれば、鹿児島は先進的な都市になるんじゃないでしょうか（会場笑）。でもそういうと、非常に不愉快に思われるかたがたくさんおると思うんですよね。「農業は大切だぞ。農村は大切だぞ。緑は大切だぞ」といって、たくさん不愉快に思われるかもしれないんだけど。でも、それは定理というか大原則だから。鹿児島に注目を集めたいっていうんだったら、やっぱり第二次産業・第三次産業を発展させて、農業・漁業の人口構成パーセンテージを少なくすればよろしいいんじゃないでしょうか。それは肝に銘じて知っておいたほうがいいと思います。

あるいは「そんなことは悪いことだ。農業があって田園が豊かに開けてるのがいいんだ」とおっしゃるんだったら、農業のパーセンテージを多くすればいいんじゃないでしょうか。それは原則としてはっきりしてることだから、どちらでもいいわけです。

十年か二十年あれば、鹿児島市と福岡市はすぐに交換可能だと思います。福岡だって、こんなに栄えたのはつい最近なんですよ。かつて福岡・熊本・鹿児島というのは東北各県と並び、典型的な後進都市だった。九州の南に行くほど後進地域で、ずっとそういわれてきたんですよ。だけどここ数年でもって、福岡というのはなんだか知らないけど、日本の中では最も隆盛に向かいつつある都市となってるんですよ。鹿児島というのもそうなんですよ。ここ一、二年でめちゃくちゃイメージが変わってるんですよ。今に見ててごらんなさい。数年のうちで、九州で最も先進的な都市になるんじゃないでしょうか。もうすでに、ある部分からめちゃくちゃ変わりつつあると思います。僕は一度、飛行場だけに行ったことがあるんですけど（会場笑）。あとは行ったことがないんですけど。でもデータだけでイメージを思い浮かべますと、そうじゃないでしょうか。

あなたがどういう都市を理想にされているかわかりませんけど、農業の比率、製造業の比率、第三次産業の比率があるパーセンテージになってるのが理想的な都市なんですよ。専門家だったら、そういう数字をはじき出すことができると思いますけど。各都市・地域で多少の条件の変化はありますけど、そういう数字をはじき出すことができると思ってます。そういうパーセンテージをつくっちゃえば、いちばん住みいい都市ができるんじゃないでしょうか。それは、あなたのイメージがどうあるかということにかかわるんで。

ただきょうお話ししましたように、どうすればどうなるかということはたいへんはっきりしている。これは感情論でもなければ希望論でもなくて、非常にはっきりしています。都市をどうすれば、どうなるのか。都市が発達するのはほんとうにいいことなのかどうか、それは誰にもわからない。おそらく、理想的に発達するのが一番いいんです。文明の発達もそうですけど、都市の発達にはどんなことをしても自然的な変化だっていえる部分と、「いや、これはやっぱりやり方がうまかったんだ。いろんな偶然の条件がうまく重なったんだ」という部分との両方がありま す。もし理想の都市を追求するなら、「不可避的にこうなっていったんだ」という部分と「これはやっぱり、やり方がうまい、まずいの問題だ」という部分とを一生懸命分析して分けてみるということが、非常に重要な気がするんですけど。あなたが希望されるなら、どうすればどうなるということはたいへんはっきりしている。それにはたぶん例外はなくて、全部はっきりしていると思います。はっきりわかっちゃってることなんだけど、ただ、そうするかしないかという問題だけで。そこの問題じゃないでしょうか。

質問者7　きょうの都市論についての話から少しずれるかもしれないんですけど。福岡にいると吉本さんに会う機会がほとんどないんで、ちょっと聞かせてほしいことがあるんです。きょうのお話で、日本の都市のことを把握すれば、世界のことを把握することにもなるんだということを聞かせていただきました。世界を認識するときには、日本の都市を考えることも助けになるということを教えていただいたんですけど。吉本さんはあるインタビューで「終戦のとき、自分は世界の認識の方法をもっていなかった。それが非常にショックだった」とおっしゃっていました。これは個人的なことなんですが、僕には努力が足りないこともあって、今世界中で起こっているいろいろなことを認識するにはぜんぜん力が足りないと思ってるんですね。僕らが世界を認識しようとするとき、どのような努力・姿勢をもったらいいんでしょうか。吉本さんは最近、「自分が世界を判断するにあたって、判断を誤ることはあまりない」という発言をされていましたけど、吉本さんみたいなレベルに達するには、どのような姿勢をもてばいいんでしょうか。

面倒な話し方をすれば、いかようにも面倒な話し方になるんですけど。そうじゃなくて、一番簡単なことで申し上げますと、たとえばきょうお話しした程度の認識・分析は、新聞を読んでればできるんじゃないでしょうか（会場笑）。福岡は何新聞かな。福岡日日新聞でもなんでもいいですけど、そういうのを一生懸命読めばできるんじゃないかと。僕はそうですけどね。僕は毎日新聞っていうのをとってるんですよ。毎日新聞を読んで、自分の頭に引っかかってきた記事があると切り抜いて、スクラップブックに貼ってますけど。それでいいんじゃないでしょうか。僕は、それ以上のことはしてないですから。努力らしい努力はしてないですから。まあ、その関係の本を読むということはときどきやりますけど。新聞っていうのは国際情勢から経済問題からなにから、全部書いてますからね。もちろん三面記事もありますし。福岡の地域の新聞と全国紙があったらそれを丹念に読んで、自分に引っかかってきた記事を切り抜いて貼っときゃいいんじゃないでしょうか。それで自分にとってあることが必要になってきたら、切り抜いたやつをつなぎ合わせて自分の物語をつくればいいんだと思います。人の物語なんか要らないんだし、新聞記者の物語も要らない。ただ自分に引っかかってきた記事を半年なり一年なりためておいて、それを丹念にめくって関連させて、自分の物語をつくればいいんじゃないでしょうか。始まり、中頃、クライマックスがあり、そして終わりがある。自分の切り抜きから、そういう物語をつくればいいんじゃないでしょうか。それは合っている場合もあるし、合ってない場合もあると思います。合ってくるにはなかなかたいへんかもしれませんが、いずれにせよそれは誰のでもない自分の物語・見解・イメージなのであって。僕はそれ以外のことはしてないですね。それ以外の特別な勉強はしてないし、専門的な知識をどこか学校で習ったわけでもありません。ただ、そういうことをしているだけで。そこで自分の物語をつくるということだけじゃないでしょうか。

それからあとは自分というのは何者なのか、自分の場所というのはなんなのかということを追求していく。それがいちばんやさしいやり方のように思います。もっと面倒なことをやろうとするならば、限りなくあるような気がしますけど。いちばん簡単なことでいえば、それだけのことをされればよろしいんじゃないでしょうかね。それが僕のやってきたことで。種もしかけもないので、それだけのことです。

司会者　ちょっと質問が、何でも相談室みたいなことになってますね（会場笑）。吉本さんはきょうのために、だいぶ前から福岡についての統計データなどを調べられてきました。そのうえで都市論としての福岡、あるいは世界都市論について展開されたわけですから、もう少し骨のある発言や議論を出していただけたらと思います。

質問者8　この近くに住んでますけど。骨がある発言かどうかはわかりませんが。先ほど、人工都市をつくるにあたっては消費型社会という要素とアフリカ的要素があるというお話がありましたが、アフリカ的要素についてもう少し具体的にお聞きしたいと思うわけです。端的にいいまして森や林が原始のまま、アフリカのようなかたちで残っている。人工都市をつくるにあたって、そういった要素はどのような可能性をもつのか。あるいは、どのような役割を果たせるのか。そういうところですけど。

先ほどもちょっといいかけたんですけど、オーソドックスにいえば、人工都市の可能性は二つしかないと思うんです。消費社会になって、農業・製造業主体から第三次産業主体になった。日本でいいますと、大阪には人工都市といえるところが二カ所ぐらいあります。それらのところでは製造工業が第三次産業に移行した跡、工場敷地あるいは工場で働いていた人たちの住居も含めた工場地帯を使って、人工都市をつくっている。これは小さな規模なんですけど、原則は同じで。製造業が第三次産業に移行していった跡、人工都市をつくれる可能性があると思います。

では人工都市は、どういうふうにやれば理想的なのか。今までの都市はたいてい、農村から分かれて自然発達していった。これが都会・都市の定義みたいなものなんです。そして農村っていうのは不毛の荒蕪地《こうぶち》・平野を開拓し、人工的に制御したものです。人工的に食物の種を植えて、できたものを収穫する。そういう人工的な場所が田んぼや畑、農地であるわけです。また、農地から分かれたのが都市・工業都市であって。ここまでは人類が自然成長的にやってきたわけですけど、第三次産業が主体になった地域では、製造業の跡地に人工的に都市をつくりはじめた。都市をどうせ人工的につくるなら、はじめから計算ずくでつくったほうがいい。そのほうが人工都市の意味にもかなうわけですから。そういうかたちで、理想的な産業の割り振りの人工都市をつくる可能性があると思います。

そしてもうひとつ可能性があるのは、アフリカ的な段階にある地域です。アフリカ的段階というのは、いろんなところから定義することができる。今までは歴史の中で眠ってて自然採集と自然生活を繰り返してきたわけですが、それでは共同体はつくれても国家はつくれない。そういうかたちで来たんだけど、ここ十年、二十年のあいだに歴史のなかに初めて登場してきたのがアフリカ的社会の特徴なんだと、そういえばいえると思いますけど、そうじゃなくて、アフリカではアジア的地域みたいに、森林・草原をことごとく農村・農業地にしてしまってていない、草原・森林地帯が多いというのが、アフリカ的段階の地域の特徴であるわけです。これは先ほどもちょっと申し上げましたけど、人間というのは黙って放っておけば、必ずといっていいぐらい農地にしてしまいます。つまり草原は農地にしてしまいます。それはなぜかというと、人類はずっとそうしてきましたから。過去においても草原地帯というのは、平地であれば開墾して農地にしてきましたから。ですから黙っていればアフリカ的地域の草原は開墾し、森林地帯は伐採して農地にしてしまうと思います。

農地にしてしまうのではなく、きわめて理想的な産業の割り振りをしながら理想的な都市を人工設計し、そこにつくるという発想をとるならば、人間がかつてつくったことのないような理想の都市、高次産業もちゃんと包括している都市をつくれる可能性があると思います。アジア的社会でもその可能性はないことはないんですけど、黙っていれば西欧的な社会に移っていってしまいます。福岡市がそうであるし、東京がそうであるし、先進地域における大都市がそうであるように、農業・漁業・林業のような自然産業が減っていきまして、第三次産業つまり高次産業のほうに重点が移っていく。黙っていれば、必ずそうなっていく。だからアジア的都市が人工都市をつくる可能性というのは、なかなかなくて。それならば自然発達させて、西欧的な都市にしてしまったほうがいいという感じになってきます。

ところが、アフリカ的な地域の森林と草原、そこにオーソドックスじゃない要因をもってくるとすれば、砂漠と海ということになるわけですけど、砂漠と海が豊富にあるところでは、人工都市をつくる可能性があると思います。僕は、福岡にはその両端の可能性があるんじゃないかなと思います。それはあくまでも可能性であって、為政者あるいは経済的腕力をもっている人がやるかどうかということはまったく別問題です。だけど福岡はそういう可能性をもってるというのが、僕の考え方なんです。第三次産業が主体になる社会にまで到達して初めて、人類は人工都市をつくる可能性を手に入れた。僕はそう考えています。福岡だったら、そういうことが可能性としてありうるんじゃないか。僕はそういうふうに思ってますけど。それでよろしいですかね。

（福岡市立早良市民センター四階大ホール）

〔音源あり。文責・菅原則生〕

【歌人集団・中の会主催】――1990年10月14日

詩的な喩の問題

質問者1　ひとつは今日の講演についてですが、意味に対して、音がメタファーを形成するということを述べられたんですが、メタファーは音韻だけかということをお聞きしたいと思います。たとえば視覚の問題というのがありまして、乳児語のところでも、赤ちゃんがお母さんと話しているのは、実際は赤ちゃんはお母さんの顔とか表情をみてコミュニケートしているわけですね。短歌の場合でもそれを読むときに一行のなかで、片仮名で書いてあったり、「」でくくっているとか、そういうところでもメタファーとか美を感じていると思うんですね。また今日は吉本さんが短歌についていろいろとお話しされたわけですが、それを聞くというのと、書いたものをみる場合とまたちがうかと思います。そういう点で、音韻以外の視覚などが美を形成することについてどうお考えかお聞きしたいと思います。

もうひとつは、今日のお話の位置づけなんですが、吉本さんの著作を読みました場合、喩の問題というのはわりと時代社会との関係でおっしゃっていたような気がしました。それはたとえば『マス・イメージ論』で、作品というのは現在というものの全体的な暗喩になるんだというふうにおっしゃっていますし、また『言語にとって美とはなにか』で、前衛短歌の問題をとりあげて、時代とのかかわりのなかで空白喩のことをおっしゃっているわけですね。そうしますと、今日は最後に重々しい言葉を解体するようなかたちで、ああいう詩をいったんだ、というような話がちょっとでました。そこで時代社会との関係で今日の講演はどう位置づくのか、あるいは原理論ということでとくに時代社会との関係をいわなかったのか、あるいは最近の『マス・イメージ論』『ハイ・イメージ論』のなかで位置づいているのか、そういうことについてもお聞きしたいと思います。

メタファーを形成するのは音だけではないだろう、乳児語の世界では視覚みたいなものがかかわってくるだろう、というお話かと思いますが、ぼくもそうだと思います。しかし言葉を意味性の世界との対比でいえば、音、音韻との関係だけが問題になるとぼくは思います。視覚という言い方をすれば、聴覚という領域があって、両方同時に重なっていかないと言葉の世界は形成されないのですから、いずれにしろ言葉の意味をいう場合には、音、音の連鎖ということを主体に考えてよろしいんではないでしょうか。乳児語の世界、もっとさかのぼっていえば胎児語の世界もそうですが、目がみえないときに母親とどこでコミュニケーションをとるかといえば、音が主体であり、音がさきにくるということは自然的に、原始的にといいましょうか、現象的に分かるかなあと思います。もちろん言葉の意味の世界は、視覚の領域や聴覚の領域が重ならなければ形成されないということは一般としてその通りですが、この場合、音を主体に考えたと理解してくださればいいと思います。

それから二番目の質問ですが、あなたのおっしゃることはこのマイクでは聞きとりにくくよく分からないのですが……。

たとえば、擬音の世界だと現実の事象とか対象とかに、どれだけ近づきうるかということが課題になりますね。そしてもうひとつは乳児語の世界ですが、発したものと受けとったもの、母親と乳児みたいなあいだだけに通じて、ほかのひとに通ずるか分からない世界でも、なおかつ音がなにものかの喩であるというふうに、その両方があるのではないでしょうか。

もしもあなたのいうように、喩の問題が時代とかかわるか否かといえば、かかわるものとかかわらないものと両方ある、というふうに理解すればいいかと思います。たとえば茂吉の「ああそれなのにそれなのにねえ」という歌と、岡井さんの「ラムララム」の歌とは、時代の変化の差ということでいえばたいへんな差があって、表現というものが、どれだけ時代とともに進化していくか、あるいは微細化していくかのいい例になるのではないでしょうか。つまり時代はそういうふうにかかわっているといっていいと思います。しかしもしあなたのおっしゃることがそういうことではなくて、最後の言葉の、□□問題にひっかかっているのでしたら、喩の問題、とくに音の喩の問題とかかわらせずにあなた自身がその問題を論議すればいいし、また□□問題を短歌表現の問題、喩の問題とかかわらせたほうが現実的でよりよく交差するというのなら、それはぼくはちがうと思います。ぼくの考えは全然ちがいます。喩の問題の内部構造をどこまできわめられるかという課題がなければ、短歌的表現の問題は起こってきませんから。そして茂吉の「ああそれなのに……」が風俗で、岡井さんの「ラムララム」は、時代の現実に対してなにもいっていないではないかと、もしお考えになるとしたら「ラムララム」のほうが、音の表現としてはいまの時代のなかで、より切実だとぼくは思います。

質問者2　わたしは吉本さんのお書きになった『源実朝』論に強くひかれましたので、これについておうかがいしたいと思います。

三代将軍源実朝の歌につきましては、古くは賀茂真淵や正岡子規が万葉調の写生の歌として高く評価し、戦後、小林秀雄は「孤独な魂が生んだ悲しい歌だ」、上田三四二は「辞世の心が流れている」と、とらえました。

吉本さんは「制度としての実朝」「事実の思想」などの観点から、「事実を叙する歌」であると、とらえていらっしゃいます。実朝は十二歳で将軍になりましたが、兄頼家の暗殺をみてから、自分自身甥の公暁に暗殺されるまで、いつも死をみつめて生きておりました。そのような境涯にあって実朝は自分の真実の心を誰にも告げえなかった。吉本さんのお言葉でいえば、「真実を言えば世界が凍る」といいましょうか、すべてがおわりになる、そのため実朝は真実をいわずに事実をいった。自分の心の動きをさえ事実をみるような次元でしかとりだしえなかった。そういう、事実しか述べていない実朝の歌に、複雑な心の動きと孤独な心がしみとおってみえる、と吉本さんは述べていらっしゃいます。この説を読みまして、私はたいへん感動しました。

吉本さんは、実朝論のほかに西行論などもお書きになり、古典詩人論は、自分にとってたいへん興味がある、しかし古典の世界にひたって楽しんでいると、いつもこんなところで休んでいてはいけない、早く引き返さなければいけない、という衝迫にかられる、と書いていらっしゃいます。さらに古典というものは、同時代にもぐり込み、現在に向かって引き返してこなければ全貌を明かしてくれないが、いつどこで引き返すかが重要な問題だとも書いていらっしゃいます。わたしはこの引き返すという言葉にたいへんひかれました。これは私たちが古典を勉強するうえでも大切な問題で、短歌にどう投影させるかということにも結びつくかと思います。

ところで、『源実朝』論については、引き返し方が早急にすぎたとおっしゃっていますが、もうすこしゆっくり引き返したらどうなるかをおうかがいしてみたいと思います。

それから、実朝の歌で「くれなゐの千入《ちしほ》のまふり山の端に日の入るときの空にぞありける」という歌を、方法や手腕の跡をたどることのできない、どうしようもなくいい歌だとおっしゃっています。これはさきほどのお話ともかかわると思いますが、短歌の場合にかぎってこういう作品はあるともおっしゃっています。古典におけるこのような名作に出遇ったとき、どのように引き返したらよいか、それをおうかがいしたいと思います。

たくさんのお話ですが、ふたつに要約したいと思います。

ひとつは、実朝の歌は、『金槐集』にある歌ですが、『金槐集』は結局は事実の思想というのが根本にある、というふうな理解の仕方をしたわけです。例にあげておられる「くれなゐの千入《ちしほ》のまふり」の歌を含めて、事実の思想ということを申しあげてみたいんですが、今日の問題とすこしかかわってくると思います。つまり「くれなゐの千入《ちしほ》のまふり」の歌は、さきほど申しあげた「近江の海夕浪千鳥」の歌と同じように、事実をうたっているんですが、どうしようもなくいい歌だと思います。事実を表現したということで比較すれば、実朝の歌は、「近江の海夕浪千鳥」の歌と、茂吉自身写生の歌として書いたかもしれない「自転車のうへの氷を忽ちに」の歌とのちょうど中間に位置する歌だと思います。さらにまた実朝の歌は、事実そのものを述べた茂吉の歌や「近江の海夕浪千鳥」の歌と、事実に対する距離のとり方がすこしちがうように思いますし、ほんとうはそういうことを、もっと微細により分けていかなければならないのだろうと思います。単に事実の思想だというふうにいって過ごしてしまってはいけないので、真に歌の意味に近づこうとするのなら一首一首の註釈をもっとやることと、それから事実の場所がどのあたりにあるかをもうすこし見きわめなければならないはずです。しかし大きな枠組みをきめただけで、早く引き返しすぎた気がします。つまり実朝の選んだ事実の場所がどのあたりにあるのか、ということをもっとやらなければならなかったと思っています。

それから、古典の理解はたいへんむつかしいと思います。つまりどこまでも同時代にはいっていって、その時代の社会や風習、それから歌の世界の習慣を理解しなければならないでしょう。

しかもその理解には、往きがけの理解と還りがけの理解とがあるとすれば、その中間点のところで、どれだけ同時代にとどまりうるかということが、引き返し方の問題かと思います。それは理解する人の現在に対する生き方と、同時代に対する理解とのあいだに中間の領域があるとすれば、そこにどれだけ微妙に微細にとどまりうるか、そしてそこにとどまったままでなく引き返しうるか、にひっかかってくるような気がします。ですからいつもそこまでやりたいな、と思っておりますがなかなかうまくいきません。

そしてまた、ぼくは社会の時代性からすこしそれて社会から受けいれられなかったような詩人、たとえば西行とか、良寛とかが好きでしらべたりしていますが、社会からどうそれたか、それぞれ微妙な距離があるわけで、それを見定めなければ論にはならないと思うわけです。いまのところ、実朝論もそうですが、西行論も、良寛論も、いわゆる詩的隠遁者の社会からのそれ方、隠遁の仕方がどういうふうにちがうのかということについては不充分にしか論じていないと思っています。つまりとどまり方が足りなかったし、とどまり方の距離感、とどまり方の中間地帯がうまくつかめないで引き返してきてしまったような気がしています。良寛についてはもうすこしやる余地があるし、チャンスももちたいと思います。茂吉の実朝論、上田さんの西行論もそうですが、独自の距離のとり方があって、ぼくのとちがう面と、また足りない面と両方あると思います。これからも古典をやることがありますが、そこのところをしっかりつかまえたいと思っています。

質問者3　詩の表現のところで、音声の喩と意味的な喩を流動的に組みこむと、詩のイメージ領域を拡張できるんだというお話だったと思いますが、菅谷さんの例はひじょうにおもしろいと思いました。そこでたとえば、擬音にしても乳児語にしても事前にその世界のなかで、相互の了解があるのではないかと思うんですが、それはたぶん「普遍喩論」のなかで、段階を経てというような言い方で説明されていることと同じなのかをおうかがいしたいと思います。

それからもうひとつ、『ハイ・イメージ論』のなかにでてくる普遍という概念についてなんですが、これまでの普遍的な価値という言われ方には、つねに絶対性というのがつきまとっていて、わたしのなかでも普遍という言葉には素直になれないところがあるわけです。しかし、『ハイ・イメージ論』の「普遍概念」というのはこれまでの「普遍」とはすこしちがうのでないかというのがわたしの浅い理解なんですが、たとえば「文学（芸術）としての価値は、ただ自己表出のたえまのない波形のインテグレーションが価値となり、その価値は創り手と受け手の自己表出の差異による」とか、「終りの社会像、映像の終りはまた〈未生〉の社会像、〈未生〉の映像のはじまりである」というように、普遍概念がひじょうに流動的な位置におかれている気がします。矛盾した言い方ですが、絶対的ではなく、流動的、可動的な普遍性が『ハイ・イメージ論』で語られている――普遍性と価値とをそう理解していいのかどうかをおうかがいしたいと思います。

今日の話の主題は、音韻の喩や音連鎖の喩がどこまでいけるかということでしたが、擬音もふくめまして、そういう喩のひろげ方は喩一般についての考え方の広がりがなければ、できないだろうなというふうに考えております。また音の喩の問題が、新しく短歌表現や詩の表現のなかにできたということは、一面では特殊な人が特殊な試みとしてやったということではないと思います。つまり宮沢賢治の短歌の試みや、岡井さんの短歌のアトランダムな音連鎖みたいな試みは、喩の問題がひじょうに拡張された領域にでてきたことを意味し、またそれがなければ、さきにあげたような歌はありえなかったと思います。ですから、初期の宮沢賢治の短歌の段階ではあのように成功した喩はなく、やはり文語詩の試みなどを通過したりして、いまの喩の開き方になってきたと理解しています。菅谷さんの場合にしてもそうなんで、初期から詩を書いているのですが、つい最近書かれた詩では、音の喩は通常の意味から離れた意味としてつかわれ、意味のある言葉はただ転換としてのみつかわれています。そういう詩は、それは菅谷さんがひとり特殊なところへいったというのではなく、喩の普遍的な場所へついにくいこんできたな、とぼくは理解しています。

普遍的な喩という言葉はまずいかもしれませんが、喩の問題というのは、あらゆる意味で拡張することが可能で、この拡張された喩ということの理解の仕方は『ハイ・イメージ論』のなかで書いているのですが……。つまりその段階はいくつかあって、ひとつひとつの段階のなかで拡張していくことが可能だということです。いま考えうる喩の普遍性は進んでいて、その段階の頂点にあるのではないか、その頂点にあるのが宮沢賢治や岡井さんの歌の上句ではないかと考えています。

それから普遍という言葉はね、いろいろなところでつかうでしょう。普遍経済とか。政治経済なら政治的な制度からみる経済現象のそれ、社会経済なら社会的観点からみる経済のそれ。そこでもしも、いまいいましたように普遍経済というのが考えられるとしたら、政治制度からでもなく、また社会制度からでもない、いま考えられうる一種の究極の経済に対するイメージ、それをかりに普遍経済と名づけたいわけです。同じように喩というのは、そもそも、どこからはじまってどこへいくのか。どこからはじまったかということでいえば『万葉集』のここからはじまったとか、また、たとえば「近江の海」の歌みたいに嘱目の叙景からはじまったとか、はじまりそのものはしらべれば分かるんですが、終わり、つまり究極の喩というのは、自分で思い浮かべる以外にはないわけです。そういう究極の喩からみて、いまの短歌や詩でなされている喩の作り方、あるいはあり方が、どういうことになるのかという見方が、それが普遍的な喩の見方だというふうにいいかえるしかないと思っています。それよりもっと明瞭な見方があるかといわれますと、あるわけはない、ただ自分なりに漠然とこうではないか、という見方しかできないわけです。

こんなお答えでいいでしょうか。

司会　ありがとうございました。お聞きしたいことはまだ山ほどあると思いますが時間がまいりましたので、たいへん残念ですが、終わらせていただきます。

（名古屋市　中京大学文学部）

〔音源不明。文字おこしされたものを誤字などを修正して掲載。校閲・菅原〕

【逗子市教育委員会主催】――――――――――1990年12月3日

現在について

質問者1　土地の自由化の問題について、二十年ほど前に□□□□さんにいろいろお聞きしたことがあるんです。それはガンガンやったほうがいい。だいたい七〇万から八〇万ぐらいの□□が□□□。□□□ということをおっしゃっていたのを覚えています。しかし土地の有効利用という立場からはですね。やはりある程度は考えないといかんのじゃないですか。土地というのはただ単に土地があるんじゃなくて、そこに水道があり電気が□□して□□できるわけですから。そうじゃなくて無制限に国有化というのは無理だと思いますけど、もう少し有効利用ということにたいする国家権力が介入しても悪くはないんじゃないかと思いますけど。そこの□□の□□は、下手すると学歴社会をみとめたようなことになるんじゃないか。そういうところに危惧を覚えたんですけど。学歴社会だと、どういうふうにして□□するか。議会の委員会の政府関連のそういう人は本当にそつがなくて、毒にも薬にもならない□□にないような解答をしている。ああいうのは頭がいいんだなと思いますけどね。ああいう人を呼ぶというのは、やはり□□していかなきゃいかんと思いますけど。
そういうことについてのお考えをうかがいたいと思います。

今二ついわれたことの後のほうから、つまり教育のことからいいます。学歴尊重、あるいは学歴社会になっていくという趨勢を肯定してるみたいじゃないか。そうおっしゃるわけですけど、たとえば東京大学の先生は四年間なら四年間、一年生が入学してから卒論をやって卒業するまで、少なくともそのぐらいは他の大学へ行って講義する義務があるというふうにすればいいというのは、学歴社会をなくしてしまうためのいちばんいい第一前提だと僕は思うわけです。学歴社会に突入していくために塾に通ってとかそういうことをやるんなら、学歴社会じゃない社会をつくったらいいじゃないか。自分は学歴なんか望まないというふうにしたらいいじゃないか。おっしゃることは一見するとたいへんよろしいように思えても、本当は実情、実感にそぐわないんじゃないでしょうか。

あなたはあなたのお子さんにたいして「もう学歴社会は駄目だから、お前は学校に行くな」とおっしゃいますか？　僕はそうじゃないと思うんです。今の段階だったら行きたきゃ行きなさい。高校に行ったらすぐに専門職の勉強をやりたいというんだったらそうしなさい。でも学校に行きたいというんなら行きなさい。東京大学へ行きたいというんならそこへ行きなさい。でもそんなに無理に行くことはないんだよ。もし専門の手職を付けるということをしたいんだったらそうしなさい。それは自由にしていいよ。そういうふうにいうのが、現在の段階での妥当な父親像じゃないかと思えるんです。それ以上のことを父親がおっしゃるとすれば、それはたいへん信念のある人か、じゃなければ嘘ついてるかのどっちかだと僕には思えるんです。

だから僕がいいましたのはそうじゃなくて。そういうふうにしていったら学歴社会がひとりでにだんだん壊れていく第一歩になるんだよ。そういう意味合いで僕は申し上げたと思います。東大の先生が法政大学に行って、四年間必ず講義するという義務がある。法政の先生は東大に行って四年間必ず講義するという義務がある。こういうふうにすればいいんだ。学生はどこへ入ろうと、どこへ行って卒業論文をやっても出られる。そうしたらたぶん、学歴社会をどうするとか優秀校、優秀校じゃないという区別とかそういうのはまず崩壊していくと僕には思えますね。僕はそういうつもりで申し上げたので、決して学歴社会を強調するということはないんです。

僕なら僕の子どもが焼き物の職人になりたいからそこへ行きたいんだといえば「いいよ」っていうし、学校へ行きたいんだといえば「いいよ」っていう。それで「入れるところに入っときなよ。別に無理することないんだよ」という。僕もそういってきましたし、それは妥当なんじゃないでしょうか。今の段階であなたのおっしゃるように「学歴社会っていうのは駄目なんだ。だからお前はもう学校へ行くな」と子どもにいうことができる父親がいたとしたら、それは特別信念を持った父親であるし……それにたいして「俺はそうする」という子どもがいたら、なかなかそれに見合ったひとつの見識を持った子どもだと思えるんですけど、それは今の段階ではやっぱり少数じゃないでしょうか。だから行きたいなら大学へ行きなさい。大学に行きたくなくて職業に就きたいなら就きなさい。それから、これをやりたいというならやりなさい。それはどれでもいいんだよ。こういうふうにいうのがまず妥当なところのように僕には思えますけどね。あなたの意見は少数意見としてならとてもいいといいますか、信念のある意見だと僕には思えますけど、多数意見じゃないだろうなと思います。

それからもうひとつ土地の問題ですけど、土地のある個処にたいしては国有のうえにあれしたほうが重要なんじゃないか。それはもっともなお考えなんですけど、僕はそうじゃないように思うんです。特に東洋の社会では大昔から、中国でいえば土地は全部皇帝のものなんです。中国の国土は全部皇帝の所有物で、人民・民衆はそれを借りているだけなんだ。そういう感じです。日本国でいえば、土地というのは戦前まで、僕らの親父の親父ぐらいまでは顕著にそうなんですけど、土地は上御一人《かみごいちにん》のものだという観念なんです。つまり土地は皇帝のものだという観念なんです。自分が証書を持ってるから土地の所有者なんですけど、本当はそう思ってないんですよ。どこかで天皇から、上御一人から借りたものだと思ってたわけです。つまり、どこかでそれを吹っ切れないわけです。

たとえば今だってそうなんです。本音を吐いていっちゃえば、ここに自分の私有地が五〇坪あると。日本国が滅びたってこの五〇坪は俺のものだ。そう主張できる人は、日本人にはそんなにいないんです。つまり一般的に、東洋人にはいないんですよ。東洋的社会のいちばんの特徴は何か。国土・土地というのは上御一人のものだ、あるいは皇帝の占有しているものだという観念が大昔からあって、これは東洋社会の特徴なんですよ。で、どうしてもそれを破りたいわけなんです。それを破りたくてしようがない。それを破ることが日本人の解放というか、日本人が開明的になってくる、文明的になってくる非常に大きなポイントなんですよ。

だから今時、いやしくも専門家っていうやつが土地を国有化してそれを分ければいい、公正にすればいいとかいってますけど、それが社会主義だと思ってるんだから冗談じゃない。それはそうじゃないんです。それはすごいファシズムなんですよ。つまり国家社会主義なんですよ。そんなことをいってもらっちゃ困るんですよ。困るというのが僕の感じ方です。東洋的社会の「土地はどんなときでも全部お上のものだ」というのをどこかで徹底的に破っちゃわなければ、日本人というのは利口にならないというか、解放的な気持ちになれないんですよ。だからそういう主張はごもっともですけど、僕はそれを取りたくない。僕が政府だったらそういうこと、絶対にやりませんね。先ほどいいましたように、市街地で土地を売り飛ばした人が五、六パーセントいるわけでしょ。

僕は「どんどん売っちゃいなさい」っていいますね。売っちゃいなさい。そのほうがいいですよ。僕だったらそういうふうにいいます。

こういう論議をすると「お前、それじゃあ地上げ屋を肯定するのか」となっちゃうんですよ。しかし僕はある意味でそうです。土地を国有化して「これを公平に分けて」なんていってるのに比べたら、そのほうがずっといいんですよ。たとえば僕のうちは借地なんですけど、僕のうちの近所はだいたい坪でいうと四〇〇万ぐらいです。妥当な闇値っていうのもおかしいんですけど、地上げ屋さんはそれを四〇〇〇万ぐらいで買いました。僕が行く荒物屋さんがあるんですけど、そこはそれで四〇坪ばかり売っちゃいましたよ。四〇〇万の闇値のところに、地上げ屋さんが四〇〇〇万つけてるんですよ。それで売っちゃいましたよ。そうすると四〇坪で、坪四〇〇〇万でしょ。そうすると一介の荒物屋さんが一時に一六億の金を手にするんですよ。なかなかそうはいかないんですけど、これを売っちゃうというのはもっともだと僕は思うわけですよ。それはもっともだと思えるわけ。だから僕だって売っちゃうかもしれない。自分のうちが借地じゃなきゃ売っちゃうかもしれないいんですけど。その荒物屋さんの屋号は□□さんっていうんですけど、たぶん埼玉県に引っこんで荒物屋さんをやってるかもしれないですよ。一六億あればできると思います。荒物屋さんをやってるかもしれませんし、そのまま悠々自適してるかどうか知りませんけど、そういうふうになってる。

僕は極端なことをいいますけど、そのほうがまだいいと思いますね。それは非常に不公正でけしからんことで、土地の価格規制というのはどこかでしなきゃならんのですけど、土地を政府・国家が買い上げてそれを平等に分けるというのはファシズムの発想、あるいはスターリニズムですよね。ロシアの発想と同じですよ。スターリニズムの発想をするならば僕は資本主義の原則に基づいて、地上げ屋さんが四〇〇万の闇値のところを四〇〇〇万出してそれを買い取っちゃって、売った人は一六億を手にして田舎に引っこむ。極端なことをいえば、僕はこの図式のほうがまだいいと思っています。

土地を国家が買い取る、所有するということを絶対すべきじゃないと思います。それならばロシア革命七〇年の教訓は全部パーになっちゃうんです。「俺たちはまたそんなことをするのか。お前みたいな馬鹿のいう通りにしたら」というふうになっちゃうわけなんですね。そのぐらいに重大な問題なんです。だからもし自民党がそんなことをいったら、僕は反対してほしいわけですよ。絶対そんなことは許しちゃいけないと思います。それが僕の理念ですね。東洋っていうのはそうなんですよ。土地をもてあそぶんです。どうもてあそぶかというと、お上に納めてそれをどうすればいい、分ければいいとかいう。そういうふうにもてあそぶんです。それは東洋人の特色ですよね。東洋はそういうふうに何千年もやってきたんですよ。これを打倒・打破しなければもう駄目なんですよね。ロシアも七〇年でそれをやって駄目になっちゃったんです。それはもうわかってるわけですから、やらんほうがいい。それなら地上げ屋さんのほうがまだましだぜ。地上げ屋さんがそういうふうにするのは不公平な資本主義のやり口ですけど、このほうがまだいいじゃないですか。そういうふうにいいたいぐらい、国家・政府が土地をもてあそぶことに反対ですね。土地所有をもてあそぶことに反対ですね。

見ててごらんなさい。ロシアでも土地法案が必ず改正されると僕は思ってます。そこまで必ず行くだろうと僕は思ってますけどね。土地の問題って難しいからさまざまな論議ができるんですけど、僕はそういうことを自分の理念・思想として基本的に持ってるもんですから、それは極度に主張したいところなんです。

社会主義のふりをして、そういうのがいるんですよ。日本の進歩的な経済学者でそういうことを平気でいうやつがいて、それはとんでもないことなんでね。冗談いってもらっちゃ困るということになるわけです。国家があれしてというのは、僕は駄目だと思います。問題意識はわかるんですけどね。日本国というのはさまざまなデータを持ってきてもわかりますけど、現在、世界でいちばんうまくいってる国ですよ。何を基準にしてうまくいってるかというと、一般大衆にとって日本がいちばんうまくいってる。社会主義国・資本主義国全部含めて、日本国がいちばんうまくいってます。だけど皆さんご自分たちが思ってる通り、さまざまな問題をまだたくさん持ってるでしょう。持ってるけどそれにもかかわらず、一般大衆にとって日本国というのは世界でいちばんうまくいってるところなんです。

では、未解決の問題でいちばんきついのはどこかといったらふたつあるんです。それは住宅問題です。都市の一般大衆の住宅問題ともうひとつはお米の問題、農業問題です。このふたつが日本国の現在のネックです。これが解決されたらもう一歩天国に近づくでしょうね。皆さんは、他の国はもっとうまくいってるなんて思ったら大間違いです。もちろん、日本国の中でさまざまな嫌なことがたくさんあるんですよ。動機もたくさんあるんですよ。救済しなきゃならないこともたくさんあるんだけど、でも他の国に比べたら日本国というのは世界でいちばんうまくいってる。

それは金持ちを基準にしていってるんじゃなくて、一般大衆を基準にしていちばんうまくいってる国というのが妥当で、正直なところなんです。これは誰も疑うことができないわけです。

だけれど問題はそのふたつ、つまり住宅問題と農業問題なんです。いずれも還元すれば土地問題なんですが、これをどうするか。コメ自由化も含めてどうするかという問題がいちばん重要な問題なんです。このふたつが解ければもっといいわけです。そのふたつが解決されれば「さしあたって四、五年というか一〇年近く、今世紀だけは文句ないでしょうね」というふうになると思います。そのふたつはたいへんきついわけです。特に都市の一般大衆にとって、住宅問題というのはものすごくきついわけなんです。これは農業問題と関連してくるわけです。つまりいずれにせよ、土地所有の問題と関連してくるわけです。これをどうしたらいいかという方策がたいへん重要で、おっしゃる通りとても大切な問題なんで。おっしゃるお考えもひとつのお考えだと思います。

僕の自分なりの考え方というのはありますけれども、これを解決できたらとてもいいわけなんです。僕は別に政治担当者じゃないからね、こうすればいいっていってやる必要は全然ないわけですし、いいたくないわけですよ。そんなことはいってやりたくないです。進歩的政党のためにもいってやりたくないし、保守的政党のためにもいってやりたくないです。

「てめえら、やってみろ。できないならやめろ」っていうだけですよ。土地所有ということにたいする、あるいは土地私有・土地公有にたいするアジア的な数千年の歴史も踏まえたうえで、アジアの都市制度も踏まえたうえで、どういうふうに考えるのが妥当か。土地問題にたいする一個の理念というのが要るわけなんです。

なまじの経済学者が経済学的にそれができそうに思うから、そうしたほうがいいなんていってるのはとてつもない馬鹿野郎でね、「冗談じゃないよ」っていうだけなんですよ。つまりそうじゃないんですよ。土地にたいする一個の見解、理念が必要なんですよ。それからもちろん経済的な見識も必要なんです。それがあったらやればいいわけですけど、やりたがらないんですよ。政府もやりたがらないし、もちろん今の保守的政党もやりたがらないし、進歩的政党だってそれをやりたがらない。どうしてかというと、やるとなればあるところからものすごい反感を受けても、万人のために断行しなければならないところがありますから、やっぱり土地、土地所有にたいする理念と確固たる政策、それが実現できるあれを持ってなければいけないんですよ。

要するに、それがないっていうだけですよ。進歩政党も保守政党にもそれがないっていうだけじゃないですか。そんなの、われわれが「こうやったらいい」っていっても、やる気づかいもないわけです。「インテリが何を生意気なことをいってるのか」と思うだけなんです。そんなやつらに何もいってやる必要はないわけです。だから要するに、これは非常に重要な問題なのであって。あなたのおっしゃる通り、一時的・現在的にできそうだからということだけではいけない。アジアというのはよくお考えになれば、あなたのおじいさん□□□□もあります（この部分、音声聞き取れず）。いくら自分が持ってても土地というのは上御一人が持ってて、上御一人から土地を分けてもらってる、下賜してもらってる。おじいさん世代だったら、そういうふうに思ってたんですよ。アジアというのは全部そう。何千年もそうなんですよ。だからこれを打破しないといけない。そういう課題を持ってるとき、「今こういうことで必要だから、土地を接収してまたこれを分けて」とかそういうことを軽々しくいってもらっちゃ困るということがあるんで。

つまり僕がいいたいのはそういうことなんですよ。それ以上、僕はいう必要がないっていったらおかしいんですけど、そんなことをいうと何か自分が政治家になったような気分になったり、政治家になれそうな気分になったりしちゃうから。僕は毛頭、権力者になる気はないですから。僕は、それは非常に精密によけて通ってますから。これは非常に重要な問題だけど、わかりきってることなんです。どうすればいいかということはわかりきってることなんだけど、ただやらないというだけです。つまり、やると票が減るというぐらいに思ってるんだろうね。そんなんじゃできゃしないですよ。それは駄目ですよ。だからそれはほっときゃいいんですよ。「それはやらしとけ」ということで、そういうのにやらしときゃいいんですよ。で、勉強して自分なら自分の考え方をちゃんと突っ込んで築いて、自分のあれを持ってればそれでいいんじゃないでしょうか。とても重要だと思いますけど。僕はそう思ってますけどね。だいたいそんなところなんですけど。

質問者2　全然□□□□。それは□□□□。日本の社会がそういう□□□□していれば□□□□。中国の場合、農業人口が非常に多いです。農業人口が社会人口を構成している。そういう社会がたとえば日本のような高度な経済成長をし、資本主義社会に発展するような（聞き取れず）。産業人口比率による分類について、先生のおっしゃる理想社会というのはよくわかるんですけど、そういう場合、アメリカの場合は両方でございますけど、それについてソビエトなんかのそういう分析も含めて、どういうものでしょうか。

あの、おっしゃることにたいして細かくお答えすればいくらでも細かくお答えできますし、すべきなんでしょうけど、ここでふたつだけ大切なことがあるんです。ひとつは何かといいますと、人間の歴史ですね。人間の歴史には法則とまではなかなかいいにくいんですけど、通則というものがあるわけなんです。歴史の通則によって、さしあたって三つ段階を分けるとしますと、アフリカ的な段階とアジア的な段階、西欧的な段階というのがあります。歴史というのはそういう三つの段階の進み方をして、おおよそ通っていく。それが歴史の通則だということはいえそうに思います。

中国の社会というのはおっしゃる通り農業が多くて、第二次産業つまり製造業・工業を盛んにしつつあります。今は農業人口が多くて、その次が第二次産業つまり製造業・建設業・工業というのがその次に来てという段階にあると思います。中国社会の問題としては、農業社会と工業・製造業社会との関連がスムーズにいくかいかないか。そういう問題のところにいちばん重要な社会革命といいますか、社会の問題がたぶんいちばん多くあるだろうと僕には思えます。つまりその段階は黙って自然に進めていけば、やっぱり製造業のほうが多くなって、農業人口はだんだん少なくなっていく。そういう構成になっていくと思います。要するにその過程を経まして、日本も産業だけは西欧的なんですけど、西欧的な段階にだんだん入っていくだろうなというのは、歴史がだんだん流れていく通則なわけです。その通則を中国もまた、黙っていけば通っていくだろうなと僕は思います。ただ、中国社会においては特に農業の人口比率が大きいですから、おのずから違ったパーセンテージを取りながら、やはり第三次産業がだんだん増えていくというかたちをたどっていくだろうなということがいえるだろうと思います。

つまりここで申し上げたことのひとつは、通則ということなんです。歴史には通則というのがありますから、その段階はたぶんはずれないだろうなと思います。つまり、はずれないでいくだろうなと思います。よほどのことがあれば一足飛びに飛び越すことができますけど、よほどのことがなければそれはならないですから、だいたい歴史の通則通りに行くでしょうね。僕にはそう思われます。

それからもうひとつ、わかってることがあります。そういうことは今から三〇年、四〇年前にはわからなかったんだけど、今ならわかってることがあります。もしもある社会・国家の民衆・大衆が貧困から離脱しようとするならば、残念ながら農業から離脱する以外にないということがいえます。それは経済通則としてだんだんわかってきつつあります。確定的にわかったというにはまだ少し問題がありますけど、ある社会が貧困から離脱するには農業人口を少なくしていく以外にないなということが、だんだん経済通則としてわかりつつあります。

こういうことはあなただったら、びっくりされるでしょう。びっくりして「ほんとか？」っていうかもしれないけど、これはかなり本当だっていうところまでわかってきました。人間の知恵、学問、研究、調査というのは発達してきましてね、そういうのはわかってきつつあります。もうひとつはその通則で、こういうことがだんだんわかりつつあります。あなたはそうじゃないでしょうけど、たとえばあなたが農業をやっていて「どうしても貧乏から脱しきれない。ここから脱するにはどうすればいいか」となったらば、これがあなたひとりの問題だったらばそれで結構ですから、逃げちゃいなさいということだと思います。つまり逃げて都会へ行っていい。最初はそんなにいい就職口もないでしょうけど、都会へ行って工場なり流通業なりサービス業なりそういうのにお勤めになったら、少なくとも貧困からの離脱の第一歩だけは踏めるということになりますから。そこまではだいたいわかってますから、そういうふうに僕はおすすめします。

個々の人が貧困から脱するにはどうしたらいいのか。職業的あるいは経済的にいうならば、そうするのがいちばんいいということがだいたいわかってるんです。「農業から逃げるのはけしからんぞ」というのは、為政者か、為政者になりたがってるやつかのどちらかです。つまり、そんなことはないのです。個々の人にとってはそれでいいのです。だけど為政者になったらそうとばっかりいっていられない。「そんなの俺の勝手だ」みたいなことをいって、どんどんやめちゃう。そういうこともありうるわけですから、為政者だったらば社会生活のことを考えなきゃいけない。それを考えなきゃいけないからいろんな言い方をしなきゃいけないけれども、もしあなたが農業をやってて「もう貧乏でしようがないんだ。コメは買い上げ米も流通米も安いし、こんなのばかばかしくてやってられない。貧乏暇なしでこんなのやりきれねえ」というとき、どうしたらいいか。そういうことを聞かれて、それがあなたと僕の話だったら僕はストレートに「もうやめちゃいなさいよ」っていいますね。やめて都会へ出ていっちゃいなさいよ。出ていって都会で就職したら、必ず離脱できますよ。僕だったらそういうふうにいいますね。

それは真理です。ただ、僕が為政者だったらそういうかどうかは別です。またいい加減な、曖昧なことをいうかもしれません。曖昧なことでごまかすかもしれませんけど、そういうことまではわかってきてるということなんです。

ここ数十年の間に人間の知恵・研究・調査というのはそうとうよく発達していて、人間の精神構造についても経済構造についても、国家・社会はどうあるべきかということについてもそうとうよくわかってきている。ですから僕が申し上げたいのは、そういう経済的な通則がひとつあるということです。高次産業に行くほど富というのは蓄積しやすい。それは社会的にもそうですし、個人的にもそうです。だから一見すると第三次産業なんて頼りないことばっかりなんですよね。今日は工場に行って一〇〇個つくったから、一〇〇個分の給料をくれ。一五〇個分つくったから、一五〇個分の給料をくれ。そのほうがあっさりしているし、よくわかりやすいんだけど、第三次産業っていうのはわかりにくいでしょう。つまりどのぐらい働いたらどうなったというのがわかりにくいでしょう。でも曖昧に思えますけど、高次産業に移行するほどその社会も人も富みやすいんです。富むかどうかにはいろいろな要因があって、他の要因もありますけど富みやすいということがいえるんです。つまりそういうことがわかってきてるんですね。

そういうことと、歴史には漠然とではあるけれども段階の通則があるということがいえるので、だいたい通則を踏んでいくだろうと考えたらいちばんよろしいように思います。そのふたつのことだけ申し上げられれば、いろんな応用はきくだろうと思いますから、細かいことを申し上げることができるでしょうけど、それよりもそういう根本的なことを申し上げたほうがお役に立つだろうと思いますけど。まあ、そんなところなんですけど。

（神奈川県逗子市役所五階第六・七・八会議室）

〔音源あり。文字おこしされたものを誤字などを修正して掲載。校閲・菅原〕

【白梅学園短期大学主催】――1990年12月12日

いまの社会とことば

質問者1　今、終わりでも倫理や道徳はどこから出てくるか、その判断はどうなるかということを強調しておっしゃってくださいました。これからの世の中での段階を必要とする倫理観について強調してくださったわけですが、わたしにはちょっと具体的にわかりませんので、そこのところをもう少しお話ししていただきたいと思います。

僕がいってることは、たいへん簡単なことでして。たとえばある職場に勤めていて、自分の給料が三十万円だったとする。そしてA君ならA君の給料が二十万円だったとする。考えてみると自分とA君では、仕事の能力からいって、仕事ぶりからいっても全然変わりない。むしろ自分のほうが駄目で、A君のほうが優秀なぐらいなんだけど、自分は三十万円でA君は二十万円だ。そうすると、なんとなくA君に申し訳ないような気がする。A君はもうちょっと給料を増やしてもらい、自分と同じぐらいの給料をもらうべきなんじゃないか。そういうふうに思うとします。そう思ったことが倫理・道徳のひとつのもとになると思います。それを広げていけば社会的な倫理・道徳になると思います。たとえば、社会には身障者問題や老人問題があるでしょう。手足をちゃんと動かせて働ける人から見て、働けない人がいるという現実がある。これじゃあ駄目だ。働けない人をなんとかしなきゃいけないんじゃないか。そういうふうに思うところから、社会倫理が出てくるかもしれない。僕がいう段階をもとにする倫理・道徳っていうのは、いってみればそういう意味になります。

質問者1　ありがとうございます。

質問者2　今のことに関連するんですが、先ほど欠如をもとにした倫理観は崩壊していくんじゃないかとおっしゃいました。段階をもとにした倫理観っていうのはわかるんですが、欠如をもとにした倫理観というのが今ひとつはっきりしないんですが。

それと環境問題にたいして、人間は汚染されているばかりじゃなくて、主体性があることを勘定に入れなきゃ駄目だとおっしゃいました。エコロジー論とかを見ても、たしかにそういうことはいえると思うんですけど。たとえば核の問題でも、反核運動というのはある歯止めにはなってるんじゃないかと。反核運動で「世界が崩壊しちゃう」などといっては駄目だということはとてもよくわかるんですが、反核運動というのはある歯止めにはなってると思うんです。吉本さんはそこを、どのように評価されるのかなと。そのふたつについてお聞きしたいんですが。

反核運動は、ある意味で歯止めにはなってるんじゃないかということから申し上げます。歯止めになってると思わなければ、当事者は困るでしょうね。彼らはそう思いたいわけですけど、どういうふうに歯止めになってるのかというと、すこぶる曖昧なことになると思います。たとえば文学者でいうと大江健三郎さんがそうですけど、そういう人がもってる反核っていうのはやっぱり、欠如をもとにする倫理から発祥してるんじゃないかと思うんです。欠如のない人から欠如のある人に向けて、あるいは核軍備にたいして秩序をもってる人からもたない人に向けて運動がなされる。そういう運動だと思うんですよね。僕は反核運動というのはしないで、むしろそれに反対したりしたんですけど。でもそれは核戦争をしたほうがいいという意味での反対じゃなくて、その運動は違うという意味での反対なんです。

つまり、誰から誰に反核をいうのか。僕の考え方からすれば、それは下から上にいうべきだということになるわけです。上から下に、知識がある者から知識がない者に、あるいは核装備をもっている人たちから、もつ・もたないと関わりないような民衆にいうんじゃない。民衆のほうからもってるやつに向かって「そんなものは捨ててしまえ」というのが反核運動なので。反対運動というのは習慣的に、欠如をもとにする倫理を原理にしてきた。そういうところから発祥しているわけですが、それは駄目なんだと。それが僕の反対の仕方なんです。そうじゃないんだ。核戦争をできるやつは、核軍備をもってるやつなんです。核軍備をもってるのはどこの国かということは、はっきりわかってる。そして、どこの国とどこの国がいちばん戦争をやりそうかということもわかってる。戦争をやりそうな国を見ていきますと、その中でボタンを押せそうなやつは誰と誰と誰なのかということも、百人か千人ぐらいの範囲でわかるわけです。そうしたら多くの人がその人に向かって反核を訴えたり、「お前、反核をしなきゃ駄目だぞ」というべきだと思うんです。

ところが、欠如をもとにする倫理から発してる反核というのはその逆なんですよね。知識のある者から知識のない者に反核を訴える。あるいは核軍備してる連中が、核といってもどうしたらいいのかわからないような民衆に向かって反核を訴える。そうしたら必ず、「お前の反核はインチキだ」っていう人が出てくるに決まっているのです。僕もそうですけど。極端なことをいっちゃえば、欠如をもとにして組み立てられた運動っていうのはみんな駄目だと思ってるわけ。だから、あなたがおっしゃる反核というのはいいけど、全然違うじゃないか。それは欠如をもとにしてるじゃないか。欠如をもとにしてるというか、欠如を頼みにしてるだろう。人間の欠如、つまりもてる者ともたない者がいることを頼みにしてるだろう。ボタンを押せる人と押せない人がいることはわかってるのに、押せる人が反核をいうことはないでしょう。知識のある人が知識のない人に反核をいうっていうのは筋違いでしょう。それは逆縁でしょうと思うわけ。

これはあなたにうまく通じないと思うけど、僕は欠如をもとにする倫理はだんだん壊れていくんじゃないかと思っています。僕は世界史っていうのを、相当見通してるつもりですから。これは根柢的なことなんです。こんなことといってもわかる人なんかいないだろうけど、僕はそういう倫理は駄目だと思っている。だけど、今も行われているかもしれない反核っていうのは、全部そうですよ。もてる者がもたない人を脅かしているわけです。反核でもなんでもそうですけど、そうやって脅かしているわけです。彼らは「爆発するぞ」とかいって脅かすんだけど、脅かされたほうは爆発させる手段をもってないし、ボタンを押す権利ももっていない。そういう手段をもってるやつが、もってないやつに「もう駄目だぞ」なんていって脅かしてる。それは逆縁なんです。欠如をもとにする倫理を社会運動化すると、みんなそうなっちゃうんですね。それはもはや、部分的修正をするだけじゃ駄目です。根柢から考え方を変えなきゃ駄目だという課題に当面してると、僕は思ってますけどね。それからもうひとつはなんでしたっけ。

質問者2　今話されたことで答えていただきましたので。

そうですか。僕はそう思ってるんです。あなたはこのくらいじゃ納得されないでしょうけど、僕は深い大きな根柢でいってるつもりです。単に反核がどうということだけじゃなくて、人間の思考の転換として、欠如をもとにした倫理というのは駄目なんじゃないかなと思うんです。

質問者2　いつもそこまでは、なんとかわかるつもりなんですよ。そこから先で、われわれは主体的にどう動いていかなきゃいけないのか。具体的にどのように思考を転換していかなきゃいけないのか。

あ、そうか。僕がわかってて、いえることがひとつだけあるんです。今の日本の民主主義では、七割から八割の人たちが「自分は中流だ」「中流の下・中・上だ」と思ってる。そういう人たちを市民でもいいし、一般大衆というとすれば、一般大衆の理念をつくらなきゃいけない。日本国民の七割から八割を占めている一般大衆とか一般市民は歴史の主人公なんだ。では、それはどういう理念をもったら主人公になるのか。そういうことを考え、自分でつくりあげていくことが課題になるんじゃないでしょうか。それだけじゃないでしょうか。欠如がなくなった世界、つまり現在の先進的な部分での思想的課題・理念的課題はそれだけじゃないでしょうか。それをつくることなんじゃないですか。

日本社会や産業社会、あるいは今の自民党政府だって無意識でなら、ちゃんと一般大衆の利益になるようにしてくれてるつもりだと思います。つまり、七割、八割は中流だと思えるところまでしてくれたつもりだと思います。それから「税金が高くなるから、消費税は駄目だ」というんだったら、消費税を直そうとかやめにしようとか。そういうことは、各政党がいってくれてるわけです。消費税は安いほうがいいというのが一般大衆の考え方だと思いますけど、それは無意識だと思います。僕でも無意識でいけば、消費税は安いほうがいいということになるわけです。そういうことをいってくれる政党もあればやってくれる政党もあるし、また主張してくれるサラリーマン政党もいるわけです。しかし、「一般市民という理念は、何者にも曲げられないんだよ」と考え、そういう理念をつくってくれる政党はどこにもないわけです。「俺はいい理念をもってるんだから、お前を引っ張ってやろう」という政党はあるんだけど、保守的・民主的・進歩的政党はあるんだけど、そんなのはどうってことないんです。つまり、どうせおしまいなんです。

そうじゃなくて、「自分は一般大衆・市民の理念をつくっていき、それに移行するんだ」ということを考えていき、「自分こそがこれからの歴史の主人公なんだ」という考えをちゃんとはっきりと自分の中にもてるような一般市民というのは、まだいないわけなんですよ。今、市民主義運動みたいなのがありますよね。反核もそうですし、エコロジーもそうですし。しかしあれは欠如をもとにした理念に付き従い、それをソフトにしてるだけの運動ですよね。それがある種の市民主義運動です。僕がいってるのはそうじゃないんですよ。一般市民の理念を自らつくっていく。上から引っ張ってくれる人なんか誰もいないんだということを前提として、そういう理念をつくっていく。それが課題なんですよ。それはたぶん、現在の世界の先進的社会での唯一の課題だと思います。あとの課題は、先進的な社会では終わってると思います。正直にいったら、ほんとうは終わっちゃってるんですよ。

もちろん正直にいわなきゃ、「いや、まだ課題はあるんだよ」ということになりますが。たとえば日本であれば「山谷《さんや》へ行けばあるじゃないか。西成《にしなり》へ行けばあるじゃないか」ということになる。たしかにそこに行けば、課題はあるんです。僕は、そういう個々の課題が解決してるとはちっともいっていない。でも一般論としては、そういう課題は終わっちゃってるんです。つまり、理念の問題としては終わっちゃってるんです。世界の先進的な部分では、そういう課題は終わっていると僕は思います。

だからほんとうに正直にいったら、課題はそれだけしかないんです。一般市民が自分を解放する理念をちゃんともてる。誰かが解放してくれれば解放されると思うんじゃなくて、解放してくれる人なんて誰もいないっていうことを前提とする。解放してくれる人とか指導者なんていうのはいない。自分は社会の主人公だから、自分が決めていくんだ。そういう理念をつくることが唯一の課題だと、僕は思ってます。それが正直なところですね。

これは誤解してほしくないんですけど、全部そうだということではないですよ。もちろん片隅に行けば、いくらでも飢えてる人だっていますしね。なんとか食いつないでる人もいますし。西成なんかに行けば、それこそ『一杯のかけそば』みたいな人がいるわけですからね。そういう具体的なことをいえばいくらでもありますし、みなさんのそれぞれの職場にも僕の住んでる文学の世界にも、そういう不合理なことはいっぱいあるわけですよね。それはそのところで具体的に解決していかなきゃいけないけど、一般的な理念の問題としてはたぶんそれだけしか残ってない。それが課題じゃないでしょうか。

（原題：今の社会とことば／東京都小平市　白梅学園短期大学）

〔音源あり。文責・菅原則生〕

「離脱」とは

菅原則生

1

自らを「王」に代わる「摂政」のように位置付けて「もうひとりの王」として振る舞い、その「もうひとりの王」たる首相と首相夫人に官僚たちが我先に取り入ろうとして起こった、首相にシンパシーを寄せる一私立学園に国有地をタダ同然で売却した「森友学園問題」（二〇一六年）の過程で、財務省のひとりの官吏が自死した（二〇一八年）。「遺書」が残されていて、国有地をタダ同然で「森友学園」に売却した経緯、売却に関与した政治家と首相夫人とのやりとりを記録した公文書を隠蔽・改竄することを上司から強いられて、自分への背信であることを知りつつ改竄してしまったことの自己罪障感と、この隠蔽・改竄が「このままでは自分ひとりのせいにされてしまう」と思ったことなどが記されていたという。自死したのは、改竄を指示した上司である「東大法学部」卒の官僚・佐川何某が国会で尋問を受けて、隠蔽・改竄・廃棄の実行についてえんえんとシラを切った直前だった。もちろん、自死の要因を、同じことをやった官吏は生きているじゃないか、自死は個人の弱さの問題だと、支配者のように嘯くこともできるわけだし、当時の財務大臣はそう言っていた。決定的な証拠は闇の中だから、自死したことと改竄を強いられたことが線で結びつくと考えるのは推測にすぎないといえばいえる。そして、政府・財務省は公文書の隠蔽・改竄・廃棄を認め、当事者各人の恣意・弱さによって起こったということにして、各人への軽微な「処分」と「再発防止に真摯に取り組む」という決まり文句で、全貌を開示することなく、うやむやにしてすませてしまった。

わたしたちがこのとき感じたことのひとつは、社会の上に「帽子のように乗っかっているにすぎない」、古代王朝さながらの官僚と支配機構の陰惨さとその強固さだ。いわば、自分たちが否認されているのに気づかずに気づかないふりをして嬉々として無理難題を部下に強制していく鈍感さ、そのせいで部下が自死しても知らないふりをしてやり過ごして自己保身に走ることが強固な習慣になっている傲慢さとでもいえようか。そしてもうひとつは、同じように隠蔽・改竄に手を貸した同僚である官吏たちが我関せずと口を噤んでしまったことだ。後者がいちばん精神的にキツイにちがいない。ありふれた大衆である官吏がありふれた大衆である官吏を抑圧・排斥してしまう、いわば東洋の貧しい制度と社会の習慣が露骨にあらわれた。同僚とのあいだにわずかでも疎通があれば苦悩の半分は消えてしまうだろう。だがそんな疎通はなかった。

支配・被支配の根幹を揺るがす「公文書の改竄」という罪に手を貸してしまったのは、ありふれた一般大衆である複数の公務員だ。自分は「公僕」であるという意思に従うか、犯罪と知りつつ上司の命令に従うかという背反の意識に苛まれたであろうことは容易に想像される。そして自分たちは使い捨てにされ、自己保身に聡い上司たちはいち早く逃げてしまうだろうことは、殺伐とした習慣のような共通の意識だっただろう。自分たちの公文書の改竄が上司から指示されたことを、もし公に告発すれば、その瞬間から職場を追われるであろうことは明白だ。そう告発すれば、その瞬間から、ありふれた大衆である同僚から冷たい目で見られ、よそよそしく距離をおかれることも明白だ。

あたかも陰惨な「戦場」のように、ありふれた公務員たちが、等しく何ごとかからがんじがらめになっていて、離脱できなくなっている。人間が人間として呼吸したり、しゃべったりすることができなくなっている陰惨な空気が支配している。先んじて離脱した者は卑怯であり、逃げ遅れた者は「自分のせいに」されてしまうかもしれない。自死した公務員も口を噤んでしまった同僚である公務員も等しくがんじがらめになっていて、個々の自己倫理の強弱は無意味で、口を噤んでしまった公務員に悪心があるわけでも自死した公務員にだけ良心があったわけでもない。いわば、個々に精神を病んでいて、むしろ集団として病んでいるといったほうがいい。すべての個々がすべての個々を裏ぎりつつある状態、いつ立場が入れ替わったとしてもおかしくないという状態になっている。

何がいいたいのかといえば、口を噤んでしまった同僚たちがもし、公然と口を開いていれば、一公務員が自死に追い込まれることはなかったであろうが、そうはならなかった。ここに容易ならざる困難な問題が横たわっていて、もし公然と口を開くことが習慣として当然とされ、他者を救うことができれば、それはもう「理想社会」が実現したのと同じことではないかといいたいのだ。そして救われるなら、口を噤んでしまった官吏たちも同じように救われなければならない。

一九五〇年代に、吉本が「東洋インキ」で労働組合の委員長として関わった労働争議で敗れて「異動辞令」が出たあと、昨日まで労組の同僚だった労働者が急によそよそしくなり、目を逸らし日常会話もできなくなってしまったことについて触れたことがある。

わたしがかつて非正規で勤めていた会社でも同じようなことがあった。労働組合のリーダーが盛んに重役連中を糾弾していたが、どこかでやり過ぎがあって、それを法的根拠にして、その労組のリーダーを解雇してしまった。解雇された元リーダーが解雇撤回を求めて会社の玄関口で抗議のビラ配りを始めたとき、重役連中から指示されたのか、自らすすんでやっているのか、解雇された労組リーダーの同僚たちが会社玄関で、解雇されたリーダーを排除するためにピケを張り始めた。会社全体に陰惨で酷い空気が流れた。あちこちでヒソヒソ話す姿が見られた。ピケを張っている連中にはわたしの知り合いもいたから、その連中を責める気にもならなかった。ほどなくして、解雇されたリーダーが自殺したという話が伝わってきた。

ひとつ。慈悲ということには、聖道の慈悲と浄土の慈悲の二つがちがってくる契機がある。聖道の慈悲というのは、ものを不憫におもい、悲しみ、たすけ育ててやることである。けれども思うように助けおおせることは、きわめて稀なことである。また浄土の慈悲というのは、念仏をとなえて、いちずに仏に成って、大慈大悲心をもって、思うがままに自在に、衆生を益することを意味するはずである。今生においていかに人々を愛しみ、不憫におもっても、思いのとおりに助けることは難しいから、そうかんがえる慈悲はきりなく続くほかない。そうだとすれば称名念仏の道こそが、終りまで透徹した大慈悲心と申すべきであると、云々。

(『歎異抄』四、吉本隆明訳、『最後の親鸞』から引用)

『歎異抄』は、目の前に助けを求めている人がいても、思いの通りに助けることはできないのだから何もするな、ただ「称名念仏」して通り過ぎるのがいいといっている。何事かをなすよりも、何もしないほうがいい、何かすると他者とのあいだにある「契機」を見失っていい気になってしまうからだ、何かをすると意思の通りに現実が実現してしまうと勘違いするからだ、といっているようにみえる。目の前に救いを求めている者がいたら、何かできることはないかと考えるのが通常だが、ほとんどは終わりまで救済をまっとうできないで自己欺瞞に陥りウヤムヤで終わるというのが存在の制約だ。だから、目の前に救いを求める者がいても何もするな、という強い否定の意思があるといったほうがいい。あるいは、気恥ずかしくて善い行いなどできない、といっているようにもみえる。

救うのなら、自分も含めた全員を救えなければ駄目だ。『歎異抄』は、実際に助けることと助けないことは絶対的な差異に見えるだけで等価だから、実際に助けようとしないで、そこから立ち去り、いそいで「仏」になって（念仏を称えて浄土〔彼岸〕に往って）還ってきて「大慈大悲心」をもって万人を益する（救う）ことができるだけだ、といっている。実際に助けることが「聖道の慈悲」であり、仏になって還ってきて万人を助けることが「浄土の慈悲」だ。そして後者だけが何事かなのだといおうとしている。

「いちずに仏に成って」とは、比喩的に死んで浄土に往って、現世の苦悩をすべて相対化しうる、存在の制約から自在になった視線を獲得すること、といっているように読める。また、比喩的に死ぬのではなく、生きながら死んで仏になるという即身成仏のニュアンスも含んでいるように読める。だが『歎異抄』は、急いで浄土に行く必要はない、地獄は自分の住みかであって、寿命が尽きるまで生きることが「よろこばしい」のだといっているから、「いちずに仏に成って」は即身成仏ではない。

仏になるとは、浄土とは、彼岸から還ってくるとは…それらを実感として捉えることは難しい。いずれにしても、人間は「迂回路」を媒介してしか自分も他者も救えないのだといわれている。

2

一九八八年、浄土真宗大谷派のお坊さん主催の吉本講演「還相論」が東京・本願寺でおこなわれた。吉本は、浄土真宗の専門家でもあるお坊さんの立場から、浄土というのは何なのか、還相とは何か、それは比喩なのかと問われて、仏教的にではなく、現在的に答えている。

僕がなぜこれほどまでに浄土に惹きつけられるのか。僕は二十代の後半からずっと、どのような条件を通れば、この社会がそのまま浄土になるのかということを考えながら生きてきて、自分なりにそれについて書いたりもしてきました。おっしゃるとおり、浄土という言葉を芯にして理想の社会を考えれば、社会主義国も資本主義国もそれに当てはまるとは思えない。それじゃあ、理想の社会とはいったい何なのか。それはどういう条件があれば可能なのか。社会主義社会でも資本主義社会でも、まったく同じ言葉で語られるいくつかの条件を充たせば理想の社会を実現できる。とにかく理想の社会（浄土）というものが、同じ言葉で見えてきた感じがあるわけです。（「還相論」質疑応答、一九八八年）

吉本の答えは簡明だ。浄土とは「理想の社会」のことだ、どうしたらこの社会がそのまま浄土になるのか二十代後半から考えてきた、と答えている（二十代後半から、ということは、徹底抗戦の末に敗れた労働争議の後あたりから、ということだ）。つまり浄土とは、死んだあとに往く場所ではなく、現に生きているこの社会のことであり、この社会が理想社会ならば、この社会が浄土だと述べている。

わたしが誤解をおそれずに注釈を加えるとすれば、ある視線を獲得すれば（ある観念の位相に立てば）この社会はそのまま浄土になる、といっているように思える。あるいは「理想社会」とはどういうものかイメージで描ければ、半分は「理想社会」が実現したのと同じことだといっているように思える。『歎異抄』になぞらえれば「いちずに仏に成って」現実に還ってきたとき、現世は半分は浄土になるといっているのではないか。「ある観念の位相」とは、自分はありふれた大衆よりも、知識において、生き方において、存在の価値において「下位」にあるという「観念の位相」であり、「大衆の原型」はくめども尽きない価値の源泉だという、初期吉本から一貫した立場であった。

ここで吉本は「理想の社会とはいったいなにか」「理想社会（浄土）というものが見えてきた」と述べている。この講演では触れていないが、「理想社会」とは、初期レーニンやマルクスが考えた「社会主義」のことだ。そして「いくつかの条件を充たせば理想の社会を実現できる」といわれている。

その「社会主義」について、吉本は「ポーランド問題とは何か」という講演（一九八二年）で、社会主義を描くためのいくつかの条件（「四つの項目」）を挙げている。

社会主義というもの、レーニンが抱いた社会主義と現代の社会主義「国」とを同じだと考えたら全然違うと思います。初期のマルクスやレーニンが考えた社会主義のモデルというものは、いくつかの項目で描くことができるわけです。

いってみますと、賃労働者が存在しないということ、そういうことがないようになっている、働いた分ちゃんと還ってくる、そういう賃労働が存在しないということ。それから、労働者、大衆、市民の、自分たちの直接の合意で直接に動員できないような軍隊や武装弾圧、つまり警察、そういうようなものはもたないと。それから、国家というのは、存在するのはよくないことなのだけど、存在しているかぎりは、労働者、大衆、市民に対して開かれていること、いいかえれば、いつでも労働者、市民、大衆の無記名の直接投票で、いつでも国家というのはリコールできることです。それから、誰かが私有していたり、誰かが多く持っていたりして、労働者、大衆、市民の利益にとって、障害となったり、不利益になったりするような生産手段があったらば、それは社会的所有とすること。このくらいの項目があれば社会主義というもののイメージを描くことができます。

つまり、マルクスが描き、初期のレーニンが描いた社会主義のイメージは、人によって違うでしょうけど、ぼくはこの四つぐらいの項目を成り立たせることができるならば、社会主義のイメージは描くことができます。社会主義に近づく、あるいは、社会主義になることができます。

しかし、ただの一項目も、現代の社会主義国はこのなかで条件を満たしている項目はござ

いません。（「ポーランド問題とは何か」本講演、一九八二年、音源ほぼ日、文責菅原）

レーニン、トロツキーたちがロシアで二〇世紀の初めに政治権力を奪取するやいなや、レーニンたちの「労働者国家」は、理想社会とはまったく逆の、史上稀にみる「閉じられた国家」「国家社会主義」に変質していった。社会主義は、政治権力を奪取するやいなや軍隊・警察機構を恣意的に動かせる「国家」の廃絶に向かわなければならなかったが逆だった。地域性とその歴史段階が必然のようにそのことに加担しているといえばいえるが、吉本は、自分だったらそうはさせない、放っておけば歴史は自然必然史を歩むという歴史段階の不可避性を超えて、自分だったら「国家を開き」「社会主義」への道筋を進んでみせる、地域と歴史段階の限界線を、人間の意思によって透徹した視座から超えていってみせる、といっているように思える。「政策担当者」になることは万が一にもないが、イメージだけは描いていたというべきか。

吉本の「社会主義」のイメージとして挙げている「四つの項目」を整理してみる。

①賃労働者が存在しないこと
②労働者、大衆、市民の、自分たちの直接の合意で直接に動かせないような軍隊や武装警察力はもたないこと
③国家というのは、存在しているかぎりは労働者、大衆、市民に対して開かれていること、い

いかえれば、いつでも労働者、市民、大衆の無記名の直接投票で国家というのはリコールできること

④労働者、大衆、市民の利益にとって障害となったり、不利益になったりするような生産手段があったならば、それは社会的所有とすること

①は剰余価値を生む労働が存在しないこと。働いて生み出した価値は最小限の公共の管理のための「ゴミ当番」の費用を除いてすべて労働者に還元されることだ。スターリンたちの「国家社会主義」では、労働は強制労働に、生み出された剰余価値は国家と官僚たちの富にすりかえられてしまった。④は労働者、大衆の利便のためにのみ「生産手段」を「社会的所有」とすること。「国家社会主義」では、労働者、大衆の利便のためにではなく公共とは名ばかりの「国家」の利便性のために「生産手段」を「社会的所有」にしてしまった。

②と③は初期レーニンでも構想されていたが、曖昧さを残さずに吉本は揺るぎないテーマとして再規定している。この項目を憲法に明記するやいなや「国家」は自身をおのずから開いていくだろう、と。

社会主義というのは労働者や農民の連合が政権、権力を取ったら、すぐに国家を廃絶する準備をはじめないとだめなんですよ。そうしなければ、社会国家主義になっちゃうんですよ。

ちょうど今、世界の社会主義国はそうなってますよね。労働者でも農民でも権力を取ったら、すぐに国家をやめる準備にかからないとだめなんですよね。かならずだめなんですよ。その準備っていうのは簡単なことです。そんなこと、口でいうのは簡単なことなんですよ。無記名投票で直接選挙して過半数が同意したら、もうその政権はすぐにクビにできるということにすればいいんですよ。そうすれば国家の廃絶の第一歩ができる。ソ連だって中共だってそれをやってれば、問題は生じない。スターリンの大粛清なんていうのは生じないですし、こんな問題（天安門事件をさすか）も生じないんですよ。だけどやはり、社会国家主義になっちゃうんですよ。はじめは社会主義を掲げていたけれども、権力を取るとそれを手放さないし、国家を解体して開こうとしないものだから社会国家主義になっちゃうんです。（「日本農業論」質疑応答、一九八九年）

3

親鸞の「浄土」とは、死んだあとに往く場所としては捉えられていない、親鸞は、生と死の中間にある場所、そこからは彼岸も此岸も見渡せる場所である「正定の位」を、仮に比喩的に死あるいは浄土と呼んでいるのではないかと吉本は述べている。生きながらにして浄土に立っているという意味では「即身成仏」に近いニュアンスを伴っている。

比喩としての浄土とか死とかをどういうふうに考えるかっていいますと、親鸞の言葉、あるいは浄土経のいう「正定の位」、つまり浄土に直通できる場所だと親鸞がいっているその「正定の位」というのを、仮に死というもの、あるいは浄土への入り口の比喩だというふうに僕が受け取るとします。そうするとどういうことが親鸞から受け取れるかっていいますと、還相あるいは還りの姿という考え方からどういうことが受け取れるかっていうと、比喩としてしか分からない死という場所から、逆に現在の自分の心の中とか自分が行っていることとか、それから眼前に社会的に起こっていることとかが、死という比喩の場所から、向こうから照らし出して見たら一体どういうふうに見えるかというふうに、僕だったらそういうふうに受け取ってしまうわけです。(「還相論」本講演、一九八八年、音源ほぼ日、文責菅原)

親鸞は手紙なんかでよく「死んだあと、浄土でお会いしましょう」と書いてますけど。もちろん仮にそういう言い方をしたっていいんですけど、実のところ親鸞は、死んだあとに浄土があるなんて思ってないのではないかと。たぶん、そういうふうに理解してないと思うんです。浄土を考えているとすれば、それは死という場所になる。一般的にいわれてる死というのも生というのも両方を見渡せる場所が親鸞の浄土であって、そこが死だと。本当はそう考えていたと思うんですけどね。実際に死んじゃったら向こうのほうに世界があって、そこ

に行く。そういうふうにはちっとも考えてないと思うんですけど。(「宮沢賢治の実験」質疑応答、一九八九年)

吉本は、このあたりから、親鸞の「死という比喩の場所」=「浄土」からこちら側を視たらどう視えるかという問いと重なりながら、自分独自の論理を打ち立てようとしているようにみえる。それが「離脱」というテーマだ。自分を視ているもうひとりの自分を設定できるかどうか、「知識でないもの」から「知識であるもの」を客体視できるかどうか、というように親鸞の問いを自分の問いに変容させている。自分にできるのならば、万人にできるはずだ、自分がそれで救済されるなら万人が救済されるはずだ。

僕らは近年盛んに「脱」ということが問題だといい、そういう言葉を使っている。では「脱」とは何かっていうと。自分の場所は外から決められたり、自分の資質の流れから決まったりするわけですけど、そこの場所をいつでも蟬の抜け殻みたいに置いといて、ちょっと違うところに視点を移せるかどうか。あるいは、自分の場所というか、自分の考えを見ているもうひとりの自分を設定できるかどうか。僕なんかにしてみれば、それがわずかな第一歩であるような気がしてるんですけど。

自分がそれをうまくできてるとは決していわないし、いえないんですけど、「脱」ということができるかどうか。自分を見ているもうひとりの自分を設定するのは、可能かどうか。そしてその場合、どこから自分を見ているか。メタフィジカル、つまり形而上学的にいえば向こうから見ている。そして向こうっていうのは何かというと、「死」じゃないかと思ってるわけです。死の視線からは、自分の今の考え方とか場所がよく見えているっていうことが可能だったらば、「脱」ということは少しはできる。自分ができるっていうことが、万人ができるっていうことだったら、もしかすると、本当という場所が見つかるかもしれない。そういう感じがするものですから。(「宮沢賢治の実験」質疑応答、一九八九年)

たとえば知識を追求することがその人にとって本道であるとすれば、「脱」っていうのは知識でないものの場所から自分を客体視できるということです。そういう知識でない場所から、今の知識を追求している自分が見えていればいいなと。差し当たって「脱」というのは、それだけの意味で使っています。それを超えるかどうかということは、なかなかいえないですね。(同前)

自分を客体視できるかどうか、もうひとりの自分から自分を捉えうるか、もし自分を客体視できれば、それは自分が救済されること、万人が救済されることと同じだ。

自分を客体視すること＝ハイ・イメージということがさまざまな類型をあげていわれている。

講演「幻の王朝から現代都市へ～マス・イメージからハイ・イメージへ」（一九八七年）から抽き出して羅列してみる。

①死に瀕しつつあるとき、自分の身体が浮き上がって、部屋の上方から、ベッドに横たわっている自分を看護婦さんがあわただしくケアしているのが見える。ほとんどの瀕死者が生還したとき異口同音に語ることだという。これは古代の東洋における宗教（仏教やヒンドゥー教）の修行僧が難行・苦行の果てに瀕死の状態をつくり出して幻覚を獲得したりすることと同じだ。

②筑波科学万博の富士通館の、人工的に作った装置の中で、普通の立体空間に物が飛び交っているのと同じ次元に自分も飛び交っているのを見るという体験をした。これは普通の視線・立体視覚にもうひとつ上からの視線あるいは鳥瞰視線が加わって同時に二つの視線が行使されたということだ。そう錯覚してしまうというのではない、まさに、自分が見ている空間に物が飛び交っていて、その中に自分も飛び交っていて、それを自分が見ている状態ということだ。

③本来地べたにあるべきはずの川や畑や田んぼ、教会、プールなどがビルの中に入っているようになった。これは都市と農村が対立するのではなく、都市が農村を内に入れながらどこまでも膨張・高次化していく都市の未来を象徴している。

④東京・有楽町などのビルの何階かのレストランにいると隣のビルで働いている人の姿が見える。その向こうにあるビルの中のプールで泳いでいる人も見える。さらに向こうのビルとビル

の間に山手線とか新幹線が走っているのが見え、その中にいる乗客が見える。これは、都市の空間が過密になり建物が折り重なって多重になっているところで起こっている。そして、折り重なった過密な空間がある境界を超えたとき、イメージと現実が転倒するだろう。どういうことか拙い解釈をしてみれば、自分はこちら側の現実の中にいるという醒めた認識が打ち消され（現実が融けて消え）、自分はイメージ画像の中にいる、イメージ画像そのものが現実だという転倒が起こるだろうということのように思える。そしてこれは歴史が蓄積してきた高次な技術と社会が生み出した都市の「死」を意味しているのではないか。都市の「死後」はあるのか。この問いを提起することは「人工都市」あるいは「ユートピア都市」を構想することと同じだ。⑤地上数百キロの宇宙を周回する人工衛星ランドサットから捉えられた映像は地表にある一〇センチほどの物まで識別できるといわれている。その映像は個々の人間の倫理・善悪を消去してしまった。この人工衛星をつくる能力を持っているのは二、三の国だ。そのことによって世界を制覇し支配している。だが、「無限遠点」からの画像ではない。もし「無限遠点」から下りてくる視線と水平な視線をわたしたちが行使できるならば、原理的にはあらゆる支配から解放されることになる。

実際に自分はひとつの視野で現実のビル街の光景を見ているわけですが、集中して見ていると、空間がたくさん重なったところでは現実のビル街を見ているのではなくて、イメージを見ているみたいに錯覚されるところがあります。それは、これから膨張していく都市の非常に大きな特徴のように思います。つまり、そこでは現実の町筋やビル街の光景がイメージとすぐに交換可能である、交換できてしまう場所だと思われます。それは、とても大きな特徴の気がします。極端なことをいうと、東京でも京都でもいいのですが、ビルがものすごく密集して折り重なった空間がどうしても一つの視野の中に見えてきてしまう。そういうことが出てくると、たとえば町筋が全部そうなったとすると、僕の理解の仕方では都市はイメージになってしまうだろうと思います。

現実の町筋を歩いているけれども、あるいは現実の町筋を歩いている人を見ているけれども、現実の町筋のビルを見ているけれども、現実を見ているのではなくて都市のイメージ、その中を歩いている人のイメージを見ている。自分もイメージの中の人になってしまった。極端にいうと、まるで映画を見ているように都市が見えてしまう。現在の都市で多重空間がすべてを占めてしまったら、たぶんそのときにはイメージと現実を交換してしまっているだろうと思われます。(「ハイ・イメージを語る」本講演、一九八七年、音源ほぼ日、文責菅原)

現実の町筋を歩いていて現実の町筋を歩く人を見ているときに、自分もイメージとしての町筋の中を歩いている。いいかえれば、町筋を歩いている自分を含めた町筋を、もうひとりの自分が見ている。上記④の、折り重なり過密になった空間が都市の多くを占めるところでは、そんなことが起こる。上記②の富士通館の人工的につくられた装置の中で起こった「人類が初めて体験している」ことが、現実の町筋でも起こるようになった。

これは、善悪を超えた歴史の必然であり、グロテスクな画像で塗り込むのではなく、未知の人工都市を暗示するものと捉えるべきだ。問題は現在いる場所から「蝉の抜け殻のように」どうやって「離脱」するかなのだ。

かつて「都市」は、農業と対立する製造業に従事する労働者が住む「工業都市」だった。だが現在、労働人口の六割以上を占めるのはサービス業等の第三次産業の従事者であり、平均値として大衆は自己規定の主軸を労働者であるよりも消費者に移行させつつある。旧来の都市は死につつあり、限界線を超えて脱出口を見いだそうともがいている。いわば「理想都市」を構想する可能性があるのは先進諸国の高次になった都市だ。そして、個々の都市住民が「理想都市」の完結したイメージを持つことができるなら、誰も無視できないし、それは半分は現実になったことと同じだ。

4

一九八六年に歌手だった岡田由希子が自殺するという事件の直後に吉本は「『かっこいい』ということ―岡田有希子の死をめぐって」という講演をおこなっている。ここで吉本は、岡田有希子の死は、現在という時代がつくったフィクションとしての自分と本来の自分が乖離し、そのことが個々にとって想像以上にキツくなっていることにおおよその背景があるのではないか、とお喋りしている。そして、現在という作者がつくった物語の登場人物のひとりである自分を裏切ってしまえばいい、現在という作者がつくった物語に背いてしまえばいい、物語から「離脱」してしまえばいいのではないかと述べている。それが現在における「かっこいい」ことであり、誰もなしえていない、現実上と文学上の課題なのだとも述べている。

離脱するということはたいへん面倒くさいわけですけれども、しかし、これはイメージとしてはとてもつかまえられやすいイメージです。つまり、自分の視野のおよぶ限りで見ている世界があるとすると、その世界に対してもうひとつ上のほうからの視線があって、俯瞰しているということです。何かを見ている自分と、それから見られているもの自体を、その両方を見渡すことができる視線を、それぞれの場所で獲得できるかどうかということに、かかっていると思います。それができないならば、それぞれの人間が、それぞれの党派の場所にいるよりしかたがないわけです。その場所から世界を見るよりしかたがないわけです。その視線を、自分固有の場所から離脱させうるためには、もうひとつのその上からの視線でもって、見ている自分と見られている対象を含めて、それらを包括する視線というものを、どうにかして獲得できるかどうかにかかってくるわけです。(「イメージとしての都市」本講演、

（一九八八九年、音源ほぼ日、文責菅原）

見ている自分と見られている対象も包括したものを、もうひとりの自分が上からの視線で見ている、その視線を獲得することと、現実の党派性的ながんじがらめの制約から「離脱」することは同じだ。いいかえれば、もうひとりの自分が自分を見ているという視線の獲得なしに「党派性」から離脱することはできない。

吉本が「『脱』っていうのは知識でないものの場所から自分を客体視できるということです」というとき、それは敗戦直後に、命令一下、武器を捨て食料を詰め込めるだけ詰めたリュックを担いで帰郷しようとする兵士たち（大衆）と遭遇したことをいっているように思える。ひとりだけでも徹底抗戦を続行しようとしていた皇国青年であった自分は兵士たちからどう見られていたのだろうか、という問いだ。もしそれがわかれば、自分が兵士たちを客体視できたことを同時に意味しているし、自分の苦悩・憤怒の半分は解決したことになる。

わたしのひそかな考えでは、帰郷しようとする兵士に遭遇したとき吉本は自身の「死」に遭遇したのである。

（すがわら・のりお）

【吉本隆明略年譜】（石関善治郎作成年譜を参考に菅原が作成）

〔吉本家は熊本県天草市五和町の出。隆明の祖父が造船業をおこし成功。明治末の造船業界の変化と大正期の不況で行き詰まる。父・順太郎が製材業を試みるも及ばず、24年春、天草を出奔、上京〕

1924年11月25日、順太郎・エミの三男として中央区月島4丁目に生まれる。家には祖父、祖母、長兄、次兄、姉が住む。28年、父・順太郎、月島に、釣り船、ボートなどを作る「吉本造船所」をおこす。

34年、門前仲町の今氏乙治の私塾に入る。36年、二・二六事件。

37年4月、東京府立化学工業学校応用化学科に入学。7月、日中戦争始まる。

41年12月、太平洋戦争始まる。42年4月、米沢高等工業学校応用化学科入学。

43年12月、次兄・田尻権平、飛行機墜落事故で戦死。

44年10月、東京工業大学電気化学科に入学。

45年3月、東京大空襲で今氏乙治死去。4月、学徒動員で日本カーバイド工業魚津工場（富山県）へ。戦闘機の燃料製造に携わる。

45年8月15日、動員先の工場の庭で天皇の敗北の宣言を聞き、衝撃を受ける。

47年9月、東京工業大学電気化学科を卒業。いくつかの中小工場で働く。

48年1月、姉・政枝、結核のため死去。8年余の療養中に短歌に親しむ。

49年4月、2年の「特別研究生」として東京工業大学に戻る。

51年4月、東洋インキ製造に入社。青戸工場に通う。

52年8月、父に資金を借り、詩集『固有時との対話』を自費出版。

53年4月、東洋インキ労働組合連合会会長・青戸工場労働組合組合長に。9月、『転位のための十篇』

自費出版。10〜11月、賃金と労働環境の向上を掲げた労働争議に敗北。

54年1月、隆明らに配転命令。隆明は東京工業大学へ「長期出張」を命じられる。このころ『マチウ書試論』稿。12月、お花茶屋の実家を出て、文京区駒込坂下町のアパートに越す。55年6月、東洋インキ製造を退社。

56年7月、このころから黒澤和子と同棲。57年5月入籍。58年12月、『転向論』発表。

60年6月、安保闘争の6・15国会抗議行動・構内突入で逮捕、二晩拘置される。

61年9月、『試行』創刊。『言語にとって美とはなにか』連載始まる。

62〜64年、『丸山真男論』『マルクス紀行』『カール・マルクス』発表。

65年10月、『心的現象論』の連載始まる（『試行』15号から）。

68年4月、父・順太郎死去。12月『共同幻想論』刊。

71年7月、母・エミ死去。71〜72年、連合赤軍事件。

71年『源実朝』刊。76年『最後の親鸞』刊。77年『初期歌謡論』刊。

80年、M・フーコーとの対談『世界認識の方法』刊。84年『マス・イメージ論Ⅰ』刊。86年『記号の森の伝説歌』刊。89年『ハイ・イメージ論Ⅰ』刊。90年『柳田国男論集成』刊。

95年1月、阪神淡路大震災、3月、地下鉄サリン事件。11月『母型論』刊。

96年8月、西伊豆で遊泳中溺れる。以後、持病の糖尿病の合併症による視力・脚力の衰えが進む。

97年12月、『試行』終刊。98年1月『アフリカ的段階について』刊。

2008年7月、昭和大学講堂で講演。車椅子で登壇し、2000人の聴衆に約3時間話す。

11年3月11日、東北地方太平洋沖地震発生。12日、福島第一原発水素爆発。

12年1月22日、発熱、緊急入院。3月16日、肺炎により死去。享年87。

本書の一部は『吉本隆明質疑応答集（全七巻）』①～③（以下未刊）と重複します。

吉本隆明 全質疑応答Ⅳ 1987〜1990

2022 年 11 月 20 日　初版第 1 刷印刷
2022 年 11 月 25 日　初版第 1 刷発行

著　者　吉本隆明
発行者　森下紀夫
発行所　論 創 社
東京都千代田区神田神保町 2-23　北井ビル
tel. 03(3264)5254　fax. 03(3264)5232　web. http://www.ronso.co.jp
振替口座　00160-1-155266
装幀／宗利淳一
印刷・製本／精文堂印刷　組版／フレックスアート
ISBN978-4-8460-2029-3 ©2022 Yoshimoto Sawako, printed in Japan
落丁・乱丁本はお取り替えいたします。

論　創　社

ふたりの村上◉吉本隆明

村上春樹と村上龍。『ノルウェイの森』と『コインロッカー・ベイビーズ』で一躍、時代を象徴する作家となったふたりの村上。その魅力と本質に迫る「村上春樹・村上龍」論。16年間の思索の軌跡を示す全20稿を集成！　**本体 2860 円**

「反原発」異論◉吉本隆明

1982年刊の『「反核」異論』から32年。改めて原子力発電の是非を問う遺稿集にして、吉本思想の到達点！『本書は「悲劇の革命家　吉本隆明」の最期の闘いだ！』（副島隆彦）　**本体 1980 円**

吉本隆明 詩歌の呼び声◉吉本隆明

齋藤愼爾（俳人）推薦。「あの吉本隆明が半世紀にもわたって岡井隆に関わる論考、講演、対談をされていたということに驚愕した」。ひとりの詩人による、岡井隆という歌人の定点観測！　**本体 2640 円**

無言歌 詩と批判◉築山登美夫

2011年3月11日以後、書き継がれた詩と思考のドキュメント。長年に渡り詩の創作に携わってきた著者が、詩人・吉本隆明を追悼する論考「詩人のかたみ　吉本隆明論抄」も収録。　**本体 3300 円**

日本近代文学の潜流◉大和田茂

社会と文学と人と　1910〜20年代の労働文学、民衆文学、プロレタリア文学を研究対象としてきた著者が、文学史の表層から隠れた深層を抉り出す！

本体 5500 円

コロナ、優生、貧困格差、そして温暖化現象

◉佐藤幹夫、村瀬学著　日本と世界の〝今〟を対話する　さまざまな様相を呈する現代の緊急課題を、村上春樹・三島由紀夫吉本隆明・斎藤幸平ら新旧論客の発言を踏まえて縦横に議論する〈往復書簡〉集！　**本体 2200 円**

自由国家インド実現のためのガンディー憲法案

◉S・N・アガルワル著、佐藤雅彦訳　ガンディーの憲法案は、インド独立運動のなかで様々な形で語られ未整理のままであったが、1946年、アガルワル氏によって上梓された。刊行から75年を経て蘇る〈幻〉の書！　**本体 3300 円**

好評発売中（定価税込）